有爱的青春陪伴者

撩若浪漫 上

疆戈 著

天津出版传媒集团
天津人民出版社

图书在版编目（CIP）数据

揉碎浪漫：全两册 / 疆戈著. -- 天津：天津人民出版社, 2024. 7. -- ISBN 978-7-201-20562-5

Ⅰ．I247.5

中国国家版本馆 CIP 数据核字第 2024AJ3014 号

揉碎浪漫：全两册
ROUSUI LANGMAN:QUAN LIANG CE
疆戈　著

出　　版	天津人民出版社
出 版 人	刘锦泉
地　　址	天津市和平区西康路35号康岳大厦
邮政编码	300051
邮购电话	（022）23332451
电子信箱	reader@tjrmcbs.com
责任编辑	玮丽斯
特约编辑	欧雅婷
装帧设计	孙欣瑞　唐卉婷
责任校对	言　一
制版印刷	天津睿和印艺科技有限公司
经　　销	新华书店
开　　本	880毫米×1230毫米 1/32
印　　张	17.5
字　　数	432千字
版次印次	2024年7月第1版 2024年7月第1次印刷
定　　价	62.80元

版权所有 侵权必究
图书如出现印装质量问题，请致电联系调换（022-23332451）

上 册 目 录
CONTENTS

Chapter 1 潮汐引力 / 001

Chapter 2 掌中织网 / 027

Chapter 3 迷幻艺术 / 051

Chapter 4 步步试探 / 074

Chapter 5 顶级捕猎 / 102

Chapter 6 胜券在握 / 137

Chapter 7 月色摇曳 / 176

Chapter 8 眼睛的秘密 / 209

Chapter 9 衰败的玫瑰 / 240

下 册 目 录
CONTENTS

Chapter 10 一定要找到她　　　　　　　　/ 283

Chapter 11 失而复得　　　　　　　　　　/ 327

Chapter 12 她在爱意中沉浮　　　　　　　/ 364

Chapter 13 豁达与释怀　　　　　　　　　/ 401

Chapter 14 滚烫的情意　　　　　　　　　/ 430

Chapter 15 惊险浪漫的蜜月之旅　　　　　/ 457

Chapter 16 思念汹涌　　　　　　　　　　/ 486

Extra 01 休憩之地　　　　　　　　　　　/ 523

Extra 02 醋缸　　　　　　　　　　　　　/ 543

Chapter 1
潮汐引力

"他拥有月亮一般的引力,像带动潮汐般强烈地波及所有人。"——《寰宇商业》杂志引用了作家 Maugham(毛姆)的这句话来形容谢译桥。

那天的慈善晚宴,谢译桥是最后到场的,却是最令人瞩目的那一个,他走到哪里,人群视线的落点就会到哪里。

晚宴的规模很大,请来了许多大牌的演员和一些知名企业家,但很多人都是冲着他来的。

谢译桥是世界顶级颜料生产商,当他宣布捐赠一百套"斑斓"颜料同等价值的人民币加不限量供应最基础的颜料时,全场所有人不约而同地发出唏嘘声。

"天啊!他是疯了吗?怎么会做出这样的决定?"

"是啊……直接同等价值的钱就好了,后面不限量供应基础款颜料完全没必要啊!"

"晚会是直播吧,他不怕出事故吗?"

"我似乎已经可以预见明天 MAZE 股价大跌的新闻了。"

"斑斓"确实很昂贵,价比黄金,但今天的慈善主题是关于视障儿童的,他们大多数无法看到色彩。这种做法,无疑有些伤口撒盐的感觉。

"油画是有厚度的,可以靠触摸感知变化,而且脑神经科专家很早便发现,盲人主管视觉的大脑皮层并不空闲,在触摸时就会被调用。"

男人微微一笑:"所以,我只想告诉那些有艺术梦想的孩子——色彩不在眼里,而在你的手上。"

梁晚莺从医院出来,才发现天空中飘起了细雨。

看了眼微信消息,钟朗说他就快要到了。附近不好停车,她将手里的伞打开,准备去路边等他。

刚走出医院大门,就吹来一阵冷风。初春总是乍暖还寒,她将口罩又往上拉了一点,更大面积地遮住因为发烧而潮红的脸。

门口的路缘石上坐着一个年迈的老人。他皮肤黝黑,头发花白,一只手捏着缴费单,另一只手拿着手机,却不知要打给谁。

他似乎完全没有感觉到下雨,就那么萎靡地坐在那里,像一堆即将熄灭的柴火。

这个孤独的背影,蓦地让梁晚莺喉头哽住,眼眶一热。

他身上穿的那件灰色外套……

她的父亲也有一件类似款式的大衣。

梁晚莺在老人身后看了两分钟,然后默默地走过去,将伞分给了他一半。

老人并没有察觉到,只是呆呆地看着虚空,沟壑纵横的皱纹里似乎都挤满了风雨。两个人一个站着一个坐着,就这样在雨中静默了半晌。准备起身离开时,他才惊觉身边多了个人。

老人的视力似乎有点问题,眼球比普通人的要突一些,他努力看了半天。

"闺女,谢谢你啊。"他开口,是一口质朴的方言。

"没关系。您的眼睛怎么了?"

"视神经肿瘤,快要看不见了。"

梁晚莺张了张嘴,安慰的话到了嘴边,又觉得很苍白:"您要去哪儿?我可以送送您。"

"不用了，我坐公交车去附近的一个小旅馆。明天去火车站，回老家。"他额头上的皱纹舒展一些，带着一种认命的无奈感，"落叶归根，死也要死到家里头嘛。"

"这个没扩散的话，应该是可以治好的？"

"唉，不治了，没那个条件。"

"您的孩子呢？"

"娃儿以前发烧脑子烧坏了，人有点傻，我死了怕是他也没人管了。"

"没有尝试过募捐吗？"

"可怜的人太多喽，而且我都老了，是没用的人了，谁会捐给我这把老骨头？"

公交车进站，梁晚莺替他买了票。老人不住地谢她，又掏了掏口袋，半天才摸出一本皱巴巴的手抄佛经塞到她的手里："谢谢你啊丫头，这是我亲手抄的，送给你，希望能保你平安。"

梁晚莺看着上面歪歪扭扭的字迹，沉默了片刻，然后问道："您信这个吗？"

"生病快要死的时候，什么都会信的。"

她虽然不曾经历过这样的处境，但是又想到一年前那个令人窒息的夜晚，在抢救室门口不停祷告的自己。

因为发烧而干涩的喉咙更堵了。

明明不是无药可治的病——老人腿脚很灵活，身体也还算硬朗，却不得不提前开始规划自己的死亡。

"我有办法！"她一把拉住了准备上车的老人，"如果您相信我，并且愿意吃点苦头，再试一下，按我说的做，您会在南渡山遇到真正的神。您的眼睛会好的，病也会好的。"

"这种话也有人信？"

不远处，一辆高级房车内的人注意到了梁晚莺和老人的互动。

俏丽的女人推开化妆师给她补妆的手，从车载冰箱里拿出一瓶红酒,然后倒了一杯,摇曳着走到坐在车窗边的男人身边,笑道:"真正的神?还能治好他的眼睛,骗人的吧。"

男人没搭话,颇有兴致地看着公交车站的两人。

女人往男人身边一靠,鲜红的裙边荡了一下,刚好搭在男人的腕上。那只骨节清晰的手顺势向上,揽住了她的腰。

看他很有兴趣的样子,女人搂住他的脖子:"我明天刚好没有通告,要不我们一起去南渡山踏青吧,顺便看个热闹。"

男人收回视线,接过她手里的红酒杯:"你不怕遇到粉丝围堵吗?"

"也是,还是算了。"女人被说服了,转而又问道,"那今天呢?医院的这场戏拍完我就没事了,去我家坐坐吧,人家有好多话想跟你说呢。"

"等下要回公司处理点事,还是改天吧。"

"你都多久没见过我了,要不是今天制片人找你来谈广告的事,你还记得起我吗?"

女人大约是想撒娇,但是话一出口,难以控制地带了一种质问与埋怨的尖锐感。

男人英俊的眉眼深情款款,指腹从女人的脸颊划过,落在她艳丽的红唇上。

"可惜了,这么漂亮的嘴,总是说些扫兴的话。"他的语气明明是带着笑意的,却无端让人心头一冷。

女人有点慌了:"译桥,我……"

男人说完就直接起身,没有给她缓冲和挽回的余地。鲜红的裙摆从他笔挺的西裤上滑落,像一片被拂去的花瓣。

"我还有工作要忙,以后再联系。"男人打断了她的话,嘴上客气地说再联系,语气中却充斥着明显的兴味索然,干脆利落地下了车。

一辆深蓝色的帕加尼缓缓停到男人的身边,待他上车以后,询问道:"谢总,现在去哪儿?"

男人朝公交车站的方向看了一眼，那两人已经不在那里了。

他收回视线道："回MAZE。"

梁晚莺回到家后，吃了几片感冒药就开始埋头写方案。生病耽误了半天，但是方案周一就要交，整个项目要赶在清明放假前完成。

她在一家营销战略创意咨询公司工作，公司不大，且刚刚起步，工作方面没有很明确的职责划分，有时候一个人要身兼数职，但是工作氛围很好，老板和同事之间相处得都很融洽，她不想因为自己一个人耽误整组的进度。

梁晚莺极力抵抗着感冒药带来的困意，终于在快要睡过去之前把方案赶了出来。

由于生病，第二天开早会的时候，她脑子还是混混沌沌的。

程谷看到她眼下的瘀青，笑眯眯地说道："熬夜写方案了？"

梁晚莺点点头。

"写完了吗？"

"写完了。"

"不错。"听到她写完了，程谷又关心了她一下，"以后还是要注意休息，身体更重要。"

"谢谢总监。"

梁晚莺把方案交上去以后就回到了自己的工位上。她看了一眼备忘录，突然记起快到钟朗的生日了，得抽时间选一下生日礼物。

中午休息时间，吃过午饭回来的同事聚在一起，正在讨论什么。

"欸，你们快来看今天的热点。"

"咋了，谁的'房子'又塌了？"

"不是，一个老头，他从市肿瘤医院门口就开始趴在地上抄写经文，好像是准备一直这样写到南渡山的寺庙去。"

"为什么？"

"有人信誓旦旦地告诉他，只要够虔诚，就可以在南渡山遇到真正的神明，治好他的病。"

"……不会是南渡山准备开发旅游项目搞的噱头吧？以神秘事件，挑起观众的好奇心，激发兴趣，搞噱头，然后发展旅游业。"

"谁知道呢？"

梁晚莺打开手机，搜索了相关词条。已经有人开始直播这个场面了，甚至有专业的报社记者在现场采访。人群围在一起，像一个半包围的蜂团般缓慢前行。

梁晚莺想了想，扣上帽子，戴好口罩，起身走了出去。

从老人开始磕头到现在已经过去两个小时，可是离南渡山的寺庙，还有一段路程。

他动作迟缓，手里的粉笔都快要捏不住了。蜿蜒的字迹像是扭曲的虫子，可是每一笔都写得非常用力。

渐渐地，他的体力不支，天空又下起了毛毛雨，雨势隐隐还有变大的趋势。

他身上的衣服很快就被打湿了，灰蒙蒙的，伏在柏油马路上的他简直和大地融为一色，只有那头被淋湿的花白头发格外显眼，像一块贴在路面上的被弄脏的白色纱布。

周围群众看不下去了，纷纷劝解他。

"老人家，别写了，快起来吧，你恐怕是遇到拿你开玩笑的坏人了。"

"就是，你肯定是遇上骗子了。"

"快起来吧，这都下雨了，您可别再淋感冒了。"

"病急乱投医不可取啊。"

老人嘴里说着谢谢，但是依然不顾众人劝阻一意孤行。或许这是他能抓住的最后希望了。

嘈杂的人群渐渐安静下来，有人觉得他又固执又傻，有人给老人撑了伞，也有人翻了个白眼就离开了。

到后来，所有人都不再说话，默默地跟着老人，同时也在祈祷，希望他真的能遇到神迹。

随着时间的推移，事件已经发酵得很厉害了，有几百万人都开始关注这件事。

【太可怜了，我希望他真的能遇到好心的神。】

【想想我爹也这把年纪了，我好久没回去了，我现在就打个电话问问他的身体。】

老人的行为牵动着每一个观众的心。

历经几个小时，他终于写到了山脚下。他手肘处和膝盖处的衣裤已经磨出了毛边，汗水和雨水混在一起，分不清哪个更多。

只要爬上这个阶梯就可以进入寺庙了。所有人都提着一口气，在等所谓的神迹到底是什么样的。

在 MAZE 工作的钟朗有点心神不宁。

他当然也听到了别人的讨论，可当他第一眼看到那个老人时就认出了是昨天去医院接梁晚莺的时候，和她在路边说话的那个人。

他越想越坐不住，赶紧躲到楼梯走道给梁晚莺打了个电话。

"莺莺，网络上闹得很厉害的那件事是不是你做的？昨天在医院路边和你说话的老人是不是他？你到底在干什么？"

梁晚莺没有否认，低低地"嗯"了一声，道："我只是想帮他一把。"

"可是你准备怎么收场？真正的神？这也太夸张了。"

"你放心，我有办法的。"

"什么办法？之前那个为一对生病的母女做捐款方案的策划师被骂得有多惨，你知道吗？"

"我知道。"听着钟朗焦急的声音，梁晚莺小声说道，"可是钟朗，他的背影实在太像我爸了……"

钟朗愣了一下，口气瞬间软了下来："我只是担心你，现在网络暴力太严重了，我怕你承担不了这个后果。"

"你相信我，我会妥善解决的。"

挂断电话，钟朗叹了口气，转身离开了楼梯走道。

心急的他没注意到在上面一层的楼梯拐角,还有一对男女。

两人的身影被灯光拉得很长,在台阶上蜿蜒。男人姿态慵懒,看着站在面前仿佛要和他对峙的女人。

等钟朗离开后,女人将手里一束包装精美的鲜花递给他,继续说道:"这是你最喜欢的花。"

谢译桥接过她手里的花,指尖拨弄了两下说:"已经结束了,你还不明白吗?"

女人看他心情不错的样子,软下声音:"别这么对我嘛。"

"哦?怎么对你?"他收回手,嘴角噙着淡淡的笑,"当初是你来求我的,我给了你资源让你有了今天的名气和地位,可是我碰过你吗?又从你身上索取过什么吗?"

"我没有不让你……"

"我没兴趣。"男人打断了她的话,漫不经心地拨弄了下手里的花,娇嫩的花瓣在他掌心颤巍巍地发抖,"你听明白了吗?"

他说得直白,女人的自尊心被狠狠打击到。

是啊,当初她以为他愿意捧自己,肯定是对她有想法的,可是她用了很多手段,他一直都是一副兴味索然的样子。

女人不甘心地问:"那你当初为什么答应捧我?"

"大约是因为——我比较喜欢做慈善吧。"男人半开玩笑半认真地说道。

"可是译桥,我真的想和你在一起。"

他抬手压在玫瑰上,轻叹一声道:"为什么要这么贪心呢?"

曾被誉为百万玫瑰的朱丽叶就这样被他毁坏。

他的脸上虽然带着笑,可明显已经失去了耐心,这是他看似温柔,却绝无转圜余地的警告。

女人不敢再多说什么,戴上墨镜和口罩,将自己的脸遮严实,准备离开。走到拐弯处,她还是忍不住回头看了他一眼。

男人低着头,站在光影绰约的楼梯口,脸上的表情不甚清晰,名贵的玫瑰被丢弃在地面,又被他脚上锃亮的皮鞋踩碎,散了一地。

昏暗的楼道,仿佛一幅虚幻又丰富的画。

男人就是这幅画的灵魂。

这就是谢译桥,很多女人都想得到却没有一个人真正得到过的男人。

回到办公室后,谢译桥突然想到什么,对门外的秘书说道:"庄定,你去查一下监控,看看刚才在下面那个楼道里打电话的员工是哪个部门的。"

"我这就去。"

南渡寺门前,一个记者拿着话筒追问道:"老人家,这个结果您有想到吗?"

老人摆了摆手表示不想说话,佝偻着身子,坐在台阶上抹着眼泪。

是的,在老人努力爬上山郑重地上过三炷香以后,什么都没有发生。

喧嚣的风声和嘈杂的雨声仿佛也在跟随义愤填膺的群众狠狠唾骂着玩弄老人的那个幕后之人。

老人休息了片刻,又重新站起来,步履蹒跚地准备离开。

他的眼睛已经很难看清楚路了。花白的头发被雨水浇透,连同身上单薄的衣衫,紧紧地贴在身上,几乎能看到骨骼的形状。

好多人都不禁红了眼眶。

这时,一个戴白色鸭舌帽和蓝色口罩的女生默默地掏出几张人民币塞进了他的手里,然后就直接离开了。

人们好像被点醒,都不忍心看老人希望落空,纷纷慷慨解囊。

网络上也炸开了锅。

【我就说!果然是骗子!】

【奇迹在哪里?骗子又在哪里?】

【气死我了,这人也太可恶了!这么可怜的老人都戏弄。】

【太惨了,我也要给他捐款,三分钟之内,我要老人的银行卡账号。】

【把这个骗子找出来,我来教他做人!】

事情整整闹了三天,热度虽然逐渐下降,但声讨骗子的呼声却还没有见消退的痕迹。

钟朗担心得不行,因为已经开始有人试图去扒医院门口的监控了。

不过,好在老人的医疗费很快就凑齐了。

凑齐的当天,一段影片在社交媒体上疯转。

影片的内容很简单,老人虔诚坚持的画面、替他撑伞的人、上前搀扶的人,还有最后在南渡山自发捐款的人。视频的最后,是一长串网友的名单,还有一句话——

【你们每个人都是老人遇见的好心的神。】

网友们恍然大悟。

【神明竟是我自己!】

【我突然觉得好骄傲。】

【老人一开始就遇见了好心的菩萨啊。】

【什么菩萨,不就是鼓动网友捐钱嘛,那人自己出一分钱了吗?有什么了不起的。】

【下一步是不是要露脸直播当网红了?】

【别以为所有人都想当网红好吗?】

【用什么方式不行,这样折磨一个六七十岁的老人!】

【我觉得用这种方式引起人们重视挺厉害的。】

……

诸如此类的评论层出不穷,虽然还有很多不好的声音,但因为结果是好的,所以赞美的声音逐渐压过了那些不好的声音。

梁晚莺已经不在意了,钟朗还是心有余悸:"你以后做什么事跟我商量一下,这样做风险实在太大了,万一结果不是你想的这样呢?"

"一定会是这样的。"她笑了笑说,"我相信善良的人,总归是大多数。"

"可以找个更稳妥些的办法。"

"这是我在那么短的时间里能想到的、最好的办法。"梁晚莺低声说。

"充满希望还未曾绽放就枯萎的青少年总会引起人们更多的惋惜与关注,可是一个迟暮的老人……"

她叹了口气:"况且,现在这样不幸的人真的非常非常多,有很多很多人根本激不起一点水花。"

钟朗:"你就不怕被认出来然后被网暴吗?"

梁晚莺眨眨眼睛,笑道:"我戴着口罩呢,还打了一把伞,很难被认出来吧。"

钟朗狠狠揉了揉她的头发。

两人因为公司离得远,住得也远,一起吃过晚饭后就分开了。

梁晚莺刚回到家就接到了母亲严雅云打来的电话。

"莺莺啊,过两天就是清明节了,你和钟朗回来吗?"

"肯定的啊,爸走了以后的第一个清明节,说什么我也要回去的。"

"那记得提前买票。"

"不用。钟朗最近买了辆车,说到时候我们开车回去。"

"不错嘛。不过自己开车要当心点,现在的年轻人开车都风风火火的,一点都不注意。"

"嗯,我会跟他说的。"

母女两人又闲聊了两句,才挂断了电话。

梁晚莺走进浴室,拧开花洒。

水顺流而下,打湿了她一头长发。细密的水柱溅在脸上转瞬又淌了下去。她闭着眼睛,神思逐渐跑远。

她和钟朗是邻居,从小一起长大,一直相互照应,从读书到工作,钟朗一直都非常尽心。再加上父母关系也都很好,一直很希望他们两个能走到一起。可就是因为太熟悉了,她一直把他当哥哥看待,但是……

白色的水蒸气给镜子蒙上了一层纱,她的脸也变得模糊不清。她抬起手,在镜子上画了个清晰的"×"。

"谢总,昨天您让我查的人的资料我已经整理好了。"庄定手里拿着一个档案袋递给谢译桥。

"他是销售部的一个小组长,名叫钟朗,工作能力不错,挺有潜力的。"

谢译桥敲了下电脑空格键,暂停了正在观看的那条老人筹集好医药费的视频,画面停在了最后致谢的那句话上。

他接过资料大致扫了一眼,又看了看合同上的紧急联系人。

填的是钟朗的父母。

婚姻状态:未婚。

庄定继续道:"里面有个U盘,我还将他面试时候的监控拷了一份下来。"他顿了下,"还有,晚上八点,席总和您约了晚饭。"

谢译桥点点头,打开一个可以实时观看公司所有监控区域监控画面的电脑软件,切到了销售部。

钟朗刚收到个快递,是那天他偶然跟梁晚莺提到脖子很酸,她就给他网购了一个按摩颈椎的东西,刚好可以在休息时间放松一下。

他拿起手机给她发了条语音:"莺莺,你给我买的东西我收到了,我就随口说了一句你就记住了。"

旁边的同事看到滑着椅子凑过来,羡慕地说道:"哇,是你女朋友吗?这么贴心。"

钟朗笑了笑说:"现在还不是,但迟早会是的。"

"什么情况?"

"我们从小一起长大的,都认识二十多年了,没有人比我更适合她了。"

"哟,青梅竹马啊!那你还不抓紧点,小心被别人截和了,哈哈哈。"

"去你的。"钟朗笑骂了一声,自信地说,"除了我,她不会选择其他人的。"

"这么自信？改天带过来给哥几个见见啊。"

"好啊，以后有机会一起吃饭。"钟朗收拾完东西，摆了摆手，"我走了，我们约好了晚上一起去望江楼。"

"去吧，去吧。"

此时，在办公室看监控的谢译桥合上电脑，眉尾一扬，饶有兴致。

他起身对庄定说道："告诉席荣，今晚换个吃饭的地方，我们去望江楼。"

晚上。

梁晚莺来到MAZE集团的等候大厅。

大厅里有一个玻璃橱柜，陈列着公司开发的各种优质的产品。

她抬手隔着玻璃摸了下正中间的颜料——这就是"斑斓"啊。

"MAZE"是世界级的颜料公司之一，其中最为昂贵的就是"斑斓"系列，它收录了一整套来自大自然中的色彩，全都是极其珍贵的矿物质制成，效果自然也是非常出色。

它们就像闪闪发光的宝石，静静地躺在里面。

虽然她已经很多年没碰过画笔了，可是看到这样美丽的颜料，她还是忍不住惊叹。

可是它价格昂贵，不是她可以负担得起的。

况且，她以后估计也不会再画了。

等了大约有三分钟，钟朗从电梯出来，小跑两步，喊了声："莺莺！"

梁晚莺转身，看到男人后，笑着应了一声。

从MAZE到望江楼，开车只用二十分钟。这个地方有着通透的玻璃窗，可以将江边的美景尽收眼底。

等上菜的时候，钟朗活动了一下筋骨说："最近真是太忙了，出货量巨大，我每天都要加班，今天好不容易可以早下班一次。"

"怎么突然这么忙？"

"我们公司谢总前几天参加了一个慈善晚宴，然后就爆单了，库存都清完了。上个季度的销售量并不是很可观，反而被竞争对手压了一头，现在完全逆转了。"

梁晚莺好奇地问："他用了什么方法？这么厉害！"

钟朗大致将事情描述了一遍。

梁晚莺低着头，没有说话。

"怎么了？"

"没什么，只是觉得视觉上的感知力，靠抚摸是没有办法被替代弥补的，毕竟艺术创作太依赖眼睛了。如果看不见的话，他们即便付出百倍的努力，可能也只能收到微乎其微的反馈。"

"确实是这样。"钟朗话头一转，"不过，这个月我们部门发了很多奖金，今天想吃什么可以随便点！"

"真厉害！"梁晚莺很配合地拍了拍手。

"我还要变得更厉害，我要赚很多很多钱，以后留在大城市定居。"

梁晚莺看向窗外，夜晚的大都市依然灯火通明，热闹非凡。

宽敞的马路上，颜色各异的车辆川流不息。

高高的电视塔在夜晚更加耀眼，巨大的塔身在彩色的灯光下流光溢彩、绚烂夺目。

美丽的大都市。

她浅尝了一口杯中的红酒，垂下睫毛，笑了笑说："你喜欢就好。"

夜风从黄浦江掠过，吹进窗户，撩起她的长发。酒精缓慢地在她身体里发酵，脸上也开始有了热意。她酒量不好，两杯红酒下肚，眼睛就泛起了一层水雾。

结账的时候，前台说今天店里在做活动，超过规定的消费金额都有鲜花赠送。

梁晚莺有些意外，今天并不是什么节日，不过还是将花接了过来。

是一束包得极好的玫瑰，花瓣层层叠叠，不像是平常花店常见的玫瑰，看起来很昂贵。

梁晚莺以为是钟朗安排的，抬头看了他一眼。钟朗耸了耸肩表示确实不是自己安排的。

两人都喝了酒，没办法开车，只能叫了代驾。代驾还需要三分钟才能赶过来。

不远处，一辆银灰色的车停在那里，一个男人坐在里面，饶有兴致地看着不远处的两人。

女人穿着一件简约的浅色连衣裙，腰肢被掐得很细，怀里抱着一束玫瑰。

晚风吹拂，托起她黑色的长发，那张皎洁如月的脸彻底展现出来。

在等待的间隙，她眉眼微垂，用指尖拨弄着花瓣，有隐隐的风情从柔和的眉眼处泄露。

男人浅勾了下嘴角。

他的手腕随意地搭在黑色车窗边沿，骨节分明的手指带着一种不经意的优雅。

清明节前一天。

钟朗愁眉苦脸地刷着订票软件，依然显示着没有任何余票。他的车在这个节骨眼突然坏掉了，现在送修根本来不及。

这个突发情况将他的安排全部打乱，临时买票也根本来不及了。

他准备去问问有没有同事顺路的捎带一下，可是刚一转身，却看到了几乎不可能出现在员工茶水间的高层。

"谢总……"钟朗并没有什么机会跟公司最大的老板对话，而且还是在工作时间干私事这种情况。他硬着头皮喊了一声。

本来不指望对方会有什么回应，却没想到男人淡淡地回应了一声，然后还跟他搭起了话。

谢译桥手里端着一杯冰咖啡，声音轻缓："你遇到困难了吗？"

钟朗赶紧回道："没什么，一点私事。"

谢译桥靠在大理石流理台面上，浅啜了一口咖啡，浅褐色的眸子柔和随意："不用紧张，随便聊聊，最近你的业绩很突出，不错。"

钟朗有点受宠若惊，没想到自己一个销售部的小组长都能被高层注意到。

"谢谢您的夸奖。"

"刚听你打电话好像说是回不去家了？家在哪里？"

"溪华。"

谢译桥随和的态度让钟朗放下了拘谨，不自觉地打开了心扉："我本来准备开车回去的，就没有订票，现在车坏了，票也买不到……"

谢译桥对他的遭遇表示了同情。

临下班的时候，钟朗还是没有找到解决办法，想着现在去找大巴不知道来不来得及。

正当他苦恼之际，谢译桥身边的庄定跑过来找他了。

"钟朗，你来一下，我有事找你。"

虽然两人在工作上几乎没有交集，但钟朗还是跟着庄定去了走廊。

"有什么事吗，庄秘书？"

"你不是买不到回家的票吗？谢总要去一趟淮奉，离你那里不远，如果你愿意当司机的话，可以捎带你一程。"

"真的吗？"这突如其来的幸运砸到他身上，他惊讶之中掺杂着感激与万幸，忙不迭地说，"我愿意，我愿意。实在是太感谢了，这可帮了我大忙！"

庄定道："那今天下班，谢总在公司门口等你，他会开那辆银灰色的库里南。"

"好，好。"

下班后，梁晚莺回到家简单收拾了一下行李，然后下楼等钟朗过来接她，却在楼下看到一辆从未见过的车。

随后，钟朗打开车门走下来。

梁晚莺有点诧异："这……是怎么回事？你的车呢？"

钟朗接过她手中的行李放到后备厢,然后将事情大致跟她解释了一下。梁晚莺点点头,没有再多问。

"你和我老板坐后面,副驾驶放了个双层大蛋糕。"钟朗压低了声音道,"我知道可能会有点拘谨,但只能这样了。"

"嗯,没关系,能顺利回去已经很好了。"

钟朗打开后座的车门,让她坐了上去。

天已经黑了,车灯昏暗,男人坐在后座,脸浸在阴影里,只能看见线条锋利的下颌。他好似被一团深秋的薄雾笼罩,在阴影中安静得像一尊日暮黄昏里的雕像。

"您好……谢谢您的帮助。"

男人没有说话,微微颔首示意自己听到了。

梁晚莺想,他大约是个比较严肃冷漠的人吧,还是不要打扰他了。

"我还是第一次开这样的车。"钟朗坐上驾驶位,准备启动车子,语气中带了点兴奋。

与钟朗的兴奋不同,坐在后排的梁晚莺则有些窘迫。男人被西裤包裹的腿修长笔直,在狭小的空间里非常有存在感。她默默地将腿并拢斜放,避免路上颠簸时碰到他的膝盖。

她将自己的占地面积缩到最小,连呼吸都放轻很多。

她侧头看向车外。这会儿工夫车子已经驶离市区,上了高速。

高速上的风景几乎是一成不变的,看着看着就让人起了困意。

她闭上眼睛准备小憩一下,可是一直有股浅淡的幽幽香气钻入她的鼻腔。

那个味道,就像是壁炉里燃烧的木头,带着清浅的木质香味与暖意,一点一点地渗透到整个空间。

不知道过了多久,她的喉咙突然有点发痒,小声地咳嗽了两下。

"怎么了?"钟朗从内视镜看她。

"没事,就是喉咙突然有点不舒服……"

"走得太匆忙了,都忘了带几瓶水。你等一下,前面就有个服务站,我去买。"

到了服务站，钟朗下车后，梁晚莺看着他离去的背影，觉得更尴尬了。

昏暗狭小的封闭式空间，她和一个陌生男人坐在一起，感觉连流动的空气中似乎都沾染上了令人窘迫的因子。

男人被西裤包裹的长腿动了动，他转过头来。英俊的面容从阴影中逐渐显现，他的肤色是冷色调的白，莫名让人联想到冰凉的大理石。

男人突兀地开口问道："你叫什么名字？"

梁晚莺愣了一下，而后才回答道："梁……晚莺。"

"Liang……"他的舌尖抵住上颚，发出一个音节，顿了一下，又问，"是夜莺的莺吗？"

"嗯。"

男人似乎勾唇笑了一下，又或许是她太紧张看错了。可是紧接着，他又低声说道："很好听。"

梁晚莺不是很擅长社交，手指绞着背包上的流苏，低声道了句"谢谢"。

"莺莺，给你水。"

钟朗终于回来了，梁晚莺这才松了口气。

他抱着三瓶矿泉水，从窗户递给她两瓶，让她递给谢译桥一瓶。

男人接过水的时候，不小心碰到了她的手。他的小拇指上有个银色的素圈戒指，抬手的时候被路灯照到，闪了一下。

她的指关节像是被冰块冰了一下。那点小小的凉意却很快变成了火，几乎能将她灼伤。

她赶紧缩回了手。

男人接过水以后又恢复了那个雕像般的坐姿，纹丝不动。只有车子每次行驶到路灯下的时候，能短暂地照亮两秒他的脸。好像刚刚的所有行为只是魔法暂时给予的自由，时效过后，一切恢复原样。

梁晚莺几乎要怀疑刚才那一幕是自己太困了做了个梦。

快到家的时候,她向他道过谢后准备下车。男人的身体微微动了动,调整了一下姿势,然后她的手里就被塞了个东西。

她来不及细看,钟朗已经下车打开了车门:"莺莺,下车了。"

"来了。"

严雅云得知梁晚莺今晚回来,一直没睡,在客厅留了一盏小夜灯等她。

昏黄的夜灯照在她的身侧,由明亮缓慢过渡到黑暗。面前的电视机被调成静音,播放的频道已经停了,屏幕上是一张圆形的由各种方块组成的彩色图片。她坐在沙发上,单手撑着头,闭眼假寐。

梁晚莺回到家,看到的便是这番情景,她走过去,轻轻喊了声:"妈,我回来了。"

严雅云睁开眼,看到女儿以后,恍惚了两秒,随即浮现出喜悦之色。她站起来,拉住女儿的手说:"我一直等着你呢,刚不小心睡着了。"

"你困了就睡嘛,还等我干什么?"

严雅云拍了拍她的胳膊:"我还不是担心你,怕夜路不好走。"

"钟朗跟我一起呢,没事的。"

"要不是跟他一起,我还不同意你赶夜路呢。你饿不饿?我给你下碗面吃。"

"我不饿,现在都几点了。明天再说,妈你先去睡吧。"

"那你也赶紧睡,你房间里的床单被套都是我刚换的。"

"嗯嗯。"

回到卧室,梁晚莺躺在那张熟悉的小床上。

新换的被褥带着阳光的味道,熟悉的触感充斥全身,将她包裹。她闭上眼睛,深吸一口气,将四肢舒展开来。

突然想起之前男人塞到她手里的东西,她将那东西从口袋里掏出来,举到眼前——是一张黑色烫银的名片。

上面的内容非常简单,只有一个名字和电话号码。名片背面有一小片水彩油墨洇染的工艺,为漆黑的底色增添了亮点。

"谢译桥……"她喃喃自语。

他是什么意思呢?梁晚莺看着自己手里的名片,思绪像深夜悄然落下的霜。

清明节当天,扫墓的人非常多。

梁晚莺将手里的花放下,然后清理了一下墓旁的杂草。

墓碑上那张小小的照片里,五十多岁的男人嘴边噙着一丝和善的笑。

梁敬舟在一年前突发脑出血去世,没有给任何人反应的机会。她甚至还没有成家立业,还来不及孝顺他,他就这样走了。

严雅云抹起了眼泪,一边摆放贡品,一边小声念叨着:"缺什么了你就托梦告诉我,你怎么能一次都不来我梦里呢……你之前资助的那些孩子,我会继续的……你就放心好了。"

今天的气氛一直很沉重,梁晚莺吃过午饭以后开始帮着母亲打扫卫生。

走进书房旁边那个画室,调色盘上的颜料已经干涸,画笔仓促地掉在颜料盘里。画架上落了一层灰,白色的画纸上面有一摊红色的颜料因为长时间的日晒褪了颜色。那是她当初画了一半的作品,自从父亲去世后,她就再也没进过这个房间。

她将上面的画纸取下来,由于时间太久,胶带已经失去黏性,很轻易就被撕了下来。

她将画纸卷起来丢进了抽屉里,然后将干掉的颜料盒和刮刀之类的画具都丢进了垃圾桶。

假期结束,为了不耽误第二天的工作,他们得提前一个下午走。

乘坐高铁不到三个小时就回到了工作的城市。

钟朗先将梁晚莺送回了家。

临到要分开的时候,梁晚莺咬了咬唇瓣,最后还是叫住了他。

"怎么了？"

"这是那天你们老板让我交给你的，"她从包里拿出那张名片，"我差点给忘了。"

钟朗接过来，不疑有他，高兴道："这是谢总的私人名片，不是所有人都能得到的。"

梁晚莺没说话。

钟朗将名片放进皮夹，说："我先走了，明天上班还有很多要准备的。"

"嗯。"

钟朗工作的时候想起了谢译桥给他的那张名片。他拿出来看了两眼，随后将名片压在了键盘底下。最近他的工作并不顺利，所以有些沮丧，但突然得到了谢总的青睐，让他低迷的心又燃起了斗志。

谢译桥经过销售部的时候，一眼就看到了那张被压在键盘下露出一角的名片。

正是他那天给梁晚莺的那张。这个样式的名片并不是他对外公开使用的。他挑眉，翘了下嘴角。

晚上下班的时候，梁晚莺走出公司大门，突然看到那辆熟悉的库里南。

心跳骤然加快了两秒，她犹豫地停在原地看了两眼。

车窗降下，男人侧过头跟她遥遥对视，眼尾微微向下一压，对着她露出一个模糊不清的微笑。

梁晚莺下意识地向后退了一步，有瞬间的慌乱。

他是来找她的吗？可是他们并不熟悉。

两个人遥遥相望，女人站在原地迟迟不肯再多走一步。

僵持片刻，他准备下车，可是下一秒，女人转身从另一边跑掉了。

谢译桥有些许诧异，转而笑了。

"算了，"他用手指敲了敲车椅的扶手，对司机说，"走吧。"

看到谢译桥并没有跟上来，梁晚莺才微微松了口气。

谢译桥这样的人，有很多花边新闻，情史丰富，但是他出手阔绰、温柔体贴，还很懂浪漫。

即便知道跟他在一起不可能会有结果，但是短暂地有过一段，也令很多人心驰神往。

可是这样的人……不应该跟她有交集。

或许是她想多了吧。

梁晚莺摇了摇头，把这件事抛在脑后。

梁晚莺最近加班的时间变多了。手里堆了好几个方案，她忙得不可开交。因为公司体量小，没有那么明确的分工，所以很多事情她都要亲自去做。暂时做完手头比较紧急的项目，她刚准备喘口气，快递小哥送来一个包裹。

不记得自己什么时候网购了，估摸着是上个项目的品牌商寄来的样品吧。

她签收以后，拿起桌上的美工刀划开外包装，看到一个非常精致的礼盒。

漆黑的磨砂表面，质感厚重，一条金色的丝带在礼盒中间缠了个蝴蝶结。

她将盖子打开，瞬间震惊得睁大了眼睛——是一整套"斑斓"。

每种颜色的颜料用上好的宽口瓷器瓶装好，按饱和度区分，依次排开，精致又赏心悦目。

梁晚莺几乎是瞬间就想到了这是谁送的。

原来那天，谢译桥真的是来找她的。

"哇，这个牌子我知道，好贵的！"小金端着咖啡凑过来，看着这个礼盒发出惊叹，"原来你还会画画啊？"

"嗯……以前学过几年。"

"厉害啊！帮我画一个呗。"

"我很久不画了，对不起……"

"好吧。"看梁晚莺一副很为难的样子，小金没再追问，"这是谁送给你的，男朋友吗？"

梁晚莺摇了摇头，赶紧将盒子收起来，岔开了话题。

接下来的几个小时，她脑子里一直在想这件事情。他为什么要送自己这么昂贵的礼物？

要是没有钟朗，他们就是两个毫无交集的陌生人。而钟朗是他的下属，不需要讨好，更无须以这种手段表示对下属的肯定。

如果不是因为钟朗……她自认没有让这样的男人一见钟情的本事，也没有什么值得他图谋的东西，因此这份"好意"就更没有理由了。

不行，她得把东西还给他，也得跟他划清界限。

晚上下班的时候，梁晚莺抽空去了MAZE。

她本来想直接交给前台，可前台得知是要转交给谢译桥的东西，直接拒绝了她。

"抱歉，女士，谢总没有交代过的物品，我们一律不收。"

梁晚莺正犹豫怎么办才好的时候，谢译桥的特助从电梯出来，将她请到了办公室。

男人站在一面玻璃墙前，背影高大挺拔。

听到动静后，他转过身来："梁小姐。"

他穿着一身乌青色的西服，肤色被衬得异常的白；右上方的口袋里有一块小小的方巾，颜色极其艳丽，可是这点色彩并不突兀，反而给他增添了一种冷雅的气质。

她突然想到了那张名片，在极致深沉的黑里那抹明丽的色彩。

他好像特别中意这种小范围的色彩搭配，也不知道是不是受到产品的影响。

"梁小姐今天来找我，是有什么事吗？"他主动开口了。

梁晚莺深呼吸，将那套颜料拿出来："这个……"

男人不慌不忙地端起咖啡浅啜了一口,那双浅褐色的瞳孔隐在热气后面,让人看不出情绪。而后,他淡淡地问了一句:"不喜欢吗?"

"太贵重了。"她勉强又拘谨地笑了笑,试图拉开彼此言谈间的距离。

无关喜不喜欢,只是因为不合适。

"答非所问。"

"……我不明白您这么做的意思。"

他并不给她解惑,反而问了另一件事:"我给你的名片呢?"

"我并没有什么需要联系您的事情。"

男人微微颔首,没有反驳她:"所以,你把名片给了钟朗。"

她克制着想避开他目光的冲动,说:"我觉得给他更合适一点,不是吗?"

"你们两个是什么关系?"男人不紧不慢地问。

"这应该与您无关。"

他笑了笑:"你怎么跟他解释名片的事情的?"

梁晚莺正要回答,突然想起他对她提的问题一点都没有回应,反而将她拖入他的逻辑里,解释一些没有意义的事。

她皱了皱眉头:"这是我的事,我只想知道您为什么要送我东西。"

男人突然笑了:"那这也只是我的事。"

她咬了咬下唇:"可是您的行为令我感到困扰。"

"只是一件很简单的礼物而已,梁小姐不必这么紧张。"

谢译桥倾身,将咖啡杯放在桌面上,然后抬眼看向她。他的姿态是放松的,表情也是柔和随意的,浅褐色的瞳孔像是流动的蜂蜜,在日光灯下越发剔透。

可是那一眼,让她感觉头顶上方好像有一张密不透风的网缓慢将她包围。

简单?顶级颜料比奢侈品还要难得,是非常昂贵的消耗品了。

不想再跟他打太极,她站起来:"无功不受禄,请您不要再做这种事了。"

说完,不等他再说什么,她就逃一样地快步走向门口,紧张戒备的情绪令她的步伐略显僵硬。

他让她感到危险。

谢译桥站在玻璃墙前向下看去。

女人纤细的身影很快消失在他视野中。

"译桥,看什么呢?这么专注。"席荣从外面直接走了进来,拍了下他的肩膀。

"没什么。"谢译桥修长的手指细细地描摹着一尊贝尼尼雕像的复刻作品,看着阿波罗与达芙妮纠缠的肢体,他挑眉笑道,"我只是在想如果阿波罗聪明一点,可能就不至于如此了。"

席荣饶有兴致地"哦?"了一声。

"毕竟一个猎人只会穷追猛打的话,最后大概率只会让猎物逃跑,还让自己筋疲力尽。"他的瞳孔幽暗,带着深意,"可是布下陷阱、放饵,最后再收网,就可以很轻松地享受胜利的果实。"

席荣问道:"你看上谁了?这么多追你的还不够吗?还用得着你费劲?"

他漫不经心地开口,然后转过头,笑意加深:"生活无趣,找点有意思的事情做。"

Chapter 2
掌中织网

五一前夕,策划部接到一个公益性质的项目。神龙见首不见尾的老板破天荒在公司开了个早会,说起这个项目。

"因为今年下了一场冰雹,砸烂了很多果子,不过还有很多被挽救下来的,可是那些苹果品相都不好,农民卖不出去,都要烂在地里了。"大老板喻晋端起保温杯咂了一口,"你们有没有什么办法?头脑风暴一下。"

小金张口就来,用手指比画了一下:"网店卖呗,搞个大海报,配上那个经典的老伯伯,'苹果滞销,救救我们'。"

程谷一巴掌拍在他的后脑勺上:"你真是个烂梗王。"

小金摸了摸头:"要么直接说吃了这种果子可以美容养颜、补肾壮阳,啥东西冠上这么个名头,一定会卖断货。"

"你正经点吧。"

"小梁,你有没有什么想法?"

喻晋突然点了梁晚莺的名字。

梁晚莺一愣,她在公司里一直比较低调,也不是特别出挑,分到的项目也是一些体量较小的公司,不知道大老板怎么注意到了她。

不过她暂时也没有什么好的想法,便摇了摇头,说:"有样品可以看看吗?"

"前台那里堆了一批,下班的时候每人可以提一箱回去,虽然不是很好看,但是味道绝对可以。"喻晋说,"这个项目做好了,五一你们就不用加班还有奖金拿。"

他说完,端起泡着枸杞的保温杯踱步离开了。

"哇,干劲噌一下就上来了,老板怎么突然这么大方?"

程谷说:"因为是老板家乡的果民受灾,咱们老板以前就是靠承包果园挣的第一桶金。"

"怪不得他这么随和。"

"随和咱们也得把活儿给干好了。"

"那是肯定的!"

下班回到家后,梁晚莺看了看这些苹果。

个头倒是挺大,但是因为被冰雹砸过,卖相确实很难看。

现在社会,大家的生活水准都好了起来,如果是以前,只要够便宜,还是有很多人买的。

她削了个苹果,将那些被冰雹砸烂的洞剜掉,然后咬了一口,清甜的汁水瞬间盈满了口腔。

"好甜啊!"

在入口之前,她完全没有想到这个丑丑的果子会有这么好的味道。可是这样的外表,也没有人愿意购买。

第二天,公司开早会。

棕红色的桌面上摆着五个苹果,策划部的几个人看着苹果一言不发。

程谷进来以后,破口大骂:"你们给我上供呢,是不是还要插几根香?方案做不出来,这周末你们就给自己上供吧,都给我加班。"

"不是吧。"会议室瞬间响起一阵哀号,几个人臊眉搭眼地一人拿了一个苹果,"这么丑的苹果,怎么卖得出去啊。"

"好卖的话还要你们干什么?"

程谷又说:"昨天带回家的苹果你们有没有尝尝?"

小金拿起一个苹果吃了一口："当然吃了。别说，这玩意儿虽然有点丑，但是挺好吃的。"

程谷说："因为今年日照时间长，雨水也不多，所以苹果比往年都要甜一些，如果不是这场突如其来的冰雹，肯定要大丰收的。"

"可是它丑。"

程谷说："你长成这样都能找到女朋友，我还不信这么甜的苹果卖不出去。"

小金的长相倒也说不上难看，主要是眼睛比较小，平时又比较皮，所以经常会被调侃。

小金毫不在意，笑嘻嘻地说："那是我心里美啊。"

心里美。

大家原本垂着的头瞬间抬了起来。

"妙啊。"施影拍了拍他的肩膀，"小金。"

他眨了眨那双小眼睛："什么妙？你也发现我的美了？"

"我们就用这个'心里美'为卖点来宣传，但好像还差一些爆点。"

陈淼弱弱地说："可是有种萝卜品种就叫'心里美'。"

梁晚莺冷不丁地开口说道："那我们给这个苹果重新命名怎么样？"

"什么？"

"我昨天在网上查阅了一下资料，'米国'高原地区，曾经有个农场主将被冰雹砸过的果子特定为高原地区苹果的印记，并且列举了这个地区苹果独有的优点，最后居然供不应求。"

"你的意思是，我们也这样命名一下，让它成为苹果中的特殊品种。"

"是的，而且之前不是有什么'丑橘''爆炸桃'之类的营销，也很成功。"

程谷在嘴里重复了一下："很好，你们尽快把方案写出来，然后落实一下。"

"好。"

紧赶慢赶，大家一起努力，终于在放假前搞定了营销方案。

这次的营销方案进行得很顺利，大批滞销的水果卖了出去，给果农们挽回了一点因自然灾害带来的损失。

喻总很高兴，给每个人都发了一笔奖金。

大家聚在一起讨论五一去哪里玩。

梁晚莺本想着回去陪严雅云，可是给她发了微信才知道她跟朋友报了个中老年旅游团去张家界玩了。

梁晚莺很开心她能有自己的生活。

钟朗在这个时候打电话过来。

上完最后一下午的班，就可以放假了，手头工作基本都告一段落，他的声音也放松了许多。

"莺莺，我们公司组织了旅游，可以带个人。我想带你一起去，机票、食宿全包，度假村条件也很好。"

梁晚莺犹豫了一下，心里生出一种说不清道不明的不安。

"你最近不是也很累吗？这次是去度假村，很舒适。机会难得，这个名额浪费了太可惜了。"

"好吧。"

"那我明天来接你，四点的机票，我们下午两点就要出发。"钟朗高兴地说道。

"嗯。"

第二天，梁晚莺简单收拾了几件换洗的衣服和护肤品，提了一个小小的箱子。

钟朗过来，接过她手里的箱子，放进出租车的后备厢，然后两人一起去了机场。

上飞机的时候，钟朗给她介绍了一下这次一起去的几个同事。梁晚莺礼貌地与他们打了个招呼。

很快到了度假村,办理好入住以后,他们拿着房卡分别去找各自的房间。

钟朗和梁晚莺被分到了五楼的一个房间。

她有点紧张。

虽然两个人小时候经常在对方家里睡觉,但成年以后便很少这样了。

钟朗似乎看出梁晚莺紧张的情绪,笑着揉了揉她的头顶:"以前你天不怕地不怕的,现在这是害羞了吗?放心吧,这是套房,里面有两个房间。"

说着,他打开房门,看到房间里的情景,愣了一下,有些意外。这样上下两层的豪华房型一般都是高管级别才能住的。虽然他心里嘀咕,但还是带着梁晚莺走了进去。

将行李放好以后,他又问:"等下我们有个小型的员工聚会,你要不要参加?"

"我昨天晚上没睡好,头有点晕,你们玩吧,我想先休息一下。"

钟朗点点头,给了她一份地形图:"这里有温泉、按摩还有各种体验馆,如果你想去的话,可以按照地图走。我们的票是一价全包式的,所有吃的玩的都不用额外花钱,你把这个手环戴上。"

"好。"

钟朗走后,梁晚莺洗了个澡就睡了。

放假前她连着加了半个月的班没有休息,然后就跟着钟朗来了度假村。

她倒下之后本想看下手机有没有什么未读消息,可是挨到枕头没两分钟就陷入了梦境。

也不知道睡了多久,等她再次醒来的时候,房间里已经很黑了。她还握着手机,手腕都有些发酸。

将窗帘拉开,度假村的照明灯都亮了起来。

已经晚上十点了,钟朗还没有回来,手机上也没有他的消息。

梁晚莺拿起手机，给他打了个电话。电话"嘟嘟"响了几声，一直没人接。

她开门准备去外面找找看，就在手机响铃要结束挂断的时候，电话通了。

"你好。"

听筒里传出男人微微低沉的嗓音。

四周过分安静，她呼吸微滞，心跳都缓了半拍。这声音并不属于钟朗，但又有点熟悉。

她愣了一下，将手机从耳边拿下，看了眼自己拨出的号码，这才问道："你是谁？"

"你找钟朗吗？"对方不答反问。

梁晚莺不自觉地顺着他的话问下去："嗯……他在哪儿？"

"在我这儿。"

"你在哪儿？"

"505。"男人顿了顿，似乎颇有兴致，"你要来吗？"

505？那就在她隔壁房间。

"我在门口。"

话音刚落，空旷的走廊上响起"咔嗒"一声。

她愣愣地转头看去，是505的房间门打开了。紧接着，男人高大的身影出现在门口。

心跳陡然加快，她下意识地后退一步："是你。"

男人没有接话，一只手仍漫不经心地搭在门把上，就这么盯着她，慢悠悠地开口："来找你的小竹马？"

走廊上灯光暖黄，将他随意的神态勾勒得让人难以捉摸。

她有些慌乱，垂眸谨慎地点头："嗯。"

闻言，他低低地笑了一声，问道："你要进来吗？"

梁晚莺一怔，下意识抬眸看向他。四目相对的瞬间，她意识到他在邀请自己进他的房间。

她慢慢眨了眨眼，目光戒备，将信将疑地上前几步，从他的身侧向房间内部看去。

他似乎准备休息了，只亮了几盏壁灯，灯光调成了柔和的黄光。

壁灯的光线仿佛在房间交织出一张散发着微光的网。整个房间就像一只蜘蛛的巢穴，正静静地等待猎物闯进来。

谢译桥了然地偏过头，微微勾唇，随即侧了下身体，留出足够的空间让她看到沙发上的男人。

梁晚莺提着的一颗心落了回去，为自己刚才的念头感到羞耻。

"他怎么会在你的房间？"她若无其事地问。

他摊手回："可能是喝多走错了。"

"那……"

"你不进去叫醒他吗？"

她哑然，最终硬着头皮往里走。而男人漫不经心的脚步声不远不近地跟在她身后，一步一步，踩得她脑子里的弦发紧。

钟朗身上有很浓的酒味，已经在沙发上沉沉地睡去了。

"阿朗，醒醒。"梁晚莺俯下身，有些急切地推了推他，但是他毫无反应。

她忍着心慌又推了两下，希望他能赶快睁开眼起身跟自己离开这里。

就在这时，一股温凉又清透的味道钻入她的鼻腔，像是炎热的夏日井水中浸泡过的佛手柑，缓慢将她包围。

她猛地一回头，谢译桥就站在她身后不到一拳的位置。

这已经远远超过了他们之间相处该有的安全距离。她甚至能感觉到他温热的体温，像冬日壁炉里刚刚点燃的木柴，顺着空气一点一点将热意渡到她的身上。

心跳加快，血液飞速涌动。梁晚莺庆幸室内灯光昏暗，足以遮住自己脸上不自然的表情。

谢译桥始终垂眸盯着她，见她回头，也并没有掩饰自己的打量。

片刻后，他才故作恍然地微微挑眉，十分好心地开口问道："需要帮忙吗?"

  他靠得实在是太近了,以至于她都没有反应过来他话里的内容,身体就越过大脑的支配,提前做出了拒绝的判断。

  她下意识地摇了下头。

  谢译桥眉眼舒展,如她所愿地转身走开。

  房间另一边有个小吧台,他走到那儿停了下来,随手拿出一个剔透的玻璃杯,往里面倒了些水。

  彼此的距离拉开以后,梁晚莺才意识到一个问题——不让他帮忙,仅凭她自己的力气又怎么可能把钟朗带回房间呢?

  刚刚她没过脑子就拒绝了他,现在再想反悔又不太好开口了。没办法,她只能认命般拉起钟朗的胳膊,试图将他搀扶起来。

  然而一个成年男人,并不是她能轻易架得起来的。

  她折腾了几下,额角都渗出了细小的汗珠,可也只是让躺着的钟朗坐了起来,身体依旧没能离开沙发。

  "钟朗……"梁晚莺实在没力气了,又着急离开,稍微加大了点音量,试图将他唤醒。

  此时,吧台边的谢译桥端着水走了回来,她继续喊也不是,用力拉拽也不是,只能讪讪地蹲在原地,局促得掌心与后背都泛起了潮热。

  "喝点水?"男人抬手,将杯子递给她。

  "不用了。"

  谢译桥轻笑,并不在意,问道:"你很紧张?"

  "没有……"

  "可是你的声音好像在抖,"他眉尾一挑,语气间带着几分笑意,"你很怕我?"

  梁晚莺抿起唇,抬高了一点音量矢口否认:"你想多了。"

  梁晚莺说不上来自己究竟在怕什么。即便谢译桥的态度一直都是温柔随和的,甚至可以称得上亲切,可是总会给她一种难言的压力。

在车里时暧昧的态度、那令人费解的礼物，还有在公司楼下等她时那个模糊不清的微笑。

这种感觉无法描述，但是每次对上他那双浅褐色的眼睛，就像是泼进热水里的蜂蜜，拉出一条条黏稠的细丝，然后缓慢将你包裹，最终一起沉进水底。

他好像在试图闯进她的世界，但她应该和他保持距离。

女人低着头，细细的脖颈柔嫩雪白，被壁灯镀上了一层薄薄的亮光。身上质地轻柔的白色睡衣干净温暖，带着淡淡的馨香。眼睫轻颤，像一只找不到出路跌跌撞撞的蝴蝶。

谢译桥决定不再"为难"她。

"现在我可以有这个荣幸帮助你吗？自强不息的梁小姐。"他的语气带着零星的笑意，明明是在调侃，却又绅士得仿佛是在邀请她跳舞。

钟朗身高一米八出头，可是谢译桥搀起他的时候一点都不吃力，反而非常轻松，甚至她想去搭把手都没有机会。

她赶紧小跑两步赶在两人前面打开房门。

谢译桥站在玄关处，不动声色地打量了下整个房间，随后淡淡地收回目光，问道："把他放哪里？"

梁晚莺快走两步，将一个房间的房门打开："就这里吧，谢谢你。"

这个房间放着钟朗的行李箱，还有一些拿出来的日用品，并没有她的东西。谢译桥若有所思地垂眸，嘴角微勾，放下人后，转身向门口走去。

梁晚莺将他送出去："真是麻烦你了。"

男人背对着她，潇洒地摆了摆手。

梁晚莺刚把钟朗安顿好，突然听到了敲门声。

她还以为是谢译桥又回来了，结果打开门一看，是客房服务员。

"女士，您好，这是您点的晚餐。"

"我没有点啊？"

"是隔壁的谢先生帮您点的。"

"哦……谢谢。"

这份晚餐并没有多复杂，非常简单。

一份可颂培根三明治配慕斯，加上一杯热棉花糖巧克力牛奶，刚好够她吃饱。

棉花糖在巧克力牛奶中慢慢融化，最终融为一体。她端起杯子，抿了一口。绵密香甜的味道在舌尖蔓延，给味蕾相当舒适的享受。她确实饿了，下了飞机到现在都还没有吃东西。

只是不知道他是怎么察觉的。

谢译桥在隔壁的房间，没有睡意。

他端起茶几上已经放凉的水杯喝了一口，转眼瞥见浅色的沙发扶手上有一根细细长长的黑色发丝。

他捡起来，在手里把玩了一会儿。

黑色的长发缠绕在男人修长的手指上，黑与白形成鲜明的对比。

清风从窗户吹进来，撩动发丝，亲吻着掌心，带来轻微痒意。他想起她垂眼时颤抖的睫毛。深沉的夜晚，那点痒顺着表皮，逐渐向心口蔓延。

第二天，钟朗头痛欲裂，本想陪梁晚莺一起在度假村逛逛，可是宿醉的感觉实在太难受了。

梁晚莺给他端了杯热牛奶，说："没事，你休息吧，我自己出去转转。"

钟朗有气无力地点点头："那我下午陪你。"

"好。"

梁晚莺走出房间，一直有热情漂亮的小姐姐跟她打招呼。

刚开始她还有点不习惯，后来才知道她们都是度假村的工作人员，可以陪着客人一起游玩，教客人一些东西，算是一种特色服务。

前面有一个路标，上面几个彩色的箭头指示牌分别标注了几条去往不同项目的路。

正当她研究去哪里的时候，手机突然响了——小金的微信视频。

"嗨，晚莺。"

小金那张大大的脸出现在视频镜头里，梁晚莺笑了笑说："怎么突然给我发视频，有什么事吗？"

"我们几个去自驾游了，现在到新疆了，在吃手抓羊肉、烤包子、缸子肉，香！来馋馋你。"

"哇，你们好可恶！"梁晚莺故作生气，"故意让我看得到吃不到。"

程谷凑上来说："你那里呢？海鲜很多吧。"

"我还没来得及去餐厅呢。"

就这样叽叽喳喳一边聊一边看，梁晚莺也不知道自己走到了哪里。

微信工作群突然有新消息跳了出来，程谷看了一眼说："老板发红包了，大家快去抢。"

小金："哇哦，晚莺，先挂了！快去抢红包！"

"好！"

在工作群抢过红包以后，梁晚莺也跟在同事后面说了一句"谢谢老板"，然后再抬头看的时候，发现自己竟然不知不觉溜达到了世界艺术馆。

这里能看到很多新奇的艺术作品，世界名画、雕塑作品，还有运用 3D 打印技术复刻出的一些世界奇观。

梁晚莺从拱形的大门走进去，沿着白色的连廊先去了名画馆。这些名画使用的都是相当精细的样稿，色彩和细节都还原得非常好。

她一幅一幅地看过去，想找找有没有自己喜欢的作品，可是走着走着，却不期然地看到了谢译桥。

纯白的展馆，盘旋的回廊。

整个场地的造型独特，外层一圈环绕的钢骨结构像排列整齐的黑色琴键，将光影切割得影影绰绰。

男人站在光影处,身上穿的是一件简单的白色衬衣,笔挺的高腰背带裤,腰线流畅,在后腰处有一个鱼尾状的小开口连接两条背带,将他整个人的身形修饰得更加优越。

他正站在弗拉戈纳尔的《秋千》前细细端详。华丽的洛可可风颜色鲜艳,在阳光的照耀下,那些浓丽的色彩仿佛投射到他的身上,就像是年轻英俊的画家,在创作时不小心沾染上了颜料,苍白的人像瞬间被注入了鲜活的生命力。

他在看画,而旁边有很多人都在看他,而他似乎对那些频频投来的视线习以为常,视若无睹。

梁晚莺准备绕道走,但是谢译桥已经发现了她。

"梁小姐。"他在她转身前开口叫住了她。

梁晚莺只好停下脚步,抬眼看向他。

谢译桥在看人的时候,眼神非常专注,就像是对待自己珍藏的艺术品般,带着丝丝缕缕的欣赏和愉悦。

"听钟朗说起过,你以前是学油画的,想必对美术史有一定的了解。"

梁晚莺不自然地眨了下眼睛,开口道:"马马虎虎吧。"

"那你如何评价这幅画?"

梁晚莺扭头看了一眼。

画面上是一位美丽的贵族少女正在荡着秋千,大大的裙摆随风飘起,一只纤巧的鞋子也抛向半空。

少女身后推秋千的是一个上了年纪的老头,而女子前面的灌木丛里还躺着一个年轻的男人试图去接她的鞋子,两人目光缠绵,交织在一起。

梁晚莺说道:"如果从技艺上来讲,无可挑剔,无论是色彩还是景观,都非常细致。"

"哦?如果从内容上来讲呢?"

"低俗。"她硬邦邦地扔下两个字,而后又补充了一下,"轻佻。"

"哦？"谢译桥完全不在意她话语中那点小小的尖刺，"何以见得？"

"这幅画迎合的就是当时贵族的喜好，那个时期的贵族之间，充斥着这种虚浮的艳情轶事，丘比特雕像竖在唇边的手指，老人脚下吠叫的狗，还有女人那只丢掉的鞋，都在暗示这些。"

说起这种事，梁晚莺不自觉地话多了起来，顺便批判了下这种不良风气。

"原来如此。"男人笑了笑，那双浅褐色的眼睛微微弯出一丝漂亮的弧度，"我倒觉得还不错。"

"毫不意外。"梁晚莺看了他一眼，"画中贵族所追求的这种享乐主义，非常……"

她斟酌了一下自己的用词，降低了一点攻击性："非常符合您的作风。"

"那梁小姐可真的是误会我了，我只是觉得当时那个年代的人似乎更注重精神上的享受。"

他挑眉，向前走了一步。

"每个年代都有时代的局限性，不能以现在的想法来评判当时的事情，不是吗？"

"当然，但是取其精华去其糟粕才是最好的选择。"梁晚莺不想再跟他说下去，开口道，"您自便，我先回去了。"

谢译桥含笑点了点头，没有再挽留。

梁晚莺看了看时间，钟朗也差不多该起了。他一上午都没有吃东西，醒来肯定会饿，于是她到餐厅给他带了些食物。

等回到酒店的时候，钟朗已经起床在洗漱了。

"去哪里玩了？"他边擦着手边从卫生间走出来，他穿了一件简单的白色T恤，发尖还是湿漉漉的，搭在额头，有一种纯真感。

恍惚间似乎回到了以前的时光，周末父母不在家的时候，他总是不走正门，直接翻墙过来，然后带她出去玩。

"想什么呢？"钟朗伸手在梁晚莺眼前挥了挥。

"啊，没什么，我给你带了午餐。"

"你吃过了吗？"

"嗯。你快吃吧。"

"好。"

钟朗吃完以后说道："晚上有个篝火晚会，你想不想参加？"

"好玩吗？"

"应该还不错。"钟朗想了想说，"就是来自天南海北的陌生人，唱唱跳跳，聊聊故事，也是一次很难得的体验吧。"

梁晚莺想了想那个画面，点头道："有道理。"

"说不定到时候听听故事，还能对你以后的策划案有帮助呢。而且我们马上就要回去了，以后可能很难再有这样的机会了。"

"好，那我就参加。"

很快，天色暗了下来，太阳彻底陷入了地平线，只剩下一片瑰丽的火烧云，将海面都镀上了一层粼粼金光。

钟朗带梁晚莺到了沙滩。

大家围坐成一个圈，然后在中间燃了一堆篝火。

有度假村的工作人员在主持，三言两语就将氛围烘托了起来，并且先表演了两个节目，然后跟大家一起互动，将气氛炒热。

海浪在背后低吟，月亮高挂。

梁晚莺正在专心听台上的一个女生说脱口秀，身旁的钟朗回头看了一眼，赶忙站起来说道："谢总，您也来了。"

谢译桥站在两人身后，点头道："看你们这里很热闹，好像很有趣。"

主持人让人圈扩大一点，给谢译桥留出位置。

他却顺势坐到了两人中间。

他坐下以后好像才发现梁晚莺，语气中带着歉意："抱歉，没注意你们两个一起的。"嘴里说着抱歉，却没有一点要换个位置的自觉。

钟朗连忙说道:"没关系,没关系。"

梁晚莺没有说话。

跳跃的火苗骤然拔高,又随之坍塌,啃噬着木柴,发出"噼里啪啦"的响声。

谢译桥和梁晚莺靠得很近,本身就是陌生人围坐一圈,他又加进来,就更显得拥挤。

他的身上有一种清透的味道,似漫步于神秘的森林中,在路的转角发现一汪清泉,水中有落花和树叶,伴着月光,散发着幽幽的冷香。

她整个人都仿佛浸泡在了水里。

有了谢译桥的参与,连带着气氛似乎都热络了几分。

频频有人将目光扫过来,不免连带上了梁晚莺。她不喜欢这样的气氛,默默地搬起自己的小板凳坐到了钟朗旁边。

钟朗转过头,弯起眉眼,感叹道:"突然想起小时候跟你一起去庙会看热闹,你个子矮,看不到,我就把你举起来。那个时候你就像我的跟屁虫一样……"

"怎么突然说这个?"梁晚莺有些窘迫,拿起一罐梅子饮料喝了一口。

"我们两个好久没像这样安静地坐下来说话了。"

台上表演得热闹,钟朗低声说:"莺莺,我租的房子合约快到期了,最近在找新房子,有一套离你和我公司都挺近的房子,各方面都挺好的,要不要合租?"

两个人现在离得太远了,不方便培养感情,他想要等她慢慢爱上自己,就必须先拉近彼此的距离。

梁晚莺微微坐直了身体。

钟朗解释道:"就像我们现在住的酒店这种套房,两室一厅,一人一个房间。你别多想,我就是想着这样更方便照顾你。我妈也一直说让我在外面好好照顾你,上次你自己装灯泡摔下来,我担心了好久……你可以先考虑一下再给我答复。"

"好。"

谢译桥在一旁静静地听着,两个人的窃窃私语顺着海风零星吹到了他的耳朵里。

篝火在他的眼睛里晃动,像是流动的金沙。

他的脸上并没有什么表情,单手开了罐啤酒,修长的手指漫不经心地勾弄着拉环,眼神却逐渐幽深。

"为我们的相遇干杯!"主持人示意大家将面前的啤酒都打开,"今晚不醉不归!"

"不醉不归——"

气氛实在太好,梁晚莺不小心喝多了。

大家跳舞的跳舞,喝酒的喝酒,还有一个扎着马尾辫的女生背着吉他,在一旁唱着一首不知名的情歌。

低缓的女声将这首歌唱出了几分惆怅的味道。

一曲唱罢,谢译桥走过去,借了她的吉他,走到舞台中央。吉他的弦骤然被拨响,刚刚安静的气氛荡然无存。节奏感很强的曲调瞬间让大家又嗨了起来。

他唱的是Shawn Mendes(肖恩·蒙德兹)的 *Treat You Better*(《待你更好》)。原曲鼓点强烈但是因为歌词背景原因,带了一点沉重的基调,但是却被他改编成了一首欢快而非常有暗示味道的舞曲。

I won't lie to you

我绝不会欺骗你

I know he's just not right for you

然而他并不适合你

And you're spending all your time

你只是在徒然浪费时间

……

Tell me why are we wasting time

告诉我你为何要徘徊不前
Give me a sign
给我一点暗示
……
Promise I won't let you down
我保证不会让你失望

曲调热烈又欢快,主持人高举双手,带着大家一起随着节拍摇摆身体。

他的嗓音压低两度,低沉磁性又带暧昧,目光扫过人群,很多女生都顶不住开始心跳加速。

最后,他的视线落到梁晚莺的脸上。度假村的灯光是一直变化的,此刻是莹莹的蓝光,光投射到他的瞳孔里,像是涨起的海水。

梁晚莺低下头不去和中间的人对视,可是脑中的思绪却随着身后的海潮此起彼伏。一直到晚会结束,她都没有再跟他的视线碰到过。

这里有一种小罐的饮料,口感甜丝丝的,一点酸涩的味道都没有。梁晚莺以为是果汁,于是喝了很多罐。

主持人组织大家一起合影留念。

梁晚莺站起来的时候,被海风一吹,大脑突然晕乎乎的,腿脚开始发软。

她趔趄了一下,钟朗赶紧扶住她:"喝多了吗?"

"唔……没有啊,我只喝了两瓶啤酒,就一直在喝果汁……"她大着舌头说道。

谢译桥看了一眼她脚边的罐子,说道:"那个是梅子酒,口感像饮料,但是后劲很大。"

梁晚莺才发现自己又被钟朗和谢译桥夹在了中间。

裙摆被海风吹起,掀起细小的涟漪。光滑的布料摩擦男人的手腕,带来微微的痒意,他的手指微动。

背后是海浪、沙滩、星空与篝火。不小心翻倒的啤酒瓶吐出大量的泡沫将沙滩浸湿，像白色的海浪，冲上岸后渐次退去，只留下零星的贝壳。

啤酒的麦芽香味混合着海水的腥咸，发酵出另一种奇妙的味道，很容易让人沉醉。身后的游客熙熙攘攘，脸上都带着开怀的笑容。

谢译桥嘴角噙着一丝淡淡的笑，钟朗笑得露出了八颗牙齿，只有梁晚莺站在中间，静默如谜。

钟朗拿到照片以后，发现她的表情有点不对劲："你看起来好像不是很开心？不喜欢吗？"

梁晚莺默默地看着照片里自己身旁的两人。

钟朗的眉眼间还带着青年的意气，而谢译桥从头到脚，举手投足间都是游刃有余却并不老成的男人风格了。

她将视线转移，拍了拍脸说："没，喝多了……头有点晕……"

"那就好。"

梁晚莺和钟朗沿着海边慢慢往回走。喝多了以后的她放开了不少，嘴里哼着一首不知名的小调，蹦蹦跳跳的，像个孩子。

海滩上，有几个小孩在父母的带领下踩水、捡贝壳。

她目不转睛地看着，突然想起小时候爸爸妈妈带着她踩水的时候了。

度假村的晚上，也依然灯火通明，她也不开口，只是站在那里不肯走了。

"现在还不算晚，我们也去海边玩一下吧？"钟朗看出了她眼中的渴望，主动提议。

"好！"似乎就在等钟朗这句话，他话音刚落，她就张开双臂跑向了海边。

脚下的拖鞋踩在沙滩上有点碍事，陷进沙子里的时候会阻碍发力，于是她干脆将鞋脱掉拎在手里，欢快地跑进水里。

"哎，慢点！"钟朗跟在后面喊道。

"知道啦，知道啦！"

海浪没过脚背，凉凉的，还冲上来几只小螃蟹，嗖一下就不见了。

螃蟹爬过她的脚背时痒痒的，她将鞋子丢到一边，蹲下去用双手抓，可是螃蟹一下就消失了。

她追了两步，细沙钻进趾缝，又被什么东西硌到脚心，蹲下去挖出来一看，发现是个很大的猫眼螺，一捏还呲了她一身水。

她拿起来，高兴地展示给钟朗看。

梁晚莺难得露出这样天真无邪的样子，自从梁伯父去世以后，她就连这样开怀的笑都不那么常见了。

钟朗站在几步远的地方看着她，脸上带着欣慰的笑容。

这样的莺莺，让他想起了他们小时候一起玩闹的时光。那个时候的她，也是这样活泼开朗。只要她能开心，这趟就不算白来。

他刚要走过去加入她，身后突然有个女游客撞到了他。

女游客也喝多了，因为碰撞导致她更加眩晕，于是突然弯腰吐了出来。钟朗被殃及，身上沾了一些呕吐物。

"对不起，对不起。"女游客不住地道歉，然后从兜里拿出一包纸巾给他擦拭身上的污渍，一副非常内疚的样子。

钟朗也没办法再说什么。

现在这个脏兮兮的样子，他肯定是要回去换身衣服的，可是看到正玩得开心的梁晚莺，又有点不忍心打断她。

他只好找了个工作人员帮忙照看一下梁晚莺，说自己很快就回来。

"放心吧，在我们度假村，绝不允许任何意外发生。"

"谢谢。"

梁晚莺抓螃蟹抓得开心，一点没注意到这边的事，突然她被一只小沙蟹钳了一下，还好收手收得及时，但是也出了点血。

她噘着嘴骂了一句"坏螃蟹"，然后泄愤一样踩了两脚沙子。

身后传来一声轻笑，紧接着是细沙与脚底摩擦的沙沙声。

她还以为是钟朗,顿时起了坏心思,借着酒劲,捧了一把海水,等他走近的时候突然转身,泼在他的身上就跑。

"哈哈,让你嘲笑我!你来抓我啊!"

可是过了半天身后都没有动静,她觉得有点不对劲,回头一看,才发现有个人站在那里捂着眼睛一动不动。

她眯眼看了一下,惊觉自己似乎认错了人。刚刚手里的水扬得太高,好像泼进那人的眼睛里了。

她有点慌了,酒也醒了大半,赶紧跑过去。

"对不起,对不起,你没事吧?"

话音刚落,她的手腕就被抓住了,男人慢慢直起身,笑道:"抓到你了。"

面前的男人穿着一身白色简约款的西服,在这样的纯白之下,又有细密的银线藏于其中。这时被度假村的灯光一打,有星星点点的亮光闪现。

这样的衣服非常挑人,很难有人驾驭得了,可是穿在他身上,自带一股风流倜傥贵公子的味道。

"怎么会是你?"

他的手掌温度很高,箍着她手腕的力道不大,却好像透过表皮,触及了内在的神经。

她想将手抽回来,可是他的五指收紧,手腕内侧那层敏感的皮肉几乎都能感应到他拇指上的指纹。

让人心慌。

她猛地后退半步,用力撤了下手。

他本来也没有很用力攥着她,这样一来反而让她失去了重心,直直地摔了下去。

还好沙子松软,但是紧跟着一个浪潮打来,将她身上的裙子全部打湿了。

夏天的裙子本就轻薄,湿了以后便有些透。

说不清楚是尴尬还是丢脸,或者是摔痛了屁股,她的眼圈慢慢地红了。

谢译桥俯身想将她扶起来,却被打开了手:"我不要你扶!"

看到她红了的眼圈,男人无奈道:"你泼了我一身水,我都没有还手,怎么还埋怨上我了……"

"哼,要不是你,我也不会摔倒!"她吸了吸鼻子,自己从沙滩上爬起来转身就跑。

男人低低地笑了,他的声音混合着海潮声,悠悠地传到她的耳朵。

"你喝多了蛮不讲理的样子,还挺可爱的。"

梁晚莺脚步顿了一下,细细的沙粒钻进她的脚趾缝隙间,她微微蜷了一下脚趾,继续往前走。

他不紧不慢地跟在她的身后。

两个人就这样一前一后地走着,可是总感觉有一道视线带着暧昧的温度与试探,在她的后背停留。

由于光线原因,他的影子被拉得很长,投射到她的脚边,且一直跟随着她。

这段路并不算长,梁晚莺却觉得好像走了很久很久。终于来到了酒店房门口,她暗自松了一口气。

身后的男人应该也已经到了房门口,却没有听到开门的动静,不知道在做什么。

就在她准备推门进去的时候,他突然叫住了她。

梁晚莺戒备地看着谢译桥。

夜晚客房的走道灯被调成了温暖不刺眼的黄光,从他的头顶打下来,将他整个人罩上了一层柔和的光晕。

看到她防备的样子,他两手一摊,语气带了点无奈:"你不必紧张,我只是想说——刚刚你淋湿了,最好泡个热水澡去去寒。"

"谢谢您的关心。"梁晚莺客气地向他道谢,然后扭开房门就走了进去。

没想到刚进门就看到换完衣服的钟朗,生怕被他看到门外的人,她赶紧将房门关上,又随便找了话题。

"你怎么回来了也不叫我?"

钟朗解释了一下刚才遇到的事情,然后说道:"我看你玩得开心,不忍心打断你,想着冲下澡换身衣服就去跟你一起玩的,没想到你这么快回来了。嗯?你身上是怎么回事?"

钟朗说着发现她一身的沙子,衣服还全湿了。

"没什么……摔倒了而已。"

"没受伤吧?"钟朗赶紧过来,看了看她裸露在外面的四肢,仔细检查过后没有发现伤处,才松了口气。

"没事没事,我先去洗澡了。"

梁晚莺鼻子痒痒的,洗澡的时候一个喷嚏接着一个喷嚏打个不停,眼睛都起了一层水雾。

钟朗听到了她一声接一声的喷嚏。

洗澡出来后,看着她双眼红红的样子,他说:"你是不是吹了风着凉了?我去服务台问问有没有感冒药。"

梁晚莺揉了揉鼻子,含含糊糊地说:"算了,睡一觉可能就好了。"

"那可不行,本来吃点药就能好的,要是拖一晚上可能就加重了。"钟朗说,"我马上回来。"

他前脚刚走,梁晚莺后脚就听到房门被轻轻敲了两下。

她小声问了一句:"谁啊?"

钟朗有手环,可以直接开房门。

"客房服务。"

梁晚莺打开房门,酒店服务员端着一个托盘,打开盖子说道:"这是给您准备的醒酒药和驱寒的汤。"

她心里嘀咕着钟朗怎么会这么快。

端起那个白瓷碗仰头喝掉驱寒汤,苦得她面目小小狰狞了一下。

她将碗放回服务员的托盘,道了声谢。

可就在服务员转身离开的时候,她看到了站在对面含笑的谢译桥。

她的神情瞬间凝滞。

男人骨感修长的大手捏着一只同样的瓷碗,对她笑道:"如果不喝点驱寒汤,明天恐怕要难受了。"

原来是他安排的。

梁晚莺疏离而客气地说道:"谢谢您的好意。"

她直接结束对话,准备回房。

可是男人丝毫不被影响,继续抛出话题:"梁小姐笑起来的时候很漂亮,只是不知道为什么,你见到我却总是一副如临大敌的模样?我只是想跟梁小姐做个朋友而已。"

"可是我认为没有这个必要。"她又一次直截了当地拒绝了他。

"好吧。"谢译桥耸耸肩,面上没有一点不高兴的表现,随手将空碗放到门口的回收区。

"那我只好想想别的办法了。"

梁晚莺不想知道他还想做什么,只想着等假期结束回去以后便不会再与他有交集了。

他似乎有些不怀好意,但行为又很有分寸,不会让人感到冒犯却又没有办法直接堵死。

Chapter 3
迷幻艺术

五一结束，返程的时候依然是 MAZE 的包机，旁边两个年轻的女职员在兴奋地谈论着什么。

"没想到谢总也来了，你度假这两天有没有遇到他？"

"有有有。那天晚上在海边远远地看到一眼，简直太帅了！"

"你怎么不上前假装偶遇一下！"

"他跟着别的女人，我可不敢。"

"别的女人？谁啊？"

梁晚莺心里突然提了一口气，下意识地将脸扭向了舷窗。巨大的飞机在云层间穿梭，视野时而清晰时而模糊。

"我没看清，天太黑了。"

梁晚莺悄悄松了口气。

周一上班，大家围在一起，叽叽喳喳地讲述自己的行程，等程谷来了以后才作鸟兽散。

"小梁，会客室有个新客户，你去对接一下。"

"好。"

梁晚莺放下手里的东西，来到会客室。看着悠然坐在会客室的男人，她瞬间愣在了原地。

"您怎么在这里？"

男人将手中的咖啡杯放下，嘴角微微上扬："你好梁小姐，我是你的甲方。"

他这句话说得很正经，但是那轻缓又带着笑意的语气，无端带了一种调情的感觉。

谢氏这样大的企业，想做宣传的话，有大把知名的广告公司可以做，为什么会找到他们这个小公司？

一直以来，他们接的都是一些很小的项目。

最小的，甚至接过牙签品牌的项目……

可是她没有立场，也不该去问这个问题，于是她张了张嘴，最终什么也没说。

梁晚莺将笔记本放到桌上，摆出一副公事公办的态度："您好，谢总。"

她伸出手跟他握手。

谢译桥礼貌地碰了碰她的手，没有什么逾矩的行为。

"主管让我跟您对接，我想听听您具体的要求。"

谢译桥双手交叠放在膝盖上："我司有一款新品类的颜料准备上市，关于宣传上，我不想沿用之前的风格，希望有些大胆的创新。"

"您的产品定位是哪一档？"

"中端。"

"客户群体呢？"

"学生、青年。"

"想走什么样的风格？"

"美和新。"

"可以看看你们的新产品吗？"

"当然。"

谢译桥让助理拿过来一个箱子，还有一份保密协议。

"梁小姐，看之前，这个需要您先签一下。"助理说道。

"我明白。"

签过保密协议以后,助理将箱子打开。

因为主打的是性价比,所以这款颜料在各方面必然不会像高端产品那样精美。

简约、百搭、不出错,就是它的特性。

两人又交流了一下详细的细节,谈妥以后,谢译桥起身准备离开。

见他并没有要交换联系方式的意思,梁晚莺只得主动开口:"为了后期沟通方便,我需要和您交换一下联系方式。"

谢译桥挑眉:"如果我没记错的话,我曾经给过梁小姐联系方式。"

果然,他就是故意的。

"哦……那我稍后去问一下钟朗。"

"你准备怎么跟你的小竹马解释要我联系方式这件事呢?"

他似乎笃定了她不会去跟钟朗提及这些事,所以故意在捉弄她。

"这并不是什么很难解释的事情。"

"是吗?"谢译桥笑着将手机递给了她,不再继续这个话题,"我只是跟梁小姐开个玩笑,希望你不会介意。"

梁晚莺勉强扯了下嘴角,将自己的联系方式输入进去,然后添加了微信好友。

谢译桥的微信头像是一只瑰喉蜂鸟的油画,胸口艳丽的毛色像是被打翻的红酒染上去的。

这个头像……多少有点像她妈妈的风格了。

她妈妈的头像是一幅风景画,树枝上栖息着一只灵动的夜莺,这只夜莺就代表了她。

可是谢译桥这头像看着多少与他的身份和年纪有些不搭。不过他一向如此,似乎从来不在乎别人的眼光。

等谢译桥走后,梁晚莺心里隐隐有些不安,于是找了主管想申请换个项目。

程谷激动地说道:"这么好的事你为什么要让出来呢?"

梁晚莺不知道该怎么解释："我只不过是一个入职不满一年的新人，怕做不好这个大公司的项目，砸了公司招牌。"

"可是你做的几个方案都很不错啊，不要妄自菲薄。"

"可是主管……"

"晚莺啊，"程谷打断了她的话，语重心长地说，"我们公司现在正处于一个什么样的阶段，你是懂的。咱们老板一天天不干正事，做了好多不赚钱的项目，再这样下去，恐怕我们都要去喝西北风了。你要以大局为重啊。"

梁晚莺瞬间无话可说，她只是一个普通员工，只能听从公司安排。

程谷又体谅道："我怕你忙不过来，手里堆的其他项目就分给别人，你全力做好这单生意，给 MAZE 公司做一个精彩的策划！这么大的项目，一旦成功，那就是活招牌，以后我们就不愁业务量了啊。"

"好吧。"梁晚莺无奈，只能答应。

"哦，对了。"程谷又叫住她，"这次签的合同里基本都是些比较寻常的条例，只是有一条比较特殊，需要告诉你一声。"

"什么？"

"甲方在关于方案方面的事项需要商讨要乙方到现场时，乙方必须配合。"

"这是什么意思？"

"谢总说可能有一些事情电话里说不清需要面谈，而且他的行程比较多，必要的情况下，需要你来配合他的工作。当然，所有额外的费用都可以报销。还有关于方案上的东西，也不用遵循以往的流程，你有了什么想法，直接与谢总对接，他不满意你就直接改，改到他满意为止。"

"……好吧。"

回到座位上，别的同事都在恭喜梁晚莺，可是她完全高兴不起来，但不管怎么样，工作还是要正常做。

她用了一个月的时间做市场调查，然后仔细分析了一下产品特性，并翻阅了一下 MAZE 公司之前的广告风格。

精美、高端、有创意,每一个都相当出色。

如果在这上面发力,必然比不过他们做的,但谢译桥也说了,想要创新。

她想着抛出一个健康的新概念。

中世纪的欧洲,有一款绿色的颜料是有毒性的,曾剥夺了许多人的生命,虽然随着现代技术的提升,市面上的颜料其实已经没什么危害了,但人们对于健康的追求永远是不嫌多的。

早些时候,某品牌的香烟提出了天然烘烤,销量在当季的香烟品牌中脱颖而出。

但实际上,所有的香烟都是这么做的,只不过他们把这个特点专门挑出来放大,而并不太了解这些工序的消费者,在心理作用的驱使下,都会优先选择这个品牌。

似乎可以对身体减轻危害,但实际上都是一样的。

她看到颜料的成分表里还多了一种成分,虽然没什么太大的效用,但是可以提取出来,放大优点。

她有了一个想法——

在一间空旷的房间里,逐渐添上彩色的笔触,气味逐渐刺鼻,最后变成了一条堆满垃圾的黑水河。

本以为是在装修,后来才发现是一个画家在作画。

将手里的颜料丢开,换了一种颜料以后,他用手中的画笔画出了一幅春天美景。

甚至有芬芳清新的气味透过画传递出来。

梁晚莺将方案整理好以后,发给谢译桥过目。

她斟酌了一下用词,开始编辑信息:【谢总,创意方案我已经写出来了,我发给您看一下,有什么不妥的地方您可以尽管提。】

微信发过去不过五分钟,就接到了他的电话。

"您好,谢总。"

"方案我看过了,有几个地方有点问题。"

"您说。"

"见面谈。"

谢译桥挂断电话后,在微信上给她发了个地址。

梁晚莺看着这个定位,是在一个酒吧,虽然有点不乐意,但也只能过去。

酒吧里光线昏暗,乐声震耳欲聋。

梁晚莺穿过拥挤的人群,四处张望。可这里实在太大了,她又看不清楚,刚准备掏出手机问谢译桥在哪里,突然从上面掉下几片玫瑰花瓣,落在了她的头发上和手机屏幕上。

屏幕的光穿透花瓣,可以清晰地看到纹理的走向。

她抬头看去。清俊的男人站在三楼,慵懒地靠在栏杆上,修长的指间捏着一枝玫瑰,正绽放得热烈。他脚边还有一枝已经没有花瓣的秃枝,想必就是刚刚被他摘下花瓣的那枝。

两人遥遥相望,目光隔着鼎沸的人声和动感的音律在空中碰撞。

男人在酒吧迷幻的灯光下像是旧时代的贵公子。影绰的灯光在他的脸上时明时暗,更添了几分神秘。

他招了招手,示意梁晚莺上来。

电梯在门口,还要从舞池再穿过去,于是她四处望了望,找到楼梯跑了上去,脸上有明显的无奈。

她还是第一次在这种地方谈方案,很难不让人怀疑他故意在为难她。

一口气跑了两层楼梯,她走到他面前的时候,有些轻微的气喘和不满。

楼下,节奏强烈的音乐几乎将说话声都淹没。

他微笑着说了句什么,她没有听清,只能附耳过去。

"你觉得我在故意为难你吗?"

"没有。"她说了违心的话。

谢译桥没有在意,将她手里的方案抽出来,准备打开的时候,发现手里的玫瑰花有点碍事,于是递给她说:"帮我拿一下。这是最近新培育的品种,准备进行颜色提取的,很珍贵。"

梁晚莺不是很相信,他刚才明明薅秃了一枝,还把那些花瓣丢了下去。

但她还是接了过来,没有说什么。

谢译桥点了点方案:"你的想法很好,但是这个方案我觉得太过……成熟。"

梁晚莺蜷起手指。

"所以我才会约在这里,这就是我的用意。"

"什么用意?"

"你的方案太过于保守,不符合我们这个产品的特性。"

"那您的意思是?"

"你看楼下的那些年轻人,热烈、奔放、充满活力。"

"抱歉,我以为跟艺术相关的会是相对比较沉静美好的,而且您也强调了要美,我觉得跟酒吧这类地方似乎不是很搭。"

谢译桥笑了笑,拎起一罐啤酒,将拉环打开递给她:"要喝点吗?"

"不用了,谢谢。"

"就因为从来没有标准,不会被定义,所以才是艺术。艺术是天马行空的想象,也是包罗万象的容器,它可以是任何东西。"

他说话的时候,表情是缥缈、虚浮又迷幻的。说完,他转过头来,看向她。

梁晚莺被说服了。

当然,她的工作性质,本身也是要按甲方的要求来做。

"那我回去修改一下再拿给您过目。"

她拿起包准备离开,可是男人却叫住了她。

"您还有什么事吗？"

"太晚了，我送你。"

"不必了，我自己打车回去。"

谢译桥没有强求。

梁晚莺向外走去，可是因为从楼上包厢下来要经过舞池，才能走到大门口，所以她被舞池里热舞的人群绊住了脚步。

空气里满满的荷尔蒙和各种味道的香水交织的味道，让她忍不住皱了皱眉头。突然一阵清冽的山泉香味传到她的鼻尖。男人的胳膊虚拢住她，形成一个小的隔离带，然后带她穿过了这堵人墙。

"谢总，下次就算您有什么想法，可以口头转达，麻烦不要在这样的地方谈工作可以吗？"

谢译桥低声笑了笑，然后转过身来。迷幻的彩色灯光将舞池照得流光溢彩，也将他的五官雕琢成深邃的蜡像似的——巧夺天工的艺术品。

他微眯了下眼睛，看着前面说："眼前的这幅场景如果让你用三个词语概括你会怎么说？"

年轻的肢体，飞舞的发丝，暧昧的眼神和不加掩饰的欲望。

梁晚莺思索了一下说道："凌乱、欲望、混浊。"

"而我看到的是，"男人侧过头，在她耳边低声道，"爱情、心跳、荷尔蒙。"

"这个地方哪里有什么爱情。"梁晚莺不由分说地反驳道。

谢译桥看着她："当然。爱情就像艺术家的灵感一样，没有固定的事件，也没有固定的地点。"

梁晚莺暗自嘲讽了他一下："来得突然，去得也很突然。"

谢译桥哈哈一笑，对于她话里那点小小的讥讽并不在意："梁小姐很有趣，我很欣赏你。"

"过奖了。"梁晚莺转身，"比起我本人，我更希望我的方案能得到您的欣赏，甲方先生。"

她一句话将所有的暧昧划清界限，提醒他。

梁晚莺独自向门外走去，发现他并没有跟过来，绷紧的肩膀才终于松懈了下来。每次跟他相处，都像在打一场攻守交替的战役，她必须打起十二分的精神，才能不落入敌人的圈套。

梁晚莺上了出租车以后才发现那枝玫瑰还在自己的手里。

她打开手机给他发了一条消息：【你的花不小心落在我这里了。】

可是他迟迟没有回复。

因为价格昂贵，她也不敢随意处置。

一直等她回到家，洗过澡躺到床上睡过去的时候，才终于收到了他的消息。

亮起的手机显示屏的通知栏上有一句话赫然在目：【或许不是不小心。】

那枝玫瑰被梁晚莺插在了一个玻璃瓶中。微凉的月光洒在花瓣上，浓郁的香味缠绕着她，将她拖进更深沉的梦境。太阳从地平线升起，阳光从地上沿着墙面慢慢攀爬，然后悄无声息地爬进了窗户，向她的床边蔓延，直至将她完全包裹。

明亮的光点拨弄着她的眼皮，将她从梦中唤醒，她一眼就看到了窗台的那枝玫瑰。

它已经从半开状态彻底绽放了，在清晨的阳光中，舒展着花瓣。

梁晚莺看了看时间，已经上午九点了。

还好今天休息不用工作。

她打开微信看到钟朗的消息，问她有没有起床，他马上就到了。

再往下就是谢译桥昨晚那条意味不明的消息。

那几个字连成的句子，犹如一条黑色的长蛇，潜伏在屏幕内，似乎随时准备跳出屏幕咬她一口。

她赶紧划掉，按灭屏幕。

这个男人……真的是……

今天钟朗与她约好了要一起去看房子,她得赶快起床。

等梁晚莺收拾好下楼的时候,钟朗已经在楼下等她了。上了车以后,她发现他似乎有心事。

她问:"怎么了?"

钟朗叹了口气:"莺莺,我有个事情想跟你商量。"

"什么事啊?"

"公司人事调动,我被调去了分公司,在隔壁的南陵市。"

"怎么这么突然?"梁晚莺觉得有点奇怪。

"分公司最近比较缺人,前段时间就听说了这件事,我本想着应该没我的事,毕竟我只是个基层员工。昨天经理突然找到我,说我最近工作表现突出,想把我调过去。"

梁晚莺抿了下唇,垂下眸子若有所思。

"你在想什么?"

"没什么……"

"之前说跟你合租的事也泡汤了,不过好在就在隔壁市,有直达的高铁,只需要两个小时左右,不过终归没法像现在这样,好歹下班还能一起吃个饭。"

"我没关系的,我本来在这儿也住得挺好的。"

钟朗年轻的脸上有一丝憧憬:"经理跟我说,去了还可以再升一级,有个部门主管的位置空缺……机会难得,只是放了你鸽子。"

钟朗是一个事业心很强的人,从小就非常清晰地知道自己想要的是什么。

他不想像父辈那样困在小县城过一生,所以在学校里的时候就很用功,一直都是佼佼者,想要出人头地就必须付出更多努力。

虽然他对这次合租计划的搁置感到非常遗憾,但也只能如此。短暂的分别,是为了更好的未来。只要他变得更优秀,就一定能让莺莺爱上他。

"没关系,你事业要紧嘛,而且我一个人可以照顾好自己的。"

梁晚莺拍了拍他的手臂说,"我们去你家吧,我帮你收拾收拾东西。"

"好。"

钟朗买了几个纸箱,他在客厅收拾打包一些大的物品,梁晚莺在卧室帮他整理行李箱。

两个人低着头都没有说话,只有在撕扯透明胶带时发出刺耳的聒噪声。

东西整理好以后,已经到中午,两人叫了外卖。

钟朗将筷子拆好递到她的手上,说:"我以后不在这里,你一个人要小心一点,晚上回家要锁好门,不要在外面流连太久,听到没?"

梁晚莺笑着说:"我都记得了,你怎么越来越像我妈了?"

"这不是担心你吗,你在这里又没什么关系很好的朋友。"

钟朗离开的时候,已经是傍晚。橙红色的太阳马上就要沉入地平线。

钟朗上了车,将车窗摇下跟她告别。

梁晚莺站在原地,微笑着与他挥了挥手。

她的身影在后视镜中逐渐缩小。夕阳的暖光给她镀上一层金边,有一种透明的虚幻感。

钟朗离开以后,梁晚莺没再多想,全身心投入到了工作中。

她很快修改好了第二版方案给谢译桥发了过去:【谢总,我将方案发到了您的邮箱,您有时间看一下。】

谢译桥正在户外和几个朋友一起做攀岩的准备工作。听到手机消息提示音,他从口袋里掏出手机看了一眼。

他示意助理将平板电脑递给他,扫了一遍后,回复了一条语音。

"方案我看过了,这次比之前好一些,但还要再改。"

见谢译桥放下手机,席荣套好护具,整理了一下身上的绳索,瞥了他一眼说:"什么时候这种事都要你亲自去谈了?"

男人将腰部的绳索一扣,动作干脆又利落,随着一声脆响,所有的安全防护用具穿戴完毕。

他悠悠地说道:"最近公司人手不够,我刚好比较闲。"

"你可拉倒吧,我们倒要看看等会儿来的是何方神圣。"

另一好友笑道:"就说最近也不知道你在忙什么。"

梁晚莺正在等谢译桥的回复,听到他无情地驳回了她的方案却没有说原因,只好打电话过去询问。

"谢总,抱歉这次也没能让您满意,我想知道具体是哪里不合适,好做有针对性的修改。"

谢译桥说:"你来我这边一下。"

梁晚莺这次来的是野外。到达园区的时候,有专门的人在门口等她,询问过她的身份以后,带她来到了山脚下的一个凉亭等待。

她四处张望,并没有看到谢译桥。

不远处的半山腰倒是有一队人正在进行攀岩比赛,很热闹的样子,于是她走了过去。

高山巍峨,地势陡峭,山体表面有一簇簇的野草,还有一些不知名的小花。

有一个身姿矫健的人,已经快要到终点。

他穿着一身深灰色的运动装,腿部发力时能隐约看到鼓起的肌肉轮廓。窄腰弯成一道漂亮的弧度,像是猎豹准备捕猎时弓起的背部。险峻的峭壁被他轻松踩在脚下,仿佛不管多么嶙峋的走势也无法阻挡他。微风顺着山脉徐徐刮过,将他衣服的下摆卷起,隐约可见性感又充满爆发力的腹肌。

他果然最先到达了终点,然后向下看了一眼,突然松了绳索,快速降落。

他落下的时候带起一阵风,风里裹挟着一丝清新的草叶露水的味道,直直钻入她的鼻腔。

梁晚莺这才发现居然是谢译桥。完全没有想过他会喜欢这种运动,她有点惊讶。

男人解开安全带，两步走到她面前，然后伸出手。他的五指修长，掌心的脉络清晰，托着一朵野花。层层叠叠的椭圆形花瓣颜色由浅到深，内部是白色，外部是浓郁的红，还有一点淡淡的香味。

"刚刚爬到上面的时候，看到了这朵花，觉得它很适合你。"

梁晚莺愣了一下，立刻拒绝："我不要……"

"挺浪漫的嘛。"跟谢译桥一起比赛的几个人也都陆续下来围了过来。

"我看看是什么样的人需要我们Farrell亲自来教。"

几个穿着护具正在解绳索的男人站成一圈，一看就是跟谢译桥一样的人。

男人眉眼带笑，看到梁晚莺将手背到后面的动作，说道："只是一朵野花罢了。"

"那我也不要。"梁晚莺说完推开他的手想跑，却发现被这几个男人围住了。

他们个个高大，她被围在中间顿时生出一种局促感。

"谢总，我们……"

谢译桥打断了她说："你还是给我换个称呼吧，在外面的时候这样喊我，我总觉得很……"

旁边的损友接过话茬，调笑道："装。"

梁晚莺不想在这上面多费口舌，从善如流道："好吧，谢先生，那我们什么时候谈方案？"

"现在。"

谢译桥率先走开，包围圈出现一个缺口，梁晚莺穿过人墙赶紧回到了凉亭。

谢译桥将身上的防护用具摘掉。

那朵野花被他随手插在了一只趴在栏杆上的肥肥的橘猫头上。橘猫伸了个懒腰，用前爪拨弄了下耳朵，将花朵扒拉下来，放进嘴里嚼了两口。

梁晚莺照例打开电脑,将做好的PPT点开,讲解了自己的设计理念。谢译桥静静地听着,直到她说完才开口。

"你很有灵性,但是很多东西相对保守,可能你觉得这样是最不会出错的,但是我要的,不是这种东西。"

梁晚莺沉默不语。

"艺术是头脑中一场盛大的冒险,未必要尽善尽美,生活已经很无趣了,我要视觉上的冲击、灵魂的震撼感。我不怕你出错,我怕的是平庸与乏味。做些大胆的尝试吧,说不定你会发现新的风景。"

他的眼睛直视着她,好像在说方案,又好像不是在说方案。

梁晚莺自入职以来,做了几个方案都很顺利,业务能力也得到了领导的肯定,被夸赞有天赋,而且接到谢译桥的这个项目时,她觉得是自己比较擅长的。因为她曾经学过很多年的美术,也了解很多艺术史,虽然后来搁置了。

她觉得自己肯定可以交出一份完美的答卷,所以在做方案的时候确实是比较保守。

这样不对,应该找找新的方向。

她开始沉下心思考。

就在这时,她的手机突然响了起来,是钟朗打过来的。

"不好意思,我先接个电话。"

"请便。"

梁晚莺往旁边走了两步,然后才按下接通键。

她轻声细语地问:"阿朗,怎么了?"

"我这边安顿好了,下周想去看你。"

"好呀。"

"这边有很多好吃的糕点,你喜欢吃甜的,到时候我买一些带过去给你尝尝。"

"嗯。"梁晚莺叮嘱道,"那你在那边好好的,不要太累,注意休息。"

谢译桥用手支着脸,在旁边看着她那副温柔的模样,似笑非笑。

他的瞳孔带着深意,好像一道强有力的射线,照得她心慌。

梁晚莺将电话挂断后,回到凉亭里,继续说:"您的意见我已经了解了,还有别的问题吗?"

"关于方案上的暂时没有了。不过,另外有一件事情倒是令我很好奇。"

"什么?"

"你喜欢钟朗吗?"

梁晚莺微微蹙了下眉心:"这是我私人的事情,我与您之间似乎不是可以谈论这个问题的关系。"

谢译桥手指抵住下巴,看着她笑着说道:"只是随便聊聊,你不愿意说就算了。"

"那关于方案的事情,我会尽快修改出来给您过目。"梁晚莺说完就起身离开了。

谢译桥看着她的背影,眉尾轻挑。

等梁晚莺走后,席荣从旁边走过来,看出谢译桥的心思,跟他开玩笑:"你什么时候这么好为人师了,手把手地教人改方案?"

谢译桥笑了笑,抿了一口咖啡:"我想教她的,可不止这些。"

梁晚莺除了伺候好这位大客户,没有别的事可做,但是现在旺季来临,各家公司新品齐发,同事们都忙到起飞。

程谷看她没事,分给了她另一个项目。

Self 是一家专做女性情趣用品的公司,但由于种种原因,一直很难推广开,投入了很多广告,最终也只起到了一点点作用。

男性在这方面总归不够体贴,而且他们部门的男生一个比一个不靠谱,更怕把握不好女性心理从而引起反感。

可是部门本身人就不多,梁晚莺全身心只服务 MAZE 公司,于是只能分给了施影。

施影本来都已经将前期的准备工作做好了,可是不知道为什么,昨天突然找程谷申请换个项目。

于是，这个活儿就只能交到梁晚莺手上。

梁晚莺也有点诧异，烦琐的市场调查都做完了，施影怎么突然不做了？

"小影，为什么突然要换项目？"

施影叹了口气说："没事，就是想落个清静。"

施影不肯说，梁晚莺也没再多问。想着大概是因为工作太多，实在忙不过来了，于是她没有多想就接手了。

这个新产品外形小巧可爱，如果不了解的情况下，不会有人能看出来是那方面的玩具。

这种产品既然要投放广告，必然不能做得太过粗俗，首先是审核方面，还有就是受众群体是女性，还不能太过于露骨。

她正看着资料，手机响了一下。

钟朗：【莺莺，明天是你生日，我请了假陪你。】

他不说这事，她都差点忘了。

梁晚莺回复道：【可是我这边最近工作挺忙的，不知道能不能请到假呢。】

钟朗：【没关系，你试一下，实在不行我先去你家，提前准备着，等你晚上回来我差不多也就准备好了。】

梁晚莺：【那我试一试吧。】

梁晚莺跟程谷说了一下，程谷叹了口气说："你也看到了，最近公司忙得要死。"

"那我就请一个下午的假可以吗？工作的事，我在家也会做的，不会耽误进度。"梁晚莺争取道。

程谷想了想还是同意了，在假条上签字的时候又问道："MAZE的项目最近进展得如何？"

"不是很顺利，但是我已经差不多了解他们的需求了。"

"那就好。"

谢译桥从外地回来，处理了一些公司的事情后，看天色还早，于是抽空去了一趟融洲。

自从那天在山脚下聊过以后，梁晚莺已经有半个月没找过他了。

程谷看到谢译桥来，赶忙迎上去说："谢总今天怎么有空来？"

谢译桥先是向梁晚莺的工位上扫了一眼，然后才说："我来催一下进度，梁小姐呢？"

"真是不巧，她今天请了半天假。"

"请假了？"

"是的，她今天生日，前天就申请了，您很着急吗？"

"哦，"谢译桥转念一想，"不急，只是关于方案上有了一个新的想法需要跟她见面详谈。"

"那我帮您联系她一下？"

"不必了，我自己跟她联络吧。"

"好好。"

清明节那天钟朗开车载着谢译桥去梁晚莺住的地方接过她，他大致还记得住址。

车开到嘉园小区门口还没进去，刚好看到梁晚莺和钟朗说说笑笑地从不远处走了过来。

钟朗一只手提着一个很大的超市购物袋，里面塞得满满的，有一根青白色的大葱从袋口直直地戳出来，另一只手提了一个奶油蛋糕。

谢译桥看着那个生日蛋糕，长指托腮思索片刻。

"庄定，你去憩公馆我的衣帽间，最后面那个深灰色的柜子第三层，把上次拍卖会买的那条蛊惑之眼拿来。"

"我这就去。"

庄定打车离开后，谢译桥又在车里坐了将近两个小时。眼看着天都黑了，钟朗都没有出来的意思。

等得略微有些不耐烦，谢译桥干脆给梁晚莺打了个电话。

梁晚莺在给钟朗打下手，掰了两片生菜叶子正在水龙头下反复清洗。

听到手机响，她赶紧擦干净手，从口袋里拿出手机看了眼来电显示。在看到那个名字的时候，她心里有一种莫名其妙的慌张感。

钟朗正在她身后切小米椒，切得手指头都辣辣的，随口问了一句："谁的电话？"

"啊，客户的，可能要问方案的事，我去接一下。"

"快去吧。"钟朗不疑有他。

梁晚莺走到卧室，这才按下接通键。

"您好谢先生，有什么事吗？"

"新方案写出来了吗？"

"暂时还没有。"

"我有个想法，想跟你见面聊一聊。"

"实在不好意思，我今天休息，不是很方便，有什么事我们明天再说好吗？现在时间也不早了。"

"是啊，不早了。"他悠悠地重复了一遍。

"那我们明天再联系。"梁晚莺说完就挂断了电话。

谢译桥看着手里被挂断电话的手机，从车上走下来，抬头看向三楼梁晚莺住的楼层。

厨房里，两个人影正忙碌着，时不时还能看到白色的热气从纱窗飘出来。

男人掌厨，女人在洗菜，偶尔还能听到说笑声。

多么温馨的烟火气息，果然是青梅竹马，这样熟悉自然地相处，跟面对他时完全不同。很快，厨房的灯灭了，灶台的声音也终止了。

谢译桥食指有节奏地敲击着手机背面，发出沉闷的"砰砰"声。

天色渐深，浓郁的黑渐渐覆盖了大地上所有的东西。路灯像是忠诚的守卫，一盏盏地亮了起来。

这时，取东西的庄定终于回来了："谢总，这是您要的东西。"

庄定办事一向让他放心,即便他不用详细吩咐,庄定也会提前想到并且办得漂亮。

装在盒子中的项链,被重新包装过,很有一种郑重其事的感觉。

可是梁晚莺不肯出来见他,他得想个别的办法。

"南陵分公司负责人的电话是多少?"

"您稍等。"

庄定很快找到,然后直接拨通对方电话将手机递给了他。

拿到手机以后,他直入主题:"公司新调过去的姓钟的主管最近在负责什么项目?"

"拾色的市场调研。"

"报告发给我看。"

"可是他今天调休了,现在您急要吗?"

"立刻。"

"好的,您稍等,我这就去联系。"

钟朗和梁晚莺正在吃晚饭,热气腾腾的香味顺着空气浮动,久违的温馨。

今天的饭菜里有一些梁晚莺比较喜欢吃的口味菜,他为了迁就她的口味,被辣出了些薄汗。

梁晚莺给他擦了擦头上的汗,他也抽出一张纸巾,递给她。

"好吃吗?"

"嗯。"

餐桌中间的火锅咕噜噜地沸腾着,热气向上蔓延,将房间蒙上了一层温暖的薄纱。

就在这时,手机突然响了,刺耳的铃声将一室温馨打破。

梁晚莺看了一眼自己的手机说:"应该是你的。"

钟朗掏出手机接起电话。

等那边说完以后,他才为难地说道:"现在吗?这么着急?可是我没在家……就算我加班也赶不回去啊……"

那边不知道又说了什么，钟朗只得勉为其难地答应。

挂断电话后，他愁眉苦脸地说："莺莺，我得赶紧回去一趟。"

"什么事这么着急？"

"公司急要我手上的一个文件，在我住的地方。"

"这么突然……"

"是啊。"

"那你快点回去吧。"

"今天是你生日，我都不能好好陪陪你。"

"礼物到了就行，而且你还给我做了这么一大桌子菜，人在不在没关系。"

梁晚莺跟他开了下玩笑。

钟朗笑着揉了揉她的头顶，然后转身离开了。

她将钟朗送下楼，目送着他离开后转身正要上楼，余光瞥见一旁倚着车门的男人。

她愣了一下："您怎么在这儿？"

谢译桥道："灵感稍纵即逝，必须马上抓住。"

"您可以先记在备忘录里。"

"即便是用文字记录下来，但当下的心情怕是再难寻到。"

梁晚莺被他的歪理堵到无话可说："好吧，那您有了什么新的想法呢？现在说吧。"

"很遗憾，耽误了这么久，我已经找不到那个感觉了。"

梁晚莺有些无语，说："那您请回吧。"

"这么着急赶我走？"

"我觉得我们两个不是那种大晚上可以坐下来闲聊的关系。"

"为什么不试试呢？也许——我们也可以聊得很投机。"

"没这个必要。"梁晚莺转身就要离开，"您如果没什么别的事我就先回去了。"

"等一下。"

梁晚莺目露疑惑地看向他。

男人拿出一个东西，修长骨感的手掌上，躺着一个手掌大小的酒红色天鹅绒盒子，一条黑色的缎带缠绕其中，打出个漂亮的结。

"这是什么？"

"你看看就知道了。"谢译桥故意不说是什么，递到她手上后就与她告别，然后吩咐司机驾车离去。

梁晚莺打开一看，里面居然是条漂亮的项链，一看就价值不菲。

不知道谢译桥的用意，她拍了张图片通过微信发给他，询问道：【您这是什么意思？】

可是对方迟迟没有回复，安静得仿佛根本不存在一样。

梁晚莺收拾完餐桌洗过澡后准备休息。

可是她躺在床上翻来覆去睡不着。

脑子里装了很多事情，乱糟糟的，怎么也理不出个头绪。

她一会儿想想钟朗，一会儿想想方案，想方案又不可避免地想起谢译桥。

反正睡不着，她干脆爬起来改方案。

打开电脑，蓝荧荧的光照在那条项链上，那颗蓝宝石显得更加通透，仿佛在深海中浸泡过的水晶，还带着湿漉漉的水痕，又像是海妖神秘的眼睛。

她突然又想起在度假村的那个晚上，男人的眸子似被海水浸透了，他带着笑意的声音穿过层层波涛，直达她的耳郭。

她想得入神，手机却在此时突然响了起来。

她肩膀猛地抖了一下，赶紧拿起手机看了眼来电显示，又吓得心跳漏了两拍，总有一种做坏事被抓到的感觉。

她清了清嗓子，尽量让自己的声音听起来自然一点，然后才接起电话："喂？"

"来窗边。"

"嗯？"梁晚莺还以为谢译桥又来了，赶紧走到了窗边向下张望，却并没有看到人，只有孤零零的路灯尽职尽责地伫立在黑暗中。

"往上看。"男人带着笑意的声音再次响起，"今晚的月亮怎么样？"

弯钩一样的月挂在黑色的天幕上，皎洁美丽，一如往常。

她认真看了一会儿，没看出什么不同，问道："难道你那边看不到月亮吗？"

"当然可以。"

低沉的声线顺着听筒传来，带着一种虚幻的不真实感。月光如纱，如同男人的低语，在耳边缠绕。

"那……"为什么还要问她呢？

"只是看到今晚月色很美，想到梁小姐一定在埋头写方案，所以邀请你一起欣赏一下。"

沉默的月在漫无边际的夜幕中静静地散发着神秘的冷光，似乎在指引着一条不知名的道路。

梁晚莺收回视线，掌心的手机发烫，她轻声道："我已经欣赏过了，很美，谢谢您的邀请。"

"不客气。"谢译桥低语，"生日快乐，梁小姐。"

Chapter 4
步步试探

MAZE 的第三个方案，梁晚莺也很快做了出来。

照例将方案发过去，但是这次谢译桥并没有很快回复她。等不到他的回复，她干脆先去忙活别的方案。

Self 的营销理念是鼓励女性追求自我，坦然享受生理需求，追求愉悦，可是这些年来一直推广艰难。即便是相对开放的时代，也遇到了很多棘手的问题。

而且在宣传上，只能采用小范围的博主评测之类的方法，但因为种种原因，这些内容的推文很难得到流量，甚至还会被删掉。

该怎么打破这个现状呢？

梁晚莺正在思考，放在旁边的手机提示灯闪烁了两下。她拿起来一看，是谢译桥回复了她，并且附上了自己的行程，让她来一趟。

这次他竟然跑到了海边，离她所在的城市还有点远，找他的话还得坐高铁。可是合同上写明了他们必须配合，她即便心里有些不满，也无可奈何。

将手里的资料放好，跟公司报备过以后，她查了查最近一班高铁就订了车票。

谢译桥本想安排人接梁晚莺过来，但她谢绝了他的好意，说自己已经订好了票。

于是他简单地询问了一下她大致的到达时间，便再没有多说什么。

下了高铁以后，梁晚莺刚出站准备打车，一眼看到了谢译桥身边的秘书已经在外面等她了。

"您好，梁小姐，谢总要我来接您。"

"谢谢。"

"您客气了。"

庄定开着车又辗转了一个多小时，等到达目的地的时候，已经是傍晚。

谢译桥正在冲浪，远远地看不清晰，只能看到一个很小的身影。

海中央有一艘很豪华的大游艇，她跟着庄定上了一艘皮筏艇然后来到了游艇上。

站在游艇的甲板上，可以很清楚地看到谢译桥的动作。

他穿着衣服的时候并不显得多么强壮，只是觉得高大挺拔，但是除去衣物的遮挡后，才发现他的肌肉力量感十足。

隆起的肌肉线条流畅，宛如传说中俊美的鲛人。他乘风破浪，在掀起的波涛里疾驰，有如海浪之子般驾驭风浪的力量。

豪华游艇上设施齐全，空间也很宽阔。服务人员端来了果盘和零食，请她耐心等待。

男人结束冲浪，很快上了游艇，接过服务人员手里递过来的毛巾披在身上。

蓝蓝的海水将甲板衬得发蓝，连同他的身体似乎也因为在海中浸润太久，而沾染了大海的色调。

随着他走进船舱，海水的颜色慢慢褪去，转而覆上了一层灰色的阴影。海水将他肌理分明的身体浸得湿漉漉的，他五指插进发丝将湿发向后一捋，露出光洁的额头。

梁晚莺垂下眼睛不安地左右转动，面对他裸露的上身，感觉很不自在。

看到她腼腆的样子，谢译桥笑了笑说："请梁小姐等我一下，我去洗个澡换下衣服马上就来。"

梁晚莺胡乱地点了点头，只希望他快点去。

谢译桥再次出来的时候，穿了件质地轻薄的短袖衬衫和一条浅灰色的九分裤，瘦削的脚踝骨突出。他整个人清爽又利索，被浓浓的海风吹拂，带着夏天的气息。

他手里端着一杯果汁，坐到桌子前，随手扎了块西瓜丢到了杯子里。他向后一靠，悠闲地看着蓝天和大海，整个人的姿态轻松又随意，却没有一点提方案的意思。

"谢先生……"

"嘘——"

梁晚莺刚开口，就被男人堵住了话头。

他扬了扬下巴，示意她看向地平线。

此时正是日落时分，橙色的太阳即将没入海平线，金红色的光芒将海水都烧得通红，随着浪潮的涌动，就像被烧沸的水。

梁晚莺噤了声。

两个人不知沉默了多久，就这样静静地看着不远处的万丈霞光。脚下的游艇随着波浪轻微晃动，连同大脑都有些轻微的眩晕。

在这样瑰丽壮阔的景色中，男人突然侧过头，沸腾的海水似乎蔓延到了他的眼睛里，又转移到她的脸上。他的轮廓被镶上了一层金边，像是要融化在这样的光芒中。

"果然，有些风景跟不一样的人看就会有不一样的心情。不知梁小姐现在是什么样的心情呢？"

纯白而巨大的游艇几乎要驶进这片辉煌的日落美景中。

令人震撼。

她是第一次在海上看日落。如果她还能画画的话，一定会将这场盛大的美景挪到自己的画布上永久保存下来。

梁晚莺刚准备回答，手机突然响起，打破了这沉静而美好的气氛。她低头一看，是钟朗的电话。她刚准备接起，手机却被男人一把抽走，然后按下了静音键。

　　他高大的身躯几乎将她整个人包围,视线如同滚烫的霞光,将她周围的氧气烧得干干净净,让人呼吸困难。

　　"就这一刻,专心看完好吗?太阳马上就要落下去了。"

　　他今天的情绪很奇怪,梁晚莺也不知道具体哪里不对,于是没有跟他争论。

　　太阳彻底沉入地平线,他瞳孔中的光亮也跟着沉了下去。

　　男人收回视线,看着手中的果汁淡淡地说道:"这个景色很美吧。"

　　他这话说得奇怪,语气中也带着一丝丝难以捕捉的惆怅。

　　梁晚莺想不通,也不知道说什么,干脆直接切入了正题:"我们现在谈谈方案的事吧,这次的方案,您有什么不满意的地方吗?"

　　她打开电脑,讲了一下设计方案和理念。

　　大致内容是在一片灰暗的世界中,慢慢凸显出一抹红,然后逐渐蔓延出更多的色彩。

　　颜料能创造精彩的世界,而人们可以用手上的颜料创造出更多的精彩,给幻想赋予神奇的生命力。

　　核心的理念就是——生命因为色彩而出色,而颜料自然是 MAZE 的更为卓越。

　　男人静静地听着,一言不发。

　　直到梁晚莺说完又停了两分钟后,他才眯着眼睛看向地平线,语气沉静地问道:"如果有人看不到这个世界的色彩呢?他们该如何让生命更精彩?"

　　"可是……产品的受众群体应该不包括这些人吧。"

　　"只是随便聊聊而已。"

　　梁晚莺想了一下,还是不太理解他的意思,于是小心地问道:"你是指盲人吗?"

　　"是,也不全是。"谢译桥说。

　　梁晚莺又思索了片刻,开口道:"嗅觉、触觉、味觉,也是组成生命的一部分。"

谢译桥情不由衷地笑了笑,将手里的果汁放到了桌子上。

"但是视觉缺失也会一定程度上影响味觉和嗅觉,有些东西只是无可奈何的手段,却永远没办法替代。"

梁晚莺点头表示赞同:"确实是这样,那您的意思是……"

她突然想起之前他参加过的那场慈善晚宴,给许多视障人士捐献了颜料:"您是想做个视障人士也可以感同身受的方案吗?"

"那倒不用,只是随便聊聊,想听听梁小姐的看法。如果是你,会怎么跟一个看不见的人形容落日的美好?"

"如果看不到的话,也只能通过别的感官体验了。"梁晚莺在脑中构想了一下。

"就像是冬天壁炉里烧得正旺的炉火,明亮的光和热从指尖蔓延到全身;秋天铺满落叶的街道,脚踩上去时松软的触感;夏天橘子味的汽水混合着冰块的脆响,杯壁凝结了一层水汽,入口时清甜可口……"

谢译桥端起桌子上的果汁,咂了一口,闭着眼睛品味了片刻,赞赏地点了点头,笑道:"那春天呢?"

梁晚莺挠了挠头,有点想不出来了。

男人突然从座位上站起来,走到了她面前。

此时,天色渐暗,游艇华丽的灯光从他的背后一一点亮,他身体的阴影逐渐包围了她。这种居高临下的角度,让她顿时生出一种无处可逃的感觉。

她攥紧手中的包,胸口好像有一只四处撞击的蝴蝶,找不到出口。

男人倾身。他刚沐浴过,身上带着一种清新的佛手柑味道,被海风一吹,宽大的衬衫被灌满,浓烈的男性荷尔蒙的气息扑面而来。

"你……"

他的一根手指抵住她的唇,就这样看着她。

他潮湿的目光像海水般淹没她,呼吸也不由自主地放轻,窒息感翻涌。女人白净的脸颊红透了，蔓延到耳郭，眼睫毛也轻颤垂下。

他低声道："春天或许可以是梁小姐害羞的脸颊。"

他的手指似乎沾染了火烧云金红的光芒，即便没有碰到她的脸，也通过空气点燃了她的整张脸。

她好像被一种奇怪的情绪操控着，也或许是因为今天的落日太过动人，她的心跳有些紊乱。

眼中有一瞬间的迷茫和挣扎，但是她很快就清醒了过来。她猛地推开他，赶紧站了起来。

点到即止，谢译桥直起身不再逗弄她。

天彻底黑了。

她收拾好东西准备离开，准备在附近找个酒店住一晚再回去，却发现游艇已经离岸边很远很远。

谢译桥提议道："游艇上客房很多，你可以在这里住一晚。"

她脸上带着警惕："怕是不太方便……"

"梁小姐用这样的眼神看着我，可真让人难过。还是说，在你眼里，我是那样的人？"

"我不是那个意思……"

"游艇上有很多工作人员，况且，我可是个遵纪守法的好公民。"

被他这么一说，梁晚莺也觉得自己反应过度。

"这艘游艇今晚不准备靠岸，而且现在起了风，在晚间行驶，会很不安全，况且附近并没有什么酒店。"

梁晚莺无法，只能听从他的安排。

"……对了，这是您之前给我的生日礼物，我觉得实在太贵重了，还是还给您吧。"她从包里拿出那个包装依然完好的首饰盒。

谢译桥接过来，在手里颠了颠："梁小姐还真是个有原则的人。"

"只是没有理由收您这么贵重的礼物罢了。"

他没再勉强，将盒子揣进了口袋。

这是她第一次在海上睡觉，有点不适应，头晕乎乎的。游艇跟着海水起伏，每一次翻涌她都会有一些轻微的失重感。

她翻来覆去一直睡不着，最后认命地爬起来，披上睡袍去了甲板。

在甲板上看着漆黑的海面，又是另一种不同的风景。

满天的星星像是一双双蛊惑人心的眼睛，散布在夜晚编织的梦里，试图迷惑海上的水手，让其偏离航线。

身后有一道颀长的影子蔓延到她的脚下，她回头一看，这才发现谢译桥也没睡。

他并没有走到她身边，似乎是为了照顾她的心情，所以隔了两米的距离，然后顺着她的目光望向星星点缀的天空。

两个人没有交谈，除了海浪的声音，四周寂静一片。

片刻后，他转过头来。

察觉到他的注视，梁晚莺也转过头去，却直直地撞进了他的瞳孔。

他站在漫天星光下朝她望过来的眼睛，是今晚最亮的星。

一整晚相安无事。

只不过船身晃动带来的眩晕感，让梁晚莺一直都处在一种半梦半醒的状态。

第二天。

梁晚莺谢绝了谢译桥同行的邀请，自己坐车回去了。

她的出行已经跟公司报备过，所以晚到一会儿也没关系，但是回来需要去人事那边打个招呼。

今天办公室的气氛不像以往那般平静，大家三三两两地凑在一起，不知道在说什么。

"发生什么事了？"

小金说："刚刚小影的男朋友来这里一通闹，说我们是不正经的公司。"

"啊？为什么？"

"前几天她转给你的那个方案，就是因为被她男朋友发现了，引起很大的不满,说她丢人什么的……怀疑她在做什么不正经的工作,就偷偷跟到公司来了。"

"……小影呢?"

"总监给她放假了,让她处理好自己的私事再回来工作。"

"好吧。"

虽然有点无语,但这也是当下 Self 公司面临的难题,只是没想到做个方案而已,小影的男朋友反应都这么大。

小金继续说道:"天啊!你是没在场,不知道那个男的有多不可理喻……"

"小影没事吧?"

"没事,就是气得不轻。"

"那还好,希望她能处理好。"

跟小金聊完以后,梁晚莺去了一趟卫生间,洗手的时候突然发现手腕上一直戴着的链子不见了。

她心头一慌,赶紧去工位和包里找了一圈,可是都没有。

她坐立难安,脑子里似乎有一群胡乱扑腾的蝙蝠,想了半天,怎么也想不到自己在哪里摘下过,最后只能抱着侥幸心理去问了谢译桥。

"谢先生,我丢了一条手链,想看看是不是掉到了您的游艇上,可以帮忙找一下吗?"

"稍后我打个电话问一下客房工作人员。"

"麻烦您了,这条手链对我真的很重要。"

只听他轻笑道:"梁小姐跟我不必这么客气,如果找到的话,我会通知你的。"

"谢谢。"

谢译桥挂断电话后,庄定走了进来:"谢总,这是明天访谈节目会问到的问题和拟好的答案,您要不要背一下稿子?"

谢译桥接过,看了两眼,就丢到了一旁:"都是些老生常谈的问题,不用看了。"

"听说这个节目创色那边开始赞助了。"

"那又怎样?"

"我怕他们用什么不光彩的手段给您使绊子,毕竟这个节目是直播。"

谢译桥毫不在意地用手指将问题表弹开:"那我接受他的挑衅。"

翌日晚上,到达录制现场以后,一切顺利进行,可是在第二位嘉宾上场的时候,庄定的眉头紧紧蹙了起来。

本来说好的是另一位成功的企业家,跟他们并不是一个行业的,可是不知道为什么居然换成了创色的老总,那个一向与MAZE不和,每次发新品都要拉踩一下他们的陈耕。

陈耕和这个主持人明显是一伙的,两个人一起带节奏,将原本设定好的关于企业文化的话题转移到了谢译桥本人的私生活上。

后台的庄定转头质问负责人:"你们是怎么回事?为什么不按照提前商定好的问题提问?"

负责人只会打太极,含含糊糊地说道:"我只是听吩咐做事,别的我也不清楚。"

在台前的谢译桥看到换了的嘉宾,只是微微扬了下眉,没有丝毫惊慌。

经过简单的寒暄,陈耕直奔主题,用一种看似开玩笑的口吻发出尖锐的提问。

"听说MAZE集团的美女员工特别多,有人说是您的后宫,谢总,这是不是真的?"

他明显是给谢译桥布下陷阱,就是想看谢译桥出丑。

谢译桥看着陈耕,没有说话,只不过那双浅褐色的瞳孔中的笑意淡了几分,嘴角勾起一抹慵懒的弧度。

陈耕看他不说话,以为他被问得哑口无言,越发得意了起来:"谢总是无话可说了吗?难道传闻都是真的?"

谢译桥还是没有直接回答陈耕的问题，反而似笑非笑地抛出了另一个问题——

"陈总，你们公司男员工多吗？"

陈耕不觉有诈，非常自信地回答道："当然。"

谢译桥微微一笑，摄影棚中明亮的灯光将他眼底的不屑照得清晰且明亮。

"那这些员工都是你的后宫吗？"

"你胡说什么！"

"男员工多就是正常的，女员工多却要被拿来调侃，你是在质疑女性的能力吗？"谢译桥加重了最后半句的语气，带着一种逼问的感觉，似乎已经给他定罪。

"我可没有这个意思！"陈耕本想给谢译桥难堪，没想到谢译桥居然不接茬反而倒打一耙，他赶紧否认。

谢译桥显然没打算放过他："那你问这个问题又是什么意思呢？"

"只是因为你的个人作风问题，所以公司女性员工比例多才会让人多想。"陈耕狡猾地将话题又甩到了谢译桥的身上。

"我？"谢译桥笑了笑，语气缓和了几分，幽默地反击道，"也是，毕竟上司英俊的话，女孩子们工作起来也会舒心一些，像某司某总这样的……"

他比了个手势："应该很难让人身心愉悦，所以比较下来，还是选我们更有优势，利于心理健康，更能开心工作。"

他虽然没指名道姓，但是大家的目光都下意识地看向了陈耕这个大腹便便的秃顶中年男人。

台下的观众都笑了起来。

陈耕气得面子都有点挂不住，给主持人使了个眼色。

主持人赶紧出来打圆场，试图将话题拉回去。

可是谢译桥抢过了话语权，没有给主持人机会，并在此时说了关于自己公司的福利待遇，甚至有专为女性员工设置的福利设施，为女性工作者提供了许多便利。

"其实,我本来也不想解释什么,"最后,他一改刚刚随意调侃的态度,正色道,"但是,因为我们公司的这些女员工本身都很有实力,不该被这样无端质疑。"

梁晚莺也看了今晚的这个访谈节目,看着屏幕里侃侃而谈的男人,第一次发现他似乎并不只是她以为的那个样子。

总以为他这样花边新闻很多的男人,在对待女性上可能比较随意傲慢,没想到居然是持这样尊重的态度。

这个节目本身是创色给谢译桥挖的坑,可是他就这样打了一个漂亮的翻身仗。

MAZE 的消费者中,女性占比与上个季度相比多了一倍不止。

看到此情此景,创色的陈耕捏断了两支钢笔,本来想给谢译桥下套,没想到反而让谢译桥的口碑更好了。

施影准时来上班了,对于那天的事,她感到很不好意思,于是带了一些零食和奶茶给大家赔礼道歉。

小金扎开奶茶,吸了一口珍珠,凑过去说道:"你怎么会找这样一个男朋友,眼光也太差了吧。"

施影叹了口气:"他平时看起来挺正常的,我也不知道怎么回事突然就这样了……"

"你们怎么认识的?"

"以前念书的时候就认识了,到现在谈了两年多,年底还准备结婚呢。"

"这种人你还准备跟他结婚?"

"他平时对我挺好的,没想到是这种人。"施影撇了撇嘴说,"本来以为那天把方案转了就算息事宁人了,没想到他会闹到公司来。"

"赶紧分了吧。"

小金笑嘻嘻地说道:"他怎么这么生气,我可好奇死了。"

施影脸一红。

小金:"大家都是成年人了,结婚的结婚,有男朋友的有男朋友了,说说怕什么,我是妇女之友,别在意我的性别。"

施影掐了小金一下,他"嗷嗷"叫了两声,两人闹作一团。

梁晚莺的手机这时响了,她低头一看,是谢译桥打来的。

"您好。"

谢译桥问:"你托我找的手链,是一条红绳加平安扣的款式吗?"

"对对对,就是那条!"她松了口气,庆幸道,"真的太谢谢了!您什么时候有时间,我去取。"

"周末,栖霞路 56 号的憩公馆,我等你。"

"好的,好的。"

梁晚莺按照约定的时间赶了过去。

栖霞路,这条街道的风景如同它的名字一样,两旁种满了各色花朵,正开得热烈。

在这条路的尽头,就是谢译桥口中的憩公馆,它坐落于晚霞深处,像一栋梦中的建筑。

管家给梁晚莺开门后,带她去找谢译桥。

庄园两侧种满了绿植,此时正是茂盛的季节。在绿林的尽头,有一个造型别致的花园。

隆起的铁艺穹顶,白色的弧形围栏,中间铺上透明的玻璃,整个造型就像一个欧式风格的精致鸟笼罩住了整片花园。有绿色的藤蔓沿着栏杆爬满了整个围栏,上面还开着不知名的白色小花。

男人躺在花园中心,几乎要被盛开得正热烈的花朵淹没。

梁晚莺推开铁门走进去,一道道栅栏的阴影缓慢将她覆盖。

男人垂着的一只手里拿着红酒杯,冷白色的皮肤在日光的照射下,更加通透。

地上倒着一个空了的红酒瓶,连空气中都弥漫着淡淡的酒味。

看样子喝了不少。

他醉倒在大片的玫瑰花团里,像是遗世独立的白雪王爵。这里的玫瑰都是极其珍贵的品种,种植条件极其严苛,很难成活,可他拥有这么大一片。

梁晚莺走到他身边,犹豫要不要叫醒他的时候,他已经睁开了眼睛。

那双浅褐色的瞳孔,在阳光下更显通透,甚至能看到虹膜的纹理,因为醉酒而迷离的瞳孔,慵懒而多情。

"新方案做完了吗?"

"还在改。"

"好。"

这个"好"字模棱两可,不知道是在说听到了还是真的觉得好。

"我来拿我的手链。"梁晚莺直奔主题。

他"哦"了一声,没有取手链的意思,转而问道:"你这么在意,是因为那手链是钟朗送给你的吗?"

梁晚莺本想解释,但是转念一想,觉得没有必要,于是直接承认了。

谢译桥慢慢从躺椅上坐起来。

他一身白,躺在花团中,周身仿佛都染上了花的颜色。

随着他起身的动作,花朵的投影渐次褪去,又抵达了眼底。

男人单手托着下巴,看向她说:"他身上有什么你在意的东西吗?"

"这是什么意思?"

"你好像一直在试图说服自己什么。"

"……我听不懂您的意思。"

谢译桥笑着点着眼角:"你一直在努力假装自己很喜欢很关心他的样子,实际上演技实在拙劣,我不相信他看不出来。"

"这是我们的相处方式而已,用不着你来评判。"梁晚莺有些恼怒,说出的话变得尖锐起来,"比不得您,跟谁都能演出一副深情款款的样子。"

谢译桥被她的模样逗笑，眉尾一挑："你想学吗？我可以教你。"

他说完，根本不等她的回答，突然倾身靠近，双手捧住了她的脸。

他的掌心宽大燥热，十指按在她脸上的时候似乎还能闻见指尖淡淡的酒味。

男人放大的五官近在咫尺，甚至能看清楚睫毛的密度。琥珀色的瞳孔颜色加深，他的视线停留在她的唇瓣上，仿佛下一秒就要逼上来。

他在花园里不知道待了多久，以至于身上都染上了浓浓的花香，再配上红酒的醇香，杂糅在一起，几乎让人跟他一同醉倒在这浪漫的花田中。

她的瞳孔只是失焦了一瞬，下一秒就清醒过来。她伸手猛地推开他，心脏还在怦怦直跳。

"您喝多了吧。"

他并不气恼，从鼻子里哼笑一声："如果你们两个人真的两情相悦，为什么迟迟没有在一起？"

"他想等自己事业有成的时候再顺理成章无后顾之忧地与我在一起，不行吗？"

谢译桥直接笑弯了眼睛："这话你也相信？"

不想在这个话题上纠缠，她背过身硬邦邦地说道："麻烦您把手链还给我，谢谢。"

谢译桥在她的身后没有接话。高大的身体形成一道阴影，她被这道阴影遮得密不透风。这样的花园结构，让她恍惚以为真的进了一个鸟笼。

而她的身后，是顶级的捕食者。他似乎在看她，但是她也不能确定，更不敢回头跟他对视。

脸颊的那点热意已经快要蔓延到耳后了。

男人盯着她红通通的耳垂，低声道："梁小姐是害羞了吗？"

"……手链。"她不再跟他多说，只是强调自己来的目的。

"好好好，在楼上，你跟我一起去拿。"

他迈开腿,摇摇晃晃地往前走了几步,又突然转头丢下一句话:"你不觉得吗?你跟我在一起的时候更生动一些。"

"您的错觉。"

"也许吧。"他笑了笑,没再辩驳。

梁晚莺跟他一起进了别墅。房间的装修很有艺术感,充斥着浮华与奢靡之风。

谢译桥很快从楼上下来,手里拿着一个黑色的盒子,递给她。

梁晚莺赶紧伸手去接,他却不肯松手。

"嗯?"梁晚莺不解地看向他。

男人笑着说:"我帮梁小姐找到了东西,可是梁小姐对我的态度如此冷漠,我只好不太光彩地挟恩图报,索要点报酬。"

"您想要什么?"

男人的视线细细描摹着她的手指,目光像是浓稠的糖浆般,丝丝缕缕地缠上她的指根。

"借你漂亮的手一用。"

他凑得太近,描摹她手指的眼神又非常暧昧。

梁晚莺眼睛睁圆,猛地向后退了一步,像是受惊岑羽的鸟,结结巴巴地说道:"啊?你想干什么?"

"嗯?"谢译桥看着她惊慌的样子,好笑地说,"你以为我想干什么?"

她结结巴巴地解释:"我没有多想,但是你的行事作风让人不得不多想。"

看着她谨慎的样子,他直接笑出了声:"那确实要多想。"

"跟我来。"

"先把手链给我。"

她执意要先拿到东西,谢译桥没再逗弄她,打开盒子:"好,给你。"

梁晚莺从盒子里将手链拿出来,还没来得及细看,男人的手顺势握住她的手腕,将她拉上了楼。

他的卧室非常宽敞,装修上依然秉承了外部的高奢风格,屋内也极尽奢靡。

色调却很统一,显得非常高级。雾霾蓝与月光白的结合,让人有一种身处漫无边际的海面般开阔又静谧的感觉。墙边的桌子上有个摆件很奇怪,一下就吸引了她的目光。

那是一个站立的人形雕塑,但是看不到具体的样子,因为它整个被白布覆盖,而布的轮廓维持着被风吹起的样子,它双手抬起,似乎想要捕捉风的痕迹。

她看着这些东西,又想起之前和他的一些谈话,脑子里有个模模糊糊的想法,想要去捕捉时却又难以抓住。

他似乎……很执着于眼睛、色彩之类的东西。

谢译桥走到一面装饰墙前,说道:"这个墙绘那天刚画完时不小心被我泼了酒,糊了一块,你能否帮我补一下颜色?"

这是一幅漂亮的酒精水墨流体画,三种冷色调的颜料被吹成流动的线条,带着一种自然的流淌感,再加上金色镶边点缀,有一种随意的精致感。

墙边的桌子上已经摆好了需要的工具,一套是打开的"斑斓",还有一些画笔。

"这个我……恐怕不行。"

男人挑眉道:"我听钟朗提起过你学过十几年的绘画,怎么,梁小姐连这个面子都不肯赏吗?"

梁晚莺看了看桌上漂亮的颜料和她时隔一年都没再碰过的画笔,没忍住摸了一下。

"你随便一试,画坏了也无所谓。"

美丽的颜料在清冷的日光灯下,如同流动的宝石,她有些心痒。

她试着去触碰心仪已久的颜料,可是就在拿起画笔蘸取颜料的那一瞬间——

宛如打开回忆魔盒的钥匙，立刻触发了噩梦之眼。

她仿佛又回到了那个漆黑一片的晚上：画架上未干的颜料，掉在颜料盒中的画笔，地上的耳机，猩红的闪烁灯，兵荒马乱的卧室和躺在担架上面无血色的父亲……

尖锐的回忆如从一潭死水中长出的黑色藤蔓，从手臂开始蔓延，直到攫住了她的心口，填满她的大脑。

她眼前一黑，手中的画笔似乎有千斤之重，终于再拿不住，"啪"的一声，掉在了地上。

"梁小姐？"男人关切的声音响起，将她从泥潭中拉回来。

"对不起……"瞳孔重新聚焦起来，她的手死死抠住桌角，指尖的血色被逼退，透着苍白的纤弱，"我……尝试过了，是真的画不了，实在是抱歉。"

"画不了就算了，你怎么了？脸色这么难看。"

谢译桥握住她的手腕，想将她拉起来，可是还处于应激状态的她条件反射地一挥手。

刚刚谢译桥还给她的手链她并没有戴上，只是握在手里，这下直接脱手飞了出去。

"啪！"

清晰的一声脆响，翡翠质地的平安扣摔在坚硬的地板上，四分五裂。

她瞳孔骤然紧缩，呆愣在原地半天才反应过来。

回过神以后，她赶紧跑过去，试图将地上碎裂迸溅的平安扣捡起来。因为摔得太厉害，碎片飞得到处都是，她蹲下去，四处搜寻着碎片。

此刻的她看起来脆弱又慌张，低头频频搜寻的样子仿佛走失于沙漠中的雀鸟，在急切寻找救命的水源。

谢译桥不理解，只是一条不值钱的手链而已。

他走过去，轻声安慰道："碎了就别要了，我送你一条更好的。"

梁晚莺充耳不闻。

谢译桥见状，从抽屉里拿出一个包装精美的盒子打开。

"这个怎么样？也是平安扣的款式，是用最好的和田玉做的。"

她连头都没抬一下。

"不喜欢吗？那这条怎么样？"

他又拿出一个丝绒质地的盒子，打开以后，将里面的一条手链取出来。

"这是上周拍卖会展出的压轴品，我看到的时候就觉得这颗……"他顿了一下，似乎想了一下，才又开口道，"绿宝石，很衬你。"

她依然没有任何回应。

看到她因为钟朗送的一条手链如此执着，谢译桥的心情有点糟糕。

他强硬地将她拉起来，将她扯到自己的收藏品前。那是一整个柜子的奢侈品，每一件都摆放在定制的礼盒里，耀眼又昂贵。

"随便挑一个，总有你看得上眼的。"

梁晚莺似乎失去了感知力，愣愣地看着柜中精致的首饰，眼圈却慢慢红了。

握紧手里的平安扣碎片，锋利的边缘硌得掌心钝痛，可她似乎感觉不到。

"这是我父亲送给我的最后一件生日礼物……"她的后背挺得笔直，声音中有轻微的颤抖，"如果谢先生能帮忙找到最后一块的话，请务必通知我，我会非常感激。"

为了防止自己崩溃失态，她说完以后，不等谢译桥再说什么，转身就快步下了楼。

她转身时裙角划出一道锋利的弧线，像是逃一般离开了这里。

看着梁晚莺仓皇的背影，他若有所思。

"管家，你让司机送一下梁小姐。"

谢译桥让庄定稍微调查了一下梁晚莺的过去，可是也只能得知她以前一直是个自由插画师，后来突然封笔，跟着钟朗来到了这里，工作也与插画师毫不相关。

"原因呢？"

"似乎是跟她的父亲有关，更详细的情况外人很难知道。"

"那她和钟朗呢？"

"两个人青梅竹马，虽然目前并没有交往，但是双方父母都非常看好两人，很希望他们能在一起。"

一年前她的父亲去世，一年前她不再画画。

"这是我找到的她以前的一些作品，这些都是可公开的，还有一些合约没到期，没有解禁的。"

谢译桥看了几页，问道："你觉得这些作品怎么样？"

"色彩运用非常醇熟，且不落俗套。"庄定没有对画工上多做评价，着重点评了色彩，又说道，"可以看得出她是一个很成熟的画师，而且她在业内已经小有名气，假以时日，也许会有更大的成就，只是不知道为何突然换了行业。"

谢译桥看着面前被打印出来的样稿，若有所思。

梁晚莺找了好几家修复首饰的店，可是店主都说摔得太碎了，且差一块，没有办法修补。

于是，她只能找了个小盒子将那些碎片放进去，手腕上只留了那条编织的红绳。

很快到了七夕，路上的情侣多了起来。

到了下班时间，钟朗正收拾着东西，突然被经理喊了出去。

原来，钟朗来A市办事，晚上谢译桥和几个高管一起组了饭局，还叫上了钟朗。钟朗诚惶诚恐，这样的场合，怎么会有他的位置？

本来今天下班以后，他要去找梁晚莺，可是这样的机会太难得了。

在座有很多大领导，钟朗有些拘谨，毕竟他的职位实在是跟他们不是一个层级的，如果放在以前，别说一桌吃饭了，他连越级跟他们交流的机会都没有。

谢译桥开口道："这是我最近很看好的下属，未来可期。"

"看起来确实一表人才,值得栽培。"

钟朗受宠若惊,一直在不停地敬酒,很快就喝得不省人事。

等人都走了以后,酒桌上只剩下了谢译桥和钟朗。

庄定问:"我在楼上订好了房间,现在把他送上去吗?"

"等一下。"

谢译桥拍了下钟朗的肩膀:"你还好吗?我叫人送你回去?"

钟朗的意识短暂回笼,心里还惦记着去找梁晚莺的事,于是嘴里嘟囔道:"莺莺……"

"你要去找她吗?"

"嗯……我想陪她……过节……"

"你们两个在一起了吗?"

钟朗突然沉默了。

就在谢译桥以为他睡着了准备离开的时候,他又开口了。

"如果我开口,她会同意的,可是我既然爱她就不愿意她勉强自己……"

"勉强什么?为什么是勉强?"谢译桥问。

"以前……很小的时候,我们感情很好的,夏天会一起在房顶上睡觉,她高兴的时候会叽叽喳喳地讲一堆,她生气了画我,故意画得很丑很丑……"

"后来呢?"

"后来……我们长大了……到了适婚年龄……"

钟朗真的喝多了,或许是这些事一直憋在心里从没有跟别人提过,此刻借着酒劲就絮絮叨叨、颠三倒四地说了出来。

"梁伯父总是催促……可是莺莺并不想嫁给我。"

"为什么呢?"

"她一直都没变,是我的心态变了……然后……出事了……"

他咕咕哝哝说得不真切,但谢译桥还是连蒙带猜听懂了个大概。

"但是……我……会陪着她……走出来的,我总会等到她心甘情愿跟我在一起的那天,没有人比我更适合她……了解她……"

谢译桥看着晕晕乎乎的钟朗,安慰性地拍了拍他的肩膀,好心地说道:"看来你的成效不是很好,还是交给我吧。"说完走出了包厢,示意服务员把钟朗搀到房间去。

谢译桥让司机将车开到嘉园小区,他抬头看向三楼亮着灯光的窗口,从后备厢拿出一束玫瑰,然后上楼敲响了梁晚莺的房门。

梁晚莺正坐在工作台前写方案,听到门响以为是钟朗过来了,赶紧放下手中的工作趿拉着拖鞋跑去开门。

刚一打开门,一束鲜艳的玫瑰花直接被举到了她的面前。

男人的脸遮掩在花束后面,一时无法看到。

"今天的花肯定很贵,你买这个干什么?"

说着,她很自然地将他拉进了房间。

花束倾斜,露出一张俊朗的脸。男人的眉眼带着笑意,日光灯将花仔细描摹,投下的阴影映在男人脸上,他带笑的眉目中又多了几分缱绻的味道。

梁晚莺手上的动作停住,惊讶道:"怎么是您?"

谢译桥没有回答她的问题,直接说道:"你在等你的小竹马吗?他今天晚上怕是不会来了。"

"那您来做什么?"

"怕你空等,所以好心来跟你说一声。"

"谢谢您的好意,我现在已经知道了,您可以离开了。"

他似真似假地叹了口气,仿佛真的很受伤的样子:"我认识这么多人,只有梁小姐把我视为洪水猛兽,还真是让人伤心。"

今天这个节日比较特殊,梁晚莺不欲任事态继续发展下去,正色道:"谢先生,我真的没有兴趣做您花名册上的一员,我会努力做好您的项目,但是也止步于此了。"

"花名册?情史丰富?你这是对我有误解。"

"您要不要搜索一下您的词条看看?"

谢译桥耸了耸肩："她们寻求我的帮助，我这个人又比较喜欢做慈善，就顺手帮了她们一下而已。"

"那您真是好人。"

"我也是这么认为的。"他毫不脸红地承认了，"每一个努力追求梦想的人，都值得帮助。"

他居然能把花边新闻说成是这样高尚的大道理，梁晚莺一时无语凝噎。

"之前的那条手链修好了吗？"

梁晚莺摇摇头："修不好了。"

"事情也算有我的一点责任，所以我一直心怀内疚。那条手链对梁小姐那么重要，我这边找到个比较厉害的修补师傅，或许可以尽力一试。"

梁晚莺眼睛一亮："真的吗？可是少了一块……"

"你相信我，会给你一个满意的结果。"

"那我去拿给你。"

梁晚莺去了卧室，谢译桥就站在客厅里等候。

他打量了一下她住的这个地方。

麻雀虽小五脏俱全，一个卧室、一个客厅、一个独立的卫生间，还有个小小的厨房。房间收拾得很整洁，但是又不过度刻板，带着丰富的烟火气息。

很温馨。

梁晚莺从卧室走出来，将盒子递给他，刚准备开口，就听到自己房门被敲响了。

"莺莺——我来了。"

是钟朗的声音。

她慌了，看了眼站在客厅的谢译桥，又望向门口。

这个情况下，两人碰面实在是有点尴尬，她也不知道该怎么解释。钟朗是知道她门锁密码的，只不过可能是喝多了眼花，一直按不准。

情急之下,梁晚莺将谢译桥推到了卧室里,凶巴巴地说道:"不许出来。"

她打开门,看到了外面醉醺醺的钟朗。

"你怎么喝成这样啊?"

"唔……今天,谢总……就是我们公司最大的老总,带着分公司管理层一起吃饭,还叫上了我……你不知道,我有多高兴。"他说着,打了个酒嗝儿。

梁晚莺皱了皱鼻子说:"你先去洗个澡吧。"

"熏到你了吗?"他摇摇晃晃地往浴室走,"好……"

梁晚莺看他走不稳,赶紧扶住他。

"莺莺……"

"嗯?"

"明明我应该是离你最近的人,我一直也在心里这样强调,却依然觉得你离我好远……"

梁晚莺拍了拍他的手:"你别多想,快去洗澡吧。"

"好吧……去洗澡……"

梁晚莺将他搀扶进浴室,听到水声响起后,她这才赶紧去了卧室。

谢译桥正坐在她房间里唯一一张椅子上——也就是工作台前,梁晚莺顿时大为窘迫。

她刚在做 Self 公司的方案,桌子上还摆着样品。

梁晚莺赶紧跑过去,将电脑扣下去,并且把样品塞进了抽屉里。

本以为谢译桥会调侃她,结果他什么都没说,反而背过身去绅士地等她收拾好。

"我……这是在写方案,这是一家情趣用品公司的策划……我没什么头绪,所以拿出来看看……"

本来想解释,说出来却好像更尴尬了。

看到梁晚莺局促不安的样子,谢译桥一本正经地说道:"这没什么,女性懂得取悦自己是一件很正常的事情。"

"我真的只是在写方案……"

"我看到了。"谢译桥单手托住下巴,"为什么会没有头绪呢?或许我可以给你点启发。"

"不必了。"跟一个不太熟悉的男人讨论这种东西,她好像还没有那么强大的心理素质。

谢译桥继续说道:"这家公司的产品我略有耳闻,他们打不开市场的重要原因就是不了解女性的心理。"

"比如呢?"

"即便当今已经是一个很开明的时代,但女性的需求一直都是被压抑的,为什么要在意别人的看法呢?女性的身体有自己做主的权利。你或许可以从这个方面着手试试。"

思路好像被点拨了,又想起小影的遭遇,她似乎隐隐有了方向。

"您好像很懂女人。"

"你不高兴?"他嘴角浅浅勾了一下,开玩笑道。

"跟我没什么关系。"

谢译桥挑了挑眉:"如果你愿意的话,我们也可以有关系。"

梁晚莺说:"您可以离开了。"

谢译桥点点头,下一秒他却突然话锋一转,开玩笑地说:"不过,一个和男人说话都脸红的女人,却要设计情趣用品的方案,真是一种奇妙的反差。"

梁晚莺恶狠狠地想把谢译桥推出家门,但他却堵在门口赖着不肯走。

"我长这么大,还是第一次被人这样藏起来,可是我又没有做什么事,所以有那么点委屈。"

"您什么意思?"

"我的精神受到了严重的创伤,你不补偿我的话,我是不会走的。"他站在门框中间,气定神闲地看着她。

他就这样光明磊落地说出要挟人的话,一点没有趁火打劫的感觉。

梁晚莺一个头两个大,这人怎么还耍无赖啊。

"您想要怎么补偿？"

他的目的就是等她提问，鱼钩被咬，他非常自然地抛出了自己的目的。

男人俯身在梁晚莺耳边说了一句话，她的脸直接变成了火烧云。

"你和他，今晚什么进展也不能有。"

谢译桥的眼睛飘向浴室的方向，温热的气息扑在她的耳郭边，激起细小的涟漪。

"你管不着！"

她恼羞成怒，红着脸，用力将他推出去，然后狠狠地关上了门。

谢译桥看着紧闭的防盗门，嘴角一勾，迈开长腿悠然地下了楼。

梁晚莺回到卧室，拍了拍胸口，这才看到他把花留在了这里。

钟朗喝多了酒，洗完澡出来反而更醉了，睡衣胡乱地套在身上，倒在沙发上已经沉沉地睡了过去。

可梁晚莺一直没有睡着。

月光透过薄薄的窗帘，钻进房间，四下静谧一片。她走到客厅，看着钟朗在梦里也依然紧锁的眉头，抬手抚了一下。

愧疚与懊恼每天都像烈火般蚕食着她的心脏，她溺于过往，无法挣脱，只有跟钟朗在一起，才能有片刻的安宁。

钟朗的额头有轻微濡湿的痕迹，今天气温偏高，他又喝了酒，汗出得有点厉害。

梁晚莺打开空调，然后去关窗户。

她不经意地朝窗外看了一眼，错愕得愣在原地。

谢译桥根本就没走，还在她的楼下，正靠在车门上。

看到她出现在窗口，他挑眉一笑，朝她摆了摆手。

梁晚莺一惊，本不想理会他，于是直接拉好窗帘回到了卧室。

可是她想来想去辗转难安，他不会想在下面待一晚上吧？

那明早钟朗起来上班的时候，两个人碰到该怎么办？

正这么想着，她的手机屏幕突然亮了起来。

【下来。】

【不然我就不走了。】

她越想越感觉到头疼,最终还是妥协了。

她将那束花拿上,想顺便还给他,然后轻手轻脚地打开门跑了下去。

"你怎么还不走,你到底想干什么?"

谢译桥没有回答,俯身深吸了一口气。

他嗅到的是她身上清新的沐浴露香味和洗发水的味道。

他满意地点点头,而后说道:"怕梁小姐不遵守约定。"

梁晚莺无语道:"我可没答应你什么约定,你赶紧离开吧!这束花还给你。"

他抬手去接花,可是就在握住花柄的瞬间,手向上一挪,直接抓住了她的手,然后往前一拉,人就被带进了怀里。

男人的大手扶在她的腰上,掌心像是这个季节阳光炙烤过的大地,干燥而灼热,有细小的电流顺着神经末梢,透过夏季轻薄的衣料,逐渐蔓延到她的肌肤上。

面前女人的脸如他所料,瞬间变成了和怀中的玫瑰一样的颜色。

"你干什么?放手!"

谢译桥非但没有放手,反而更加用力地揽住了她的腰,俯身靠近。

炙热的气息扑面而来,低沉的声线钻入她的耳道,抵达鼓膜深处,跟心脏共振。

"所以,你们有没有干什么?"

梁晚莺涨红了脸,为了逼退他,提高了声线显得很有底气的样子说道:"我们做什么都跟你没关系!"

男人并没有表露出什么情绪,只是抬手勾起她耳旁的发丝,指尖若有似无地滑过她的耳郭。

她的身体僵直,耳朵几乎着了火。

"怎么会没有关系呢?毕竟我现在也算是你的一个追求者不是

吗？自然是有知情权。"

她故作镇定地说道："那你不要再做无用之功了，我不会跟你有任何发展的。"

"你为什么这么肯定呢？"

"在我的人生规划中，我一定会和钟朗在一起。"

"你们两个人认识二十多年了，要是可以，早就在一起了，不是吗？"

"我们只是还有一点小问题需要解决。"

谢译桥微微一笑："哦，既然如此，那就看你们之间的小问题先解决，还是我先成功吧。"

他说完以后，没有再纠缠，就直接离开了。

谢译桥走后，梁晚莺忐忑不安地上了楼。她决定快点做完方案，跟他再无交集。她已经规划好的人生，不能因为他而旁逸斜出。

Chapter 5
顶级捕猎

"庄定，分公司那边是不是要来一批实习生？"

"是的。"

谢译桥摸了下桌面上的白色雕塑："挑两个漂亮会来事的，分到销售部，让钟主管亲自带。"

"好的。"

钟朗最近事务繁忙，好不容易松口气，又开始带新人。

"钟主管，可以啊，听说谢总非常器重你。"

午间休息时间，吃过饭以后，大家围在一起聊天。

"可不是嘛。我听说之前高层吃饭，把你也叫去了，升职加薪走向人生巅峰指日可待啊。"

"你们可别打趣我了。"钟朗谦虚地说道。

"是不是要不了多久我们就该叫你钟经理了？"

"别别别，别这样说。"钟朗被他们夸得很不好意思。

虽然有些夸张，但他被这样追捧，还是有点开心，有一种当年在学校时候的感觉。那个时候他在学校是佼佼者，无论是成绩还是各方面的综合能力，他都是非常亮眼的存在。

可是后来到了社会上，出色的人实在太多了，他就像一颗不起眼的鹅卵石，很快泯然于众人。

这与他的理想不符，与他当初意气风发的构想也大有不同。于是，他只能付出更多的努力，让自己不被大浪淘沙筛下去。

如今，一切似乎都在向好的方向进展。今天晚上，谢总又邀请了他一起参加派对，他有点兴奋。

富人之间的圈层其实很封闭，想要跻身进去，相当困难。但是一旦有这个机会和人脉，就意味着无限可能。

下班以后，钟朗换上一套自己衣柜里最上档次的西装，头发梳理得一丝不乱，用发胶抓出一个利落的发型，然后将手腕上那块花了自己两个月工资买的表仔细擦拭光洁。

等一切都收拾妥当满意后，他开车去了谢译桥给他的地点。

他站在一栋豪华别墅的门前，看着周围停满各种名贵的跑车，心理压力倍增。

他的那辆普通二手车就像一只灰头土脸的丑小鸭一样，显得相形见绌。

走进去以后，里面有个超大的露天泳池，三三两两的俊男美女凑到一起，举止亲密又狎昵。

摆得高高的香槟塔，音乐喷泉，精致的食物，嬉闹的人群，鼓点强烈的音乐。

钟朗今天穿了自己最好的一套衣服，可是当他踏进来，大家的目光都停留在他身上打量他的装扮时，他还是感觉到了窘迫。

谢译桥一眼就看出了钟朗的局促，跟身边的人说了一声，然后走到他面前。

谢译桥从穿梭在人群中的服务员的托盘里端了杯红酒递给他说："这些都是我的朋友，你可以认识一下，拓展一下人脉，以后会对你有帮助的。"

钟朗受宠若惊道："谢谢谢总。"

"出来玩就不要这么客气了。"

"Farrell,好久不见。"一个高挑的美女从车上下来后,径直走到了谢译桥面前。

谢译桥向她举了下酒杯:"Monica,今天怎么一个人来的?"

"这不是听说最近你身边没人,想看看有没有机会乘虚而入嘛。"

"你还是这么爱开玩笑。"

谢译桥都这么说了,她也识趣地不在这个话题上多做纠缠。成年人之间,没有痛快地答应,基本就是委婉地拒绝。

看到一旁的钟朗,Monica那双漂亮的眼睛在他身上绕了一圈,问道:"这个帅哥看起来面生,是哪位年轻的企业家吗?"

来这里的人非富即贵,钟朗很清楚自己跟他们不是一路人。

Monica那双描着精致眼线上挑的眸只是粗粗一掠,并没有表现出什么不礼貌的神色。

心口好像被扎了个洞,开始突突漏风,钟朗出门时的精心打扮让自己就像穿了件铠甲般底气十足,可是在这样的场景、这样的人群面前,他就像个只是镀上一层金属色的气球,轻轻一扎,就扁了下去。

谢译桥侧头看了钟朗一眼,拍了下他的后背说:"这是我最近很看好的年轻人,前途无量。"

Monica娇媚一笑:"你看中的人,那肯定错不了。"

两人寒暄了几句以后就分开了。

这个夜晚,钟朗一直有一种不真实的虚幻感。这是他从来没有来过的场合。

他在这个宴会上,得到了不亲密也不过分疏离的对待。

可是即便没有被区别对待,他看着那些光鲜亮丽的人,只觉得自己离他们好遥远。

心里有些挫败,他不自觉地多喝了些酒,再清醒过来的时候,已经是第二天早上了。

从宿醉中醒来,身下的床柔软得令人不可思议,房间的陈设和布局,是他梦寐以求的。

他有点舍不得醒来。

用人将他所需的物品准备妥当,他们恭敬而谦和,谈吐也是相当有分寸。

他身旁是用人准备好的衣服,可并不是他之前的那套西装。

用人说:"这是谢先生为您准备的,按照您的尺码购买的,您昨天喝多以后衣服弄脏了,这套算是赔给您的。"

钟朗看着这套高定西装,抬手抚摸了一下。精致挺括的面料,手感跟他那件确实大不一样。细密的针脚,精良的裁剪,每一个细节都做到了一丝不苟。

"还有这块手表。"管家递过来一块百达翡丽,"您昨天喝多以后,表也摔碎了,谢先生说这个给您。"

"这怎么好意思呢?"钟朗震惊道,"我实在收不了这么贵重的礼物。"

"谢先生说就当借给您。"

钟朗这才接了过来。

穿戴整齐,他看向镜子中的自己,有些恍惚。

这一身行头,瞬间让他有了几分上流人士的样子。

下楼以后,用人已经为他准备好了早餐。

"怎么没有其他人?"

"这个别墅只是谢先生平时招待朋友或者开聚会才来,他不在这里住。"

"原来如此。"

吃好早餐以后,钟朗准备离开,才发现自己的车也不见了。

管家泊出一辆库里南,把车钥匙递给他说:"昨天谢先生的朋友离开的时候不小心碰到了您的车,已经拖去修了,这辆车可以先借给您开。"

这辆车是之前他和梁晚莺回家时搭过的那辆车。

那是他至今都难以忘怀的驾驶感。

"这……不太好吧？"他有些迟疑。

管家又说："您就先应急开一下，等您的车修好以后换回来就行。"

钟朗坐进驾驶位，爱惜地抚摸了一下方向盘，看时间不早了，赶紧驱车离开。

谢译桥其实并没有走，他站在顶楼的景观墙前，看着男人离开后，转身也下楼离开了。

来到公司。

钟朗开的那辆车十分惹眼，再加上人靠衣装，这样的他瞬间招惹来了很多目光。

钟朗的外形和身高原本就很亮眼，只不过眉宇间还有一些青涩，换了衣服和车以后，整个人看起来更加意气风发。

程霜今天上班的时候一直偷偷地看他，中间拿着文件去找了他好几次。

"朗哥，你今天怎么换车了？"

"那是谢总的，他借给我的。"

"谢总真的很看好你，你将来一定前途无量。"

钟朗笑了笑，没说话。

也不知道是心态的问题，还是他换了行头，他今天谈业务的时候，非常顺利，接连拿下两个大单。

他高兴地跟梁晚莺打电话想与她分享他的喜悦，可是他连着打了两个，她都没有接。

看了一眼日期，他似乎想到了什么，隐隐有些担心。

可是这边有人催着他签合同，他只好收起电话，先去忙工作了，准备下班以后过去一趟。

此时，梁晚莺趴在茶几上，手边是扔了一地的啤酒瓶。

电视被调到了一个经常放纪录片的频道，这是她的父亲生前最爱看的频道，此时正在播放《无穷之路》。

她仰头喝下半瓶啤酒后,摇摇晃晃地站了起来。

"爸爸……我好想你啊。"

她身上穿着一条白色的吊带连衣裙,长长的裙摆垂至脚踝,随着身体晃动,像是白色的海浪。洗过澡后略带潮湿的头发披在肩头,有一种简单的纯净感。

"今天是你的生日……可是你再也过不了了。以后就只有忌日了……"

她喃喃自语着,心里的苦闷无处发泄。她从客厅走到卧室,又从卧室走到阳台。

最后,她醉倒在阳台的躺椅上,手里还捏着一个空了的酒瓶。

半夜的时候起了风,她手里的空酒瓶"咚"的一声滑落,发出不小的响声。

她浑浑噩噩地醒来,感觉头沉甸甸的,身上也酸痛不已。

她挣扎着回到卧室,倒在床上便不省人事了。

手机似乎又响了几次,她意识模糊不清,可能是听错了。

她仿佛在一片黑暗中前行,大脑中像走马灯一样播放各种画面。她看到了父亲,转瞬间他又不见了。画面一转,又梦到了他去世时那个场景。

身体时冷时热,冷的时候她会死死揪紧身上的被子,热的时候她又想挣脱。

可是那柔软的被褥像是一条紧紧束缚她的毒蛇,她与它搏斗,想挣脱它,却被越缠越紧。

让她窒息。

今天谢译桥跟梁晚莺约好了下午三点谈方案。

可是他在公司等了很久都没有等到她的电话。

眼看着过了约定的时间,他打电话过去,也没有人接。

他又将电话打到了融洲。

"不好意思啊,谢总,晚莺今天没来上班,我们给她打电话也没人接,不知道是怎么回事。"

"好,没关系。"

此时,梁晚莺浑身滚烫,正在跟噩梦纠缠。沉痛的过往让她难以回头,在深夜无人时像潮水般将她淹没。她只能品尝着悔恨,苦苦挣扎。

而钟朗,是唯一能让漂泊在海中的她喘息的浮木。

她需要和他建立更稳定的关系,才能让自己的心坐上更为安稳的船只。

模模糊糊间,好像接到了钟朗打过来的电话,她不记得自己回了什么,后来又接了个小鸟头像微信号的语音通话,询问了她房门的密码。

她像梦游一样,直接回答了他。

恍惚间,窗帘好像被人拉开,黑暗的帷幕揭开,透进满室天光。

她的意识稍微清醒一点,嘴里喃喃道:"阿朗……是你吗?"

男人背着光,轮廓似乎要融在万丈光芒中,她看不清楚他的脸。

他慢慢走过来,五官逐渐清晰。

梁晚莺眯着眼,努力将身体支起来,想看得更清楚一些,或许她已经认出来了,但是大脑迟钝,不知道该做出什么反应。

直到男人将高烧的她拥入怀中。

清新的佛手柑气味将她包裹,男人低沉而富有磁性的声音响起:"是我。"

谢译桥刚触到梁晚莺的皮肤时就感觉到了不正常的体温。她虚弱而迷茫,眼角未干的泪痕让她看起来非常脆弱。右边肩头挂着的细细吊带,摇摇欲坠。

有一种不期然的清纯的妩媚。

他用被子将她裹好,然后摸了摸她额头的温度,打电话叫来医生。

梁晚莺再次醒来的时候,已经是傍晚了,她还在自己的家里。

她手上有针头,静脉注射液缓缓流入体内。

谢译桥就坐在一旁，时不时抬头看一眼吊瓶。

大约是病了的缘故，她身上的刺软了许多，也没有力气来抵抗他，所以没有防备，只有疲倦。

"你是怎么进来的？"她的声音蔫蔫的，像是失去水分的花朵。

"你告诉我的密码，不记得了吗？"

他突然抬手摸了下她的额头，他的手背凉凉的，有一种沁润的舒适感。

仿佛闷热的夏日里，泡着柠檬的玻璃杯里清爽的冰块。

"谢谢……我没事了，请你回去吧。"

"等你输完液我就走。"他的语气带着不容置疑的坚定。

梁晚莺不好再说什么，将头摆正，看着天花板，双目虚空。

她一副不想交谈的样子，但是谢译桥不准备放任这种沉默蔓延。

"为什么一个人喝闷酒？"

"心情不好。"

"下次你心情不好的时候，可以找我。"

"我就想一个人喝。"

两个人正聊着，钟朗的电话又打了过来。

梁晚莺接了电话。

钟朗松了口气："莺莺，下午给你打电话的时候，你说话颠三倒四的，我还担心你出什么事了。"

"没事，就是睡糊涂了。"

"那就好，你的声音怎么听着有点不对？"

"嗓子有点不舒服。"

钟朗欲言又止，最后小心翼翼地说了一句："今天我下班以后过去陪你，你不要太难过……"

"真的没事，夜路不好走，明天也不放假，你还是不要来回跑了。"

两人交谈的时候，谢译桥就在旁边似笑非笑地盯着她看。梁晚莺实在受不了他的目光审视，草草说了两句就挂断了电话。

等她放下手机后,谢译桥悠悠地开口道:"你可真让人省心。"

"我只是不想让他担心,他工作已经很辛苦了。"

"哦?想不想看看他现在在做什么?"

"怎么看?"

谢译桥让庄定从车里拿来他的笔记本电脑,然后打开监控软件,调到了分公司那里。

已经临近下班时间,大家都放松了很多。

监控中,钟朗跟一个女生很亲密地讲什么东西,而女生看向他的眼神显然有些不一般。

梁晚莺有些疲倦,垂下眼睛不再看。

谢译桥挑眉,将笔记本电脑扣上:"你看起来似乎并不在乎?"

"同事间正常的交流而已。"

男人从鼻腔里发出一声轻嗤,似乎在嘲笑她的天真。

挂完点滴以后,已经很晚了,她的精神稍稍好了一些。

敲门声响起,梁晚莺有点紧张,谢译桥看出她的顾虑安抚道:"放心,是我订的晚餐。"

"哦……"

"吃点饭再睡吧,你一天都没吃东西了。"

因为生病肠胃不适,加上宿醉,她没什么胃口,只喝了一小碗粥。

谢译桥也没怎么吃,更像是为了让她吃得舒心一些,才陪着吃了两口。

他的手机响了,看了眼显示屏,于是起身去了阳台接听。

夜幕降临,外面的霓虹灯亮起,男人低着头,眉头微微皱着,听着对面讲话。

似乎是什么不顺心的事,他面容严肃。他上身穿了件白色衬衣,下身是一条雾霾蓝的西裤,双腿笔直且修长。

讲了大约五分钟他才挂断电话。

察觉到梁晚莺的目光,他突然转头看来。

他勾唇对她无声地笑了笑,也可能发出了点声音,可是隔着一道推拉门,她听不到。

视线碰上,梁晚莺有点尴尬,赶紧低下头抱着碗猛喝了两口粥。

等放下碗后,他还站在阳台上没有进来

过了片刻,他才走过来。

"你还不回去吗?"

"烧退了吗?"他并不接她的话,反而将话题转到了她的身上。

梁晚莺果然转移了注意力,摸了摸自己的额头说:"应该没事了,再睡一觉估计就好了。"

谢译桥望着灯火通明的窗外,热闹的街市上烟火气息浓厚,又转头看向她。

"我很喜欢梁小姐,也觉得自己可以做一个很称职的男朋友,梁小姐要不要考虑一下?"

梁晚莺抿了抿嘴唇:"我很感谢你今天对我的照顾,但我的答案一直都是一样的,我以后会和钟朗在一起,结婚生子,走过今后人生的每个阶段。"

听到这样的话谢译桥一点也不意外。

"你真的愿意跟这样的男人在一起吗?他可能一直都是个小主管,拿着月薪。你们要为了钱而努力工作,想买个什么喜欢的东西都要算来算去,以后有了孩子甚至都无法给他最好的生活与教育。"

听了他的这番话,梁晚莺有点不高兴了。

"你说他平凡,可我也是个普通人,像你这样的人又有几个呢?"

"可你现在有可以改变一切的机会,只要你做出一个正确的选择。"他看向她,声线低沉而诱人,试图引她入局,"你要知道,这样的机会,可不是谁都能得到的。"

梁晚莺沉默地看向窗外。大都市的街道,即便是夜晚也依然灯火通明。川流不息的车辆在高架桥上像是流动的霓虹。她漆黑的瞳孔与遥远的灯火辉映,虽然难掩疲倦,却依然清醒而透彻。

"我需要什么会自己争取，只有这样，东西才拿得安稳。况且，太过美好的东西，都是有陷阱的。"

她的声音很轻，还带着高烧褪去的微微沙哑，像是头顶幽幽洒下来的月光般朦胧而坚定。

"梁小姐还真是人间清醒，即使生病了也这么理智。"他语气凉凉的，整理了一下衣服，然后站直身体，向她颔首说再见。

"那我就不打扰了，桌子上有医生开的药，梁小姐记得吃。"

梁晚莺向他道谢："谢谢你。"

谢译桥微微俯身向前，看着她的眼睛，语带笑意："口头上的感谢我可不接受。"

又来了……

梁晚莺脸微微垮了一下："所以你又想要什么？"

"我还没想到，想到了再告诉你。"

梁晚莺想将他送下楼，可是他制止了她。

"梁小姐不必客气，还是回去休息吧，万一吹了风再发热，我可是会担心的。"

梁晚莺没有坚持，说："方案我已经做完了，今天突然出了这点事耽误了你的进度，实在不好意思。"

她不动声色地将两个人的关系又拉回甲乙方的界限。

谢译桥说："不急，我们有的是时间。"

第二天，梁晚莺的病好了很多，去公司的时候，找程谷说了一下昨天的情况。

"没关系。"程谷忙得走路带风，"现在会客室还有一个客户等着，你去接洽一下，看看他的需求。最近太忙了，实在分不出人，看样子我们得再招点人了。"

梁晚莺去见这个老板的时候，他正萎靡地坐在会客室，斑白的鬓角、皱起的眉头，整个人就像一株找不到支撑力而垂落的爬山虎。

"您好,王总,我是负责您这个项目的策划师,您可以叫我小梁。"

王运站起来跟她握了下手,客气地说道:"你好,梁小姐。"

他经营的是一家老牌的食品公司,主营方便速食的产品,可是营业额每况愈下,已经到了倒闭的边缘。希望能借这次营销,得到缓冲的时间。

梁晚莺开口道:"我想了解一下您的想法。"

王运手里的一次性纸杯被捏得凹陷下去一块,他的神情有些迷茫:"我也不知道究竟做错了什么,我们十年如一日,一直用最好、最健康的原材料,但是我们的市场占有率越来越小,现在已经走投无路了。朋友给我推荐了你们公司,说实话,更好的营销团队,我们……也请不起了,这次就当最后一搏吧。"

王运整个人都有点消沉,但还是说了很多。

梁晚莺看着这个年过半百的企业家,顿时感觉肩上责任重大。

"除了您的公司,目前市场主流的是另外两家食品公司,可是据我所知,这两家公司在宣传方面打得很热闹,时不时地会上个热搜。"

"是啊,他们两家一直打来打去,但是跟我们好像没什么关系。"

梁晚莺摇摇头,不赞同道:"虽然他们一直在闹,但热度一直都有,自然就会被观众记住,这也是一种营销策略。"

王运没说话,好像在思考:"那我们该怎么办?"

"你们不应该当一个观众,而是要加入进去。"

"加入?"

"是的,加入他们的战局中,出现在大众视野。"

王运身体慢慢直了起来,若有所思。

梁晚莺继续道:"具体怎么操作,还需要一些时间,我做一下市场调查,找到切入点。"

王运认可了她的想法,双方确认了合作意向。

两个人又谈了好一会儿,约了时间,梁晚莺想去他们的工厂车间看一看，是不是真的像他说的那样数十年如一日注重产品的质量。

送走王运，梁晚莺本来准备跟谢译桥谈方案，可他现在不在本市，于是约了三天后见面。

最近公司准备扩大点规模，之前只有个总监很多地方管不过来，于是准备在他们这批老员工里提拔一个助手。虽说只是助手，但是融洲发展前景极好，助手的工作可以胜任的话，下一步升主管，升总监都是很快了。

这就是创业公司的好处，虽然很多时候很忙，并且分工不是特别明确，忙起来的时候什么都得做，但公司一旦做起来，第一批员工就可以有很好的晋升机会。

程谷找了梁晚莺和另一个比她更早来公司的同事胡宾谈了话。

胡宾的业务能力很强，客户维护工作也做得很好，所以也是候选人之一，反而梁晚莺被看上更让人意外。

两个人有一个月的考察期，具体要考察什么，老板和总监都没有说，只是让他们两个好好表现。

三天后，到了和谢译桥约定的时间。

梁晚莺打通他的电话后，听到那边有很大的风声，似乎在一片开阔的高地。风声透过话筒，带着闷闷的噪音和螺旋桨划破气流的声音。

他的声音似乎很远，根本听不清楚。

"你在哪里啊？我听不到你讲话。"

这边说了什么也听不清楚，于是，他干脆挂断了电话。

紧接着，微信响起。有新消息提醒，她点开一看，是谢译桥发的一段短视频。

他好像站在高空中，风将他的发丝吹起，护目镜架在龙骨般优越的鼻梁上，遮住了大半张脸。

"我在南渡山这里，你来一趟？"

还好这次跑得不算远。梁晚莺带着方案立刻就出发。

她到的时候,他就在山上等她。

男人全副武装,身后是硕大的滑翔伞,似乎马上要起飞的样子。

"嗯?"梁晚莺看着他这副打扮,问道,"不谈方案吗?"

"等下就谈。"他用下巴指了指旁边问道,"你要不要体验一下飞翔的感觉?"

"还是不要了,我在这里等你。"

"低空飞行,而且我很专业,安全可靠。"

梁晚莺还是坚定地拒绝了。

"好吧。"

谢译桥耸了耸肩膀,梁晚莺以为他放弃鼓动自己了,没想到他话锋一转,说道:"之前你不是答应过我一件事情吗?"

"你是说这个?"

"嗯,陪我一起飞一次,我们就两清,怎么样?"

谢译桥是不输专业教练级别的玩家,他协助她将装备穿戴好。

绑绳索的时候,男人的双手环过她的腰肢,勒紧的那一下,她心脏似乎连通了感官,被不轻不重地揉捏了一下。

她垂下眼睛,看着自己腰上的那双手,不自觉地蜷起了手指。

还好很快就绑好了,可是身后的男人迟迟没有动静。

梁晚莺之前没有体验过这种东西,心里有些紧张,转过头问道:"怎么了?"

男人轻缓的声音落在她的头顶:"别急,我在——等一阵东风。"

"哦……"

谢译桥等待的那阵风很快就沿着山坡缓缓吹来,他嘱咐了她两句,两个人终于开始起飞。

双人滑翔位于前面的她就好像是挂在了他的胸前一样,后背甚至能感受到他的胸腹发力时隆起的肌肉。

本来说好的低空飞行,可是他却越飞越高。

风穿过她的身体,有一种久违的心胸开阔之感。她从一开始的抵触，变成了享受。

中途还碰到一只跟他们一起飞行的鸟儿。它张着翅膀，因为速度差不多，仿佛与他们结伴同行。

在这样的高空俯瞰地面，脚下的山脉似乎都渺小了很多。两座山之间的峡谷，像是地球上一道长长的伤口，将血肉暴露在世人面前。

那里就是降落点。

准备下降的时候，关于方案她突然又冒出了新的想法。

谢译桥在身后轻笑一声："我还是第一次见在这个时候有人走神的，你在想什么？"

"方案。"

"还真是敬业，注意脚下。"

话音落下，两个人已经来到了地面。

由于梁晚莺是第一次玩这个，下降的时候没有站稳。即便谢译桥双手抱住了她防止她扭伤，可是她反而不小心绊了他一下，两个人一齐摔倒。

硕大的蓝色滑翔伞将两人彻底覆盖，视线受阻，梁晚莺慌忙挣扎，可是越弄越乱，线还缠在了一起。

谢译桥就垫在她身下，一动不动地看着她。

气息逐渐浓烈而危险起来。

她有点心慌。

梁晚莺急着挣脱，谢译桥却无动于衷，最后干脆直接躺在草地上，双手一背，枕在了脑后。他悠闲而安逸，仿佛织网的狩猎者，饶有兴致地看着猎物无畏的挣扎。

"你……帮忙解一下啊。"她弄了半天不得其法，急出了一头汗。

谢译桥轻笑一声，侧过身微微低头，看着快要被捆成粽子的梁晚莺，抬手钩住了绳子，然后翻了个身。

两人离得太近了，近到几乎能感受到彼此淡淡的鼻息落在脸颊。

他身上那股清冷的佛手柑的味道混合着身下的青草味将她狠狠包

围。四目相对,他垂眼看向她的眼神带着一种令人手足无措的炙热。

山风将滑翔伞吹得猎猎作响,身下的青草扎得她裸露在外的皮肤有些微微的痒意,她想去挠一下,可是胳膊还被缠着。

她紧张得心都快要蹦出来了,眼睛也不知道看哪里,于是干脆侧过头不跟他对视。

"你……快点。"

男人解绳子的手突然停下了,他声音中带着笑意,调侃道:"梁小姐这样的表情说这样的话,很难不让人误会啊。"

梁晚莺只是愣了一下,很快就反应过来他话里的意思,脸一下子红到了脖颈,想开口催促,又怕他继续调侃自己,只能红着脸硬着头皮等。

他的动作慢条斯理,甚至根本不像是在解绳子。

此时的她感觉自己变成了一件包装精美的礼物,在等他慢慢拆开。

这个想法让她更加羞赧,紧紧咬住下唇,试图将脑子里不好的想法全部赶跑。

身上的绳子终于被解开,她赶忙站起来推开他:"那个方案我有了更好的想法,下次再找您。"

谢译桥看着她慌张离去的背影,嘴角一勾,眼睛里是志在必得的傲慢。

梁晚莺回到公司以后,心跳都还没有平复。虽然在盯着电脑上的方案,实际上却根本没有看进眼里。她握着鼠标的手,逐渐用力。手上现在有好多工作要分配,下午她还要去王运的工厂参观,实在没有那么多时间在这上面多做纠结。

梁晚莺去卫生间洗了把脸,让大脑清醒下来,她不该这么轻易被他的行为影响。

从卫生间出来,她刚走到公司门口,就看到一些人凑在一起窃窃私语。

等她走过去的时候,他们就都默契地停止了议论。

梁晚莺皱了皱眉头,却并没有在意,拿着借支单去财务那里清账去了。

下午,梁晚莺来到王运企业的工厂参观了车间,还随机挑了几个工人聊了聊。

意外地发现他的工厂连基层工人都赞不绝口。

王运工厂的福利待遇好,对员工也好,还招聘了很多残疾人。

可是这样的企业,却濒临倒闭。

梁晚莺从车间出来,脱下白色无尘衣,在思索是不是可以在这里下功夫。如果说另外两家食品公司掐架都在产品上下功夫的话,她或许可以另辟蹊径。

如果一家工厂连基层员工都觉得好的话,就更不必说消费者了,梁晚莺决定就从这个方向着手。

因为王运企业的对家都被爆料过食品安全问题和压榨员工的新闻,而这反而是王运的优势。梁晚莺回去以后,就写出了初稿,阐明设计理念并且强调了预算可以做到最低。

"这下,我们就算是加入了战场,重新进入了观众视野。引起关注度以后,再抛出企业危机,最后用情怀营销的手段,引起大众同情。可能遇到的危险就是被对家围剿,但是只要你没有什么大的漏洞,我们可以见招拆招。"

对此,王运非常满意,立刻支付了百分之七十的定金,希望可以加快方案实施的脚步。

营销开始运作以后,果然每一步都在梁晚莺的意料之中。她制定了周密的计划,企业暂时转危为安,并且还小爆了一下。

王运非常感激她,甚至想要高薪挖她去自己的公司。

"如果你愿意的话,过去就可以做总监,给你带团队,并且在合理的范围内给你最大的自由。"

梁晚莺摇摇头拒绝了:"我暂时没有跳槽的打算。"

"真是遗憾。"

她现在的心情该怎么说呢?

单纯就是为了工作而工作,为了生活而工作,觉得在哪里都是一样的。毕竟,她最喜欢的事情已经荒废了,所以无论做什么、在哪里,都是一样的,还不如待在一个熟悉安定的地方。

而且,融洲实行的上班制度十分人性,员工拥有非常自由的工作时间安排。百分之七十的工作时间处理公司的业务,百分之二十的时间发展自己的想象力和创造力,剩下的时间员工可以随意安排。这样的氛围让她感觉很舒适,所以也不想再去适应新的环境。

王运食品公司的项目结束以后,她又要去跟谢译桥谈方案。

对这次的方案她很有信心,但想到又要和他见面,就有点想要逃避。该怎么让他知难而退呢?

她正在想事情,胡宾端着咖啡晃到了她的面前。

他比她要大三四岁,两个人平时交流不多,但见面时她还是会称呼他一声"宾哥"。

"宾哥,有事吗?"

胡宾亲切地开口问:"晚莺啊,你今年多大了?"

"怎么了?有事吗?"

"女孩子嘛,年纪到了就要考虑结婚的事了,你年纪也不小了吧。"

梁晚莺和他平日里关系普通,很少谈到这种比较私人的话题,他似乎很没有边界感的样子,让她有点不舒服。于是她皱了皱眉头敷衍道:"在考虑中了。"

"这就对了嘛,女孩子早早成家要紧,你现在结婚都有点晚了,如果再拖几年,生孩子都算是高龄产妇了。"

"……这就不劳您操心了。"梁晚莺已经有些不高兴了,说话的语气也生硬了一些。

可是他就好像看不懂一样,一副语重心长的样子,旁敲侧击地说道:"听说这次的方案你做得漂亮,王总想挖你?"

梁晚莺突然反应过来他来说这番话的目的。

她和他现在都在考察期，下一步升职的话肯定只能有一个。所以，他是探口风来了。

梁晚莺扯了扯嘴角说："我暂时没那个想法。"

不想再跟他说什么，她拿起文件夹说："我还有事，先去忙了。"

等她走后，胡宾在她身后不屑地"嘁"了一声。

中午，梁晚莺去茶水间想喝点咖啡清醒一下，走到门口的时候却听到了自己的名字。

"总监你想想，她一个女孩子，就算给她升职了，可能公司把她培养成熟了以后，过个一年半载的，说不定就要结婚生孩子了。公司现在这么缺人，这么重要的岗位如果给了她，到时候还不是要找别人替。女人嘛，婚后肯定要以家庭为主的。"

"你说的情况我会考虑的。"

梁晚莺皱了皱眉头，松开了门把手，转身回到了自己的工位上。

看梁晚莺脸色不好，小金和施影都凑过来问她怎么了，梁晚莺摇摇头。

两人看到程谷和胡宾端着咖啡从茶水间出来，又看了看梁晚莺手里的空杯子，恍然大悟。

施影说："最近你在外面跑得比较多大概不知道，胡宾现在开始收买人心了，对我们嘘寒问暖的，午休的时候还有奶茶。"

小金点头道："不过，我俩是绝对站在你这边的！"

"就是！他一个大男人还挺恶心的，最近经常话里话外好像在贬低你，但是又没有什么具体的证据。"

"谢谢你们。"

梁晚莺原本对这件事并没有特别看重，因为她之前根本没有考虑过升职的事，也不知道为什么竟然成了候选人。

论资历和绩效她都不是拔尖的人，可是胡宾这样的做法让她越来越反感。两人之前交集不多,所以她对他也不是特别了解。没想到他竟然是这样的人,怪不得每次听他讲话,总有一种不舒服的感觉。

看着手里的策划案,她有点头痛。

她也不清楚谢译桥到底是因为某些原因还是真的不满意策划案而拖了这么久。

平心而论,手里的这个新方案,她自己是很喜欢的,只是不知道谢译桥会怎么想。

发过去的消息一直都没有得到回复,她心里没底。

正在忐忑间,她收到了他的一条微信消息:【晚上九点以后再联系我。】

而谢译桥此时正在自己的游艇里,带着钟朗见世面。这是钟朗从来没有见识过的。

他掩饰不住好奇忍不住拍了几张照片,然后才坐下来。

谢译桥坐在沙发上,手里拿着一杯威士忌摇了摇,里面传出冰块和杯壁碰撞的响动。

浅褐色的酒液随着他的动作起伏,像是外面大海的波浪。

他不动声色地观察着钟朗。

上次也带了梁晚莺来这艘游艇,她虽然也有些新奇,却没什么特别明显的感觉。

这些寻常人都难得一见的东西,对她来说似乎跟自己毫不相关,而钟朗显然对此很有兴趣。

这些东西,就像男人的大玩具,几乎没有人可以抵挡其魅力。

谢译桥嘴角勾了勾,喝了一口酒,将嘴角的笑弧掩在杯后。

那边有人喊他,他将杯子放在大理石的桌面上,随手一拨,圆弧形的杯底顺势旋转,冰块撞击杯壁,发出清脆的响声。

"你先随便看看,我去去就来。"

"好。"

钟朗以为上次去的别墅就已经很奢华了,但是当夜幕降临的时候,他看着专门请来的五星级大厨率领专业的烹饪团队往餐桌上呈现饕餮盛宴时,还是被震撼到了。

有国宴级别的中式菜肴,也有西式的菜品。盘子上甚至还撒了一层亮闪闪的金粉来点缀。

在这样的场合下,他有些许窘迫,因为从来没有接触过这些东西,一时间竟然不知道该怎么享用。不过,好在有专门的人员在一旁服务,最后也算没有闹出什么太大的笑话。

晚餐过后就是隆重的晚会,钟朗没有带女伴,所以没有下去跳舞。偶尔有一些别的宾客邀请过来烘托气氛的女客来跟他搭话,明里暗里询问他是哪家的公子、在做什么事业。

钟朗对自己现在的职位实在有些说不出口,只能三缄其口。

有人只觉得他是不方便透露,毕竟看着他这身行头也不像是普通人,所以也没再追问。

能上得了这艘游艇的,必然是样貌上佳并且非常会来事的人,她们火热又直白,他又几次差点招架不住。后来,钟朗干脆躲到了一旁,坐在沙发上猛灌了两口酒。

谢译桥看到他闪躲的样子,走过来拍了拍他的肩膀:"怎么了?"

"没……没什么……她们太热情了。"

谢译桥向沙发后背一靠:"只要你足够有钱,你就会发现整个世界都对你热情了起来。"

确实是这样。

这两个月以来,谢译桥经常带他一起出入各种高端场合,连带着他也受到了从未有过的殷勤待遇,这是曾经的他根本触碰不到的地方。

这次他穿上了真正的铠甲,不会被人轻易看穿,他不再像上次那样窘迫,甚至有些坦然和享受,他有一种仿佛真的挤进了富人行列的错觉。

谢译桥跟钟朗交谈了两句后就离开了。

他无论走到哪里,都是人群的焦点。他真正属于这个阶层,举手投足游刃有余，仿佛自带光芒。

那是钟朗曾仰望过的，但突然变得唾手可得。他不敢妄想成为谢译桥一样的人物，只想跃迁一个阶层。

可是阶层之间的壁垒难以打破，他踏入社会才发现自己在学校时的光环一无是处。

钟朗正看着舞台中央的谢译桥，突然听到了手机铃声，低头找了一下，这才发现是谢译桥的手机落在了这里。

他拿起手机想要去找谢译桥，却瞥见了屏幕上的来电显示，是一行英文单词，翻译过来就是"胆小的夜莺"。

很暧昧让人遐想的注释，他不禁揣测两人的关系。

钟朗心里咯噔了一下。

他有一种说不清道不明的感觉，甚至下意识地想要逃避。

这部手机在他手里仿佛成了一块烫手山芋，他的目光寻到大厅中间的谢译桥，没想到对方刚好也转过头来。

钟朗扬了下手机示意道："您的电话。"

谢译桥微微点头，他整个人伫立于斑驳的灯光下，在忽明忽暗的光影中，像是海上波光粼粼的波纹映在脸上。

他的嘴角含着意味不明的笑，视线穿过晦暗的空气，落在手机屏幕上。

"你帮我接一下，说我现在在忙，稍后再联系。"

"哦，好。"

钟朗按下了接听键。

"喂？"

电话那头熟悉的声音，让他彻底愣住了。

这两个月以来，只要有活动谢译桥都会叫上他。他们出入的都是极其高端的场所，享受的也都是非常贴心的服务。

他现在开着谢译桥借给他的车，戴着名牌表，穿着手工裁剪的西装，走到哪里都会有人投来艳羡的目光。

这样的青睐,像一块美味多汁的馅饼一样砸到他的身上。

他不是没有想过原因。

"莺莺?"他喉咙干涩,像是烈酒灼烧过的后劲在此时反了上来。

梁晚莺一愣,看了下手机:"钟朗?"

"你怎么会给谢总打电话?"

"哦。"她清了清嗓子,"我们公司接了他公司的新品策划,方案分到我手里了,我刚把最新的方案发给他,他说要晚上九点以后才有时间,让我这个时间段联系他。"

梁晚莺回答完后又问道:"你怎么拿着他的手机?"

钟朗后背的肌肉松懈了一些,悄悄地松了口气,也没再追问:"我……谢总邀请我来他的游艇做客。"

梁晚莺皱了皱眉头:"可今天不是工作日吗?"

"我算出外勤……"

梁晚莺还是觉得有些不妥,但也不知道怎么讲:"好吧。你还是要好好工作,毕竟我们跟他不是一个世界的人。"

钟朗"嗯"了一声,又说道:"谢总在忙,说等下再联系。"

"嗯,那你早点回去,不要总是跟他混在一起。"

挂断电话后,梁晚莺总觉得有点怪怪的,但也没深想。

一直到第二天,谢译桥才又联系上了她。这次终于约了一个正常的地点来谈方案。

两人约在MAZE总部见面,当她到达办公室的时候,谢译桥还没有来。

助理给她端了杯咖啡,让她稍等片刻。

谢译桥姗姗来迟,走进办公室以后潇洒地往那张看起来就很舒适的椅子上一坐:"抱歉,我有点事情耽误了。"

"没关系。"

他做了个手势,示意她将方案拿给他。

她这次的方案还是那天跟谢译桥一起滑翔的时候迸发的灵感。

滑翔伞降落的时候，他们闯进那个如伤疤一样的峡谷，却窥见了其中长出来的郁郁葱葱的植被，那是新生的力量，大自然的力量，有令人震撼的美。

将大地拟人化，镜头中是一个女孩赤裸的后背，蜷缩颤抖的身影。洁白无瑕的脊背上有一道长而狰狞的伤疤。

有一只非常美丽的手，执起一支画笔，蘸取了各色颜料，从这道伤口中延伸出了一幅春天美景。

大致的含义就是用颜料和画笔将悲伤转化成希望。

谢译桥翻看完，表达了对这个方案的赞赏。

"这个方案的表现力和创造力我都很满意，无可挑剔。"

梁晚莺松了一口气，可是他紧接着又说话了："只是可惜……"

"可惜什么？"

他微微倾身："可惜以后再也没有这个借口和梁小姐见面了。"

而这次梁晚莺只用了几秒钟就将情绪收敛，她不动声色地向后倾了一下，然后将话题拉了回来，正色道："既然您认可了，那我们就根据这个方案开始制作了，到时候会有相应的文案和制作组跟您沟通。"

"选角上你们来就好，毕竟是你的方案，你最懂什么人更适合，只是要做好风险评估。"

"这个我明白。"

本来与制作公司对接，跟进拍摄就是总监的工作了，但这个方案是梁晚莺全权负责的，于是程谷直接说让她自己去对接监督。

梁晚莺有点蒙："可是，我不懂这个……"

"你总要学习的嘛。"程谷拍了拍她的肩膀，"你和胡宾现在都在考察期，如果最后你真的被提拔了再去学这些就有点晚了，懂吗？"

梁晚莺点点头。

关于制作公司，融洲一直有一个合作伙伴，水平比较稳定，所以她没有再去多做筛选,只是在跟导演聊的时候,选角成了一个难题。

MAZE 的预算给得很足,也是想用这次的产品占领中端市场,所以可选的自由度也很高。

梁晚莺偶然看到了简诗灵拍摄的一个短片,有一个露背的镜头。

纤细柔软的肢体,欲挣脱而出的蝴蝶骨。

虽然有点过于瘦弱了,但是那种呼之欲出的感觉很到位,完全符合她的方案的感觉。

梁晚莺将自己的想法跟导演说了,导演觉得有点难办。

"她现在正有热播剧,风头正盛,怕是不好约。"

"那就尽力试试吧,实在不行再退而求其次。"

"那我去跟选角经理说一声。"

"嗯嗯。"

本来梁晚莺没抱太大的希望,没想到对方一听说是 MAZE 的广告,一口就答应了,甚至都没有问内容是什么。不过她的档期很满,需要排到一个月以后才能抽出时间。

不过这不是问题。

他们还需要先找美术指导规划一下最后的效果。

执笔的手也要找一个合适的人选,还有背景布置,一个月的时间差不多能弄好。

梁晚莺这边忙得脚不沾地,已经好久没跟钟朗见过面了。

两人晚上通了个电话,随便聊了聊近况。

周末,钟朗本来想来找梁晚莺,可是临下班的时候又被一件事拖住了。

上个月销售部业绩很好,整个部门举办了一次庆功会。他这个主管不去的话,有点说不过去。

在这次的庆祝会上,大家的话题基本一直都在围着谢译桥和钟朗转。

"朗哥现在越来越有谢总的样子呢。"程霜将话题转移到钟朗的身上,"我敬你一杯。"

钟朗跟她碰了杯，然后一饮而尽，旁边的同事都跟着起哄。

"小霜妹妹的眼睛从来只在朗哥身上呢。"

"哎呀，你们别乱说。"

钟朗也皱了皱眉头说："不要瞎起哄。"

"开开玩笑嘛，有什么。"

大家也不想把气氛搞僵，打两声哈哈就过去了。

散场以后，同事们打车的打车，顺路的顺路，最后只剩下了程霜。大家都心照不宣地把她留给了钟朗。

程霜好像喝多了，脸颊红扑扑的。她本来就有点站不稳，脚上还穿了一双七八厘米的高跟鞋，几次差点摔倒。

钟朗扶着她，来到车库，将她送到小区楼下，才发现她已经在副驾驶座上睡着了。

"程霜，你住几号楼？"

她嘟嘟囔囔："9号楼东单元。"

钟朗将她抱上去，然后从她包里找到钥匙打开了门。

他将她放到床上准备离开的时候，被女人一把从后面抱住了。

"朗哥……"

她柔软的身体紧紧贴着他的后背。钟朗的心跳骤然加快，怦怦跳动。他转身想要推开她，可是女人的手臂用力箍住了他。

"我真的很喜欢你。"

不知道是酒精的原因还是其他什么，钟朗只觉得浑身血液腾地冲上了大脑，他差点就要被本能操控。幸好他很快清醒了过来，将她推到了一边。

程霜看着他的动作，那双漂亮的眼睛里含着泪花："你就这么讨厌我吗？"

钟朗有些狼狈："程霜，你别这样，我已经有喜欢的人了。"

"可是她根本就不喜欢你啊，上次我在超市碰见过你们，作为女人，可以非常清楚地看出来，她看着你的眼神，根本没有爱情！你为什么还要执迷不悟地守在她身边呢?"

钟朗的手一顿:"我会等她爱上我的。"

他扭头就要走。

程霜在他身后幽幽地说道:"可是,你争得过谢总吗?"

"你什么意思?"

她扯开嘴角笑了笑,在昏暗的房间内,月光透过窗户照在床上铺着的深蓝色缎面床单上,她跪坐在上面,像是看透一切的海妖,发出惑乱人心的质问。

"你是真的看不懂吗?"

钟朗不敢再听下去了。

他也不知道自己到底在怕知道什么,怕听到什么,只是下意识地想要拒绝接收这些信息,于是拿起外套夺门而出。

心里有一种没来由的慌张,让他的心脏飞快跳个不停。他到底在怕什么?

触感细腻的方向盘似乎长了刺,扎得他的手心鲜血淋漓。皮质的高档座椅也似乎布满了荆棘,让他坐卧难安。

腕上那块银色的手表,在车内灯的照耀下闪着暗沉的光,仿佛一条毒蛇死死地缠住他,然后向他龇着獠牙。

梁晚莺和钟朗再见面的时候,他又是一副醉醺醺的样子。

"钟朗,你看你现在成什么样了,怎么每次都醉成这样?"

"谢总的面子不好驳嘛。"他无所谓地说道。

梁晚莺不懂谢译桥到底在做什么,但是他绝对没有表面上看起来那么好心。

"他为什么对你这么优待?出入都带着你?"

钟朗脱外套的手停顿了两秒,然后看着天花板,自言自语,仿佛在问她,更像是在问自己。

"是啊,为什么呢?"

梁晚莺看着这样的钟朗，觉得好陌生。

他一身昂贵的西服，开着谢译桥借给他的车，还有手腕上奢侈的手表，举手投足间是一种成功人士的腔调。可这些东西不是真正属于他，太过轻易得到的东西，总是需要付出代价的。

她苦口婆心地劝道："你还是好好工作要紧，你短暂地拥有这一切超出实际能力范围获得的东西，并不是一件好事。"

"为什么你会这么想？你是觉得我不配吗？"

"当然不是。"梁晚莺愕然，"我只是觉得……不该去奢望这种虚幻的东西，我们只是普通人。"

"可是莺莺，我的目标从来都不想当一个普通人。"他今天心情似乎很差，"算了，不说了。"

梁晚莺叹了口气，往他身边挪了挪，拍了下他的手背说："你已经做得很好了。"

钟朗没有说话。

沉默在空气里蔓延。

半晌后，他的情绪稳定下来，抬起头来说："对不起，我今天心情不好，所以说话有点冲。"

"没事，"她轻抚他的后背，"我明白的。"

钟朗又问道："你给我们公司做的策划结束了吗？"

梁晚莺说："嗯，方案已经通过了，现在在筹备阶段。"

"那后续还要你跟进吗？"

"要的，我要跟进制作公司，商议一些细节。"梁晚莺解释道，"本来我不参与后期制作的，但是总监说要我锻炼一下。"

她把关于升职的事情跟钟朗大致讲了一下。

"如果最后公司选择了你，你是不是很快就可以升总监了？"

"估计是的，因为现在太缺人了，公司也没想到发展得这么好，准备扩大规模。"

"这样啊。"钟朗看起来更加心事重重了，"你这么快就能升总监了，而我还是个小主管。"

"我们公司跟你们公司哪里能比，我这儿只是个私人的小企业。"

"这样晋升总归是快一点。"钟朗的情绪更低落了。

"含金量不怎么高嘛。"

"不过这是个很好的工作经验，以后你如果不想在这里干了，它也是个很好的跳板，很多人的工作都是这样越跳越好的。"

"嗯。"

两个人聊到工作的事，自然避不开谢译桥。

梁晚莺担忧地说道："阿朗，你把这些车、表什么的快还给谢总吧，不是咱们的东西，用着总归是不安心。"

钟朗没有反驳，也没有回答。

梁晚莺看他状态不好，便没有再追着说了。

钟朗想了很久很久，心里有一架天平在左右摇摆，让他感到惶恐又不安。他不知道自己在犹豫什么，也不知道自己在纠结什么。或许他是清楚的，只是不愿意面对。

他还没有下定决心，憩公馆的管家已经联系了他说车修好了，可以开走了。

钟朗知道，是该梦醒的时候了。

周末，钟朗将那辆豪车开到憩公馆，管家又带他上楼去找谢译桥。之前他参加派对的那栋别墅已经够豪华了，没想到谢译桥住的地方更是有过之而无不及。占地面积非常大，简直像是坐落在一个园林中。

他将戴了两个月的名表摘下来，莫名有一种被割去血肉的心痛感。

谢译桥接过来，笑着说道："怎么样，这些东西用得还称手吗？"

钟朗很想问他一些事情，但又觉得有些难堪，最终什么都没说。

"跟我来。"谢译桥拿着那块表，走到自己的衣帽间。

钟朗跟在他的身后，看着陈列的华服与奢侈品，移不开眼。

谁说男人的衣服饰品单一？仅仅是这一面的陈列，就已经让他目不暇接。

谢译桥随手将那块表丢在了他放饰品的陈列柜上,转过身来。

"你觉得怎么样?"他掌心向上,划了一个优雅的半弧。

钟朗低声赞叹道:"所有男人的梦想。"

"如果这些东西你也可以拥有呢?"

钟朗愣住了:"什么意思?"

谢译桥回到客厅,不再跟他兜圈子:"现在我们在开拓国外市场,缺一个有能力的高管,我观察了你两个月,觉得你可以胜任这个职位。如果你愿意去,不必再从基层做起,直接坐总经理的位置,年薪百万。"

被这样大的馅饼砸到头上,钟朗短暂地眩晕了一下,然后抬眼看向对面的男人。

谢译桥一直都是这么气定神闲,仿佛已经成竹在胸,看着落入网中的猎物。

钟朗喉咙有些发涩,艰难地开口:"我……需要付出什么?"

他在明知故问,但还是抱有一点点不切实际的期待。

男人嘴角的笑弧更深,说着冠冕堂皇的话。

"工作繁忙,我希望你可以专心工作,不要在别的地方分心。所以,工作和爱情,你只能选一个。"

心脏"咚"的一声沉入了海底。

"如果我都想要呢?"

"我喜欢你的贪心,但是你要清楚,只有真正成功了的人才有资格贪心。"

果然。

谢译桥不慌不忙地说:"以你现在的处境,要做一个成功人士,至少还要二十年。当然,这还是在有贵人提拔的情况下,不然,你可能这辈子都出不了头。"

看到他纠结的样子,谢译桥说:"我给你时间考虑,你想清楚了再来告诉我你的答案。"

钟朗出来的时候,两手空空。

好像摘掉那些闪亮的身外之物,他顿时变得灰头土脸了起来。

他婉拒了谢译桥派司机送他,自己步行了一会儿,想要整理一下纷乱的思绪。

这里并不好打车。走到半路,他回头看了一眼憩公馆。豪华气派的联排别墅,在阳光下散发着贵气。

可是通体的白,又让他觉得心头冰冷。那点冷顺着毛细血管渐渐蔓延到了全身。在这样日头正毒的盛夏午后,他竟然出了一身冷汗。

怎么会没有察觉呢?

自从谢总和莺莺见过面以后,或许在更早之前,他就因此享受了更多的便利。

那张莺莺递过来的名片、度假时不是他这个职位级别可以享受的房间、无故的调动升迁,包括后来的种种越来越大的馅饼……

如果他仔细想想,肯定是可以联系到一起的,可是他不愿意去深想,或者是在逃避事实。

然而梦总有醒的时候。

该怎么选择呢?

她是他年少时就一直守护的女孩,在懵懂时就想要一直在一起的人。

即便她长大了不再与他亲近,他也一直相信,他总归是可以等着她发现自己才是最好的选择。

可是他在这样巨大的利益面前居然有些动摇了。他实在太想成功了。

连日来的煎熬让钟朗脑容量爆炸,焦灼的情绪蔓延至全身。

他好像有点发热。

他去找了梁晚莺。

梁晚莺看到他以后,敏感地察觉到他情绪有些不对劲。

"你怎么了?"

"没事。"

"你的脸色很不好,是哪里不舒服吗?"梁晚莺担忧地摸了摸他的额头。

钟朗摇摇头。

"你好像发烧了,我去给你找个体温计测一测。"她说着从沙发上下来,踩着拖鞋去翻小药箱。

钟朗看着她的背影,心里越发挣扎。她越是关心他,他就越觉得自己的动摇实在太无耻了。

梁晚莺将体温计递给他,五分钟后拿出来一看,果然有点发烧了。

"这么大的人了自己生病了都不知道,38℃呢。"她嘴里念叨道,"我去给你拿退烧药。"

片刻后,梁晚莺递给他一杯水和两片药:"快吃了吧。"

钟朗机械地接过她手里的药,一口吞进去,然后喝了口水。

他欲言又止。

梁晚莺让他躺到卧室,拧了湿毛巾搭在他的额头上:"你先休息一下,我这里有个同事的方案要帮她看一下。"

"嗯。"

钟朗侧过头,看着台灯照亮的那一小片区域。她低着头,表情柔和专注。如果要用一个词来形容的话,她就像水一样,恬静时润物无声。

"莺莺,你觉得谢总怎么样?"他突然开口。

"嗯?"

梁晚莺讶异地看向他:"怎么突然说起他来了?"

"没什么,你不是因为方案的事情跟他接触了一阵吗?就是想随便聊聊天。"

梁晚莺不是很想跟钟朗聊谢译桥,只是客观地评价了一下:"没什么感觉,一个很厉害的资本家,很擅长拿捏消费者的心理,成功是必然的。"

钟朗闭上眼睛道:"我觉得他是一个很有魅力的男人,我也很想成为这样的人。"

"那大概是金钱傍身带来的光环吧。"梁晚莺说。

"是啊。"钟朗似乎只是在自言自语,"富足的生活可以给人游刃有余的底气。"

梁晚莺没再接话,看似在专心改方案,实际她已经盯着电脑屏幕上方案的标题看了半天都没再往下翻动了。

谢译桥确实是一个很有魅力的男人,即便没有钱财傍身,他也一样诱人,这是毋庸置疑的。拥有这样头脑的他注定做什么都能成功,而成功之后更是给他铸上金身。

漫长的夜,两人在同一个卧室,可是一个躺在黑暗中,另一个坐在台灯的光源里。

钟朗的情绪如同这团黑暗般将他拉扯到更深的地方。而他躲在黑暗的角落,想要触碰不远处的光源,却又感觉被刺痛。

"莺莺……"

"嗯?"

梁晚莺转过头,那片小小的光源随着她脸部的扭动,挪到了脑后。她的五官变得不清晰,轮廓却更通透。

男人的嘴动了动:"我们……"

梁晚莺的手顿了一下,问:"怎么了?"

"算了,没什么。"

窗外,沉闷了许久的天气,刮起了大风。树木枝叶被吹得东倒西歪。银蛇般的闪电劈开夜幕,大地被短暂照亮后又陷入一片漆黑。

雷声紧随其后,暴雨将至。

经过非常激烈的思想斗争,钟朗最终决定还是脚踏实地地来。可当他开着自己那辆二手大众来到公司,面对众人好奇的目光时,竟然觉得有点抬不起头。

"朗哥，怎么换车了？"

明明只是一句简单的寒暄，他却无端感觉别人在嘲笑他。

钟朗故作轻松道："嗯，我的车修好了，就把那辆车还给谢总了。"

"也是，还是开自己的车方便。"

"嗯。"

程霜从门口进来，也没有像以前那样跟他甜甜地笑一下再打招呼，只是点了点头就越过了他。

两个人因为那天晚上的事，总归闹得有些尴尬。旁边的同事看着两人奇怪的气氛，眼里透露着八卦之色。可是也没人敢真的去问，只交换了一个眼神就各自散开去工作了。

后面的几天，也不知道是钟朗的心理作用，还是同事对他的态度确实起了变化，感觉似乎冷漠了很多，没有那么热络的寒暄和问好了。

也好像总有人在他的背后窃窃私语，之前他的领导对他一直和蔼可亲，现在面上不显，但说话间似乎多少带了点敷衍。

Chapter 6
胜券在握

梁晚莺最近忙得天昏地暗,可是还要抽时间做Self公司的策划案。她摆弄了一下样品,突然想到那天跟谢译桥的交谈,莫名有点脸热。

施影走过来突然拍了一下她的肩膀,把她吓了一跳。

"想啥呢?脸红红的。"

"哪有……"梁晚莺用手在脸前扇了扇,故作镇定地转移话题,"今天空调是不是开得有点高,热热的。"

"还好吧。"施影果然被转移了注意力,抬头瞥了一眼空调上的温度,"24℃,可以了。"

"是吗?那可能是我今天穿的衣服面料有点厚。"

施影看了眼梁晚莺手里在做的方案,说道:"Self的方案还没搞完呢?还真是个烫手山芋。"

"说起这个,我有件事想跟你商量。"

"什么事?"

梁晚莺写方案的时候,联想到那天施影身上发生的事,觉得将其改编一下做成个方案也挺好的。

而且愤怒的情绪更能调动起人的目光,也更容易引起大众的共鸣。

她将这个想法跟施影说了一下。

施影听后满不在乎地说道:"没关系啊,你随意,反正我跟他分手了。"

梁晚莺赞同地点头："明智的选择。"

施影捂脸道："真是丢人丢到姥姥家了。"

两人正说着话，梁晚莺这边的电话突然响了。

制作组那边要她去一趟，关于画面中那只执笔的手在选角上还需要征求一下她的意见。

梁晚莺叹了一口气，在椅子上放空了十秒，然后猛地起身，收拾了一下东西就准备过去。

"你又要去制作公司了吗？"施影悠闲地喝了口冰咖啡，笑眯眯地跟她摆摆手，"路上小心。"

"欸？"梁晚莺突然转过身，眼睛一眯，"小影啊，既然你都跟他分手了，这个方案，你是不是可以继续做了？"

"啊？"

梁晚莺不等她反对，将方案塞到她怀里就跑。

"我最近实在太忙了，而且你以自己的切身体会来写，肯定能做得很好，加油！我先去忙了。"

"可恶！臭莺莺——"

梁晚莺来到制作公司时，选角导演已经在等她了。他给她看了很多手模的照片和资料，她都不是很满意。漂亮的手很多，但具有表现力的实在太少了。

梁晚莺想要的手，是能透过画面表达出情绪，这才是最关键的点。

其次就是关键画面，伤口、延伸的内容，那种希望力和生命力的表现，都需要一点一点地去抠细节，争取将视觉效果拉满。可重新做了几次，都不是她想要的感觉。

梁晚莺没想到自己第一次参加制作就出了这么多问题，她有点被打击到，甚至开始怀疑自己到底有没有能力呈现出最完美的效果。

谢译桥抽了个时间，来看进度，刚一进来就看到梁晚莺一副愁眉苦脸的样子，问道："怎么了？遇到什么棘手的事情了吗？"

梁晚莺将初步预想和一些分镜镜头给他看了一下，然后把遇到的难题大致讲了讲。

"表现力实在太重要了，我需要一双能表达情绪的手，而不仅仅是一双漂亮的手，还有画面，美则美矣，却毫无生命力。我也不知道到底问题出在了哪里，这已经是第三稿了。"

男人认真地听着她的描述，沉思片刻提出建议："会不会是因为过于依赖电子科技，绘画建模软件做出的效果固然精美，但是缺少了内在的表达？"

"对啊！"

一语惊醒梦中人。

梁晚莺眼睛一亮，拿起手绘笔在电脑屏幕分镜头里那个重要的画面上打了个圈："毕竟贩卖的就是原始材料制作的颜料，如果用科技制作出来的图，就违背了其本意。"

"要是这样的话，不如你亲手来画？"谢译桥再一次抛出建议。

"我？"

"我们在选择策划师前会对甲方做一个简单的调查，确定对方能胜任才会定下来。"谢译桥说这些话的时候，显得非常正直，仿佛真的没有什么不单纯的目的。

"所以，我看过你曾经的一些作品，那些作品非常有张力，即便是商业化的稿子，你也完成得非常出色，所以我觉得你完全可以。"

梁晚莺只是短暂地心动了一下，很快又落寞地摇了摇头。

这个广告画面确实让她很有创作欲，但是她每次试图拿起笔，某些记忆就像是密密麻麻的蝗虫一般用力攻击她的大脑。

她知道这只是心理作用，只能靠自己强大的毅力去对抗，可是她没有对抗的勇气，是不战而屈的逃兵。

不过谢译桥只是提了个建议，没有限制要她做的意思，所以她敷衍了过去。

晚上，梁晚莺躺在床上一直睡不着，翻来覆去地想着白天和谢译桥的对话。

她手指无意识地在空气中比画了两下，画出个半圆的弧。

反正睡不着，她干脆翻身下了床。

梁晚莺从抽屉里翻出来一个本子，又找到一支笔。

她有点想要表达的冲动，可是当笔落在本子上，她试图画出最简单的线条时，脑海中突然闪过一抹猩红，狠狠击中了她。

呼吸瞬间变得急促，她赶紧丢掉了笔。

歪歪扭扭的黑线像虫子一样在本子上爬行，似乎在嘲笑她的懦弱。

她像逃一样地躲进了被子里，在大脑又要回想那些痛苦的事情之前，赶紧打开了手机。

她本想跟钟朗打个电话看看他在干什么，可是铃声响了好久，那边都没人接，她只好作罢。

钟朗此刻正在参加大学同学聚会。

上个月他在跟着谢译桥出席各种高端场所的时候，路上碰到老同学，然后说起同学聚会的事，他想都没想就答应了。

可是最近这段时间，他的心情复杂，把这件事给忘得干干净净。等接到同学的电话询问他怎么还没来的时候，他站在镜子前看着自己，竟然有点胆怯。所谓的同学会，基本就是混得好的来彰显自己满足虚荣心的场合。

而现在的自己……

短短两个月的时间，他就被那样泼天的富贵迷了眼，现在竟然不适应自己本来的生活。

他在这群意气风发的同学中显得如此普通，完完全全沦为陪衬。曾经在学校时跟随在他身边的那些不如他的同学，也依靠关系去了很好的企业，拿到了很好的职位，过得光鲜亮丽。

今天的酒似乎也特别苦涩。

他不禁有点后悔，如果晚几天把那些东西还回去的话……好歹能维持一下虚假繁荣。他知道自己的这种想法不对，可还是忍不住想象自己穿那一身行头来到同学聚会上震惊所有人的样子。

是啊，即便是虚假，也实在太过美好。

钟朗醉醺醺地回到了家，这才发现有一通未接来电。

可是现在已经很晚了，想到莺莺肯定已经睡了，于是他没有回拨过去。

第二天，宿醉起来的他头很痛，但今天要加班处理一些事情，只能强忍不适起来洗漱。

一早上他都是浑浑噩噩的，工作差点出了纰漏，被经理叫到办公室狠狠批评了一顿。

午休时间，他没什么胃口，不准备吃饭，想要去一趟卫生间，然后在工位上简单休息一下，争取下午能恢复点精神好好工作。

钟朗刚走到卫生间门口，就听到旁边传来熟悉的声音。

"霜霜，你跟钟主管怎么回事？"

程霜的声音响起，带着点不屑："还能怎么回事，他看不上我呗。"

"不会吧，你这么漂亮，而且那么主动，有人能拒绝得了你？"

"算了，不提了。"程霜将手烘干，抹上护手霜，涂得香香软软的，她无所谓地说，"我就是看他好像挺受器重的，将来肯定是潜力股，到时候升更高了再下手就不好弄了。可是最近看着也没什么动静嘛，而且好像升职加薪也没什么戏的样子。"

"是啊，要是他一直是个小主管的话，有什么出息。"

两个人说说笑笑地离开了。

一种名为自尊心的东西被狠狠地扎了一下。

昨夜的酒精在此时似乎又翻滚了上来，喉咙里又苦又涩，他赶紧走到卫生间吐了出来。

未消化的食物和酒精经过一夜的发酵，已经面目全非。

胃部承受不了这么繁多而杂乱的东西，强行吃下去，最终还是会吐出来。

终于熬到了下班时间,他收拾了一下东西准备回家。

他刚到家门口将钥匙插进去,手机突然响了起来。

钟朗站在昏暗的楼道里,头顶是声控灯熹微的光芒。掌心的手机屏幕明亮而刺眼,上面显示的人名让他既恐惧,又渴望。

拇指按在那个跳跃的电话图标上,他犹豫半晌,最终,在通话将要挂断的前一秒接通了电话。

"喂?谢总。"

"你考虑得怎么样了?"

男人的声音轻缓,不急不躁,似乎胸有成竹。

钟朗站在暗红色的大门前,转动钥匙的手停在那里,迟迟没有再动。头顶的声控灯熄灭,他整个人都陷入了黑暗之中。

电话对面的人并不催促,安静地等着他做出抉择。

轻微的电流声和男人微不可察的呼吸声顺着听筒传来。

明明都是这么缥缈轻如尘埃,却给他带来极大的心理压力。

良久,他终于艰难地开口,却显得并不特别坚定:"我觉得……现在的生活就挺好的,工作还可以,喜欢的人就在身边,所以……"

"哦?"电话那头的男人依然从容不迫,似乎并没有很意外。

"明天,你来世纪广场这里,我带你看点东西。如果到时候你还是这样坚持,那我尊重你的选择。"

男人嗓音低沉而平缓,像是波澜不惊的山脉,却让人不由自主地信服。

钟朗恍惚地应了一声:"好。"

第二天,梁晚莺正在和制作导演讨论分镜的事情,突然收到了谢译桥的微信信息。

是一张图片。

她点开大图一看,男人的掌心躺着一个碧绿的平安扣,正是她之前摔碎的那个。

看起来似乎已经修复好了，裂痕都不太看得出来了。

她抑制不住高兴的心情，放下手中的笔回复道：【谢谢你！没想到真的修好了。】

谢译桥回过来一句简短的信息：【你要来取吗？】

梁晚莺：【现在我还有工作要忙，下班以后可以吗？】

谢译桥：【当然可以，那我们傍晚再联络。】

很快到了下班时间，梁晚莺询问了一下他的位置。谢译桥很快给她发过来一个定位。

梁晚莺打车去了世纪广场。

这里有树木、鲜花和绿草，还有一些颜色丰富的可供孩子们玩耍的设备。

更像一个小型的游乐园。

梁晚莺站在入口处，四处张望了一下，却没有看到谢译桥的身影。

她掏出手机，刚准备打电话给他，一辆明红与橙黄相间的塑料小火车鸣着喇叭开到了她的面前。

"请上车。"喇叭里传来稚嫩的电子机械声。

梁晚莺有些犹豫，小火车上的喇叭不依不饶地继续喊道："请上车。"

"我又不是小孩子了……坐不了这个。"

"请上车。"

她还以为是谁的恶作剧，弯腰看了看，发现火车头上还有一张小字条。

上面简单地写了个短句——"follow me（跟着我）"，旁边还画了一只小鸟的简笔画。

这一看就是出自谢译桥的手笔。

梁晚莺无奈，只好坐了上去。小火车嘟嘟地发车了，上面的烟囱里还逼真地喷出一点白色的气体，大约是水雾吧，落在她脸上的时候，有潮湿的沁润感。

"你要把我带到哪里去啊？"

小火车当然不会回答，只是慢吞吞地咔嚓咔嚓地朝着一个方向前进。

今天夕阳很好。高大的绿色榕树被映衬得愈加鲜亮，绿化带里的小花和绿草也舒展着枝叶，享受着阳光的余热。

小火车带梁晚莺在轨道上跑了一圈，最终在一个未曾开启的喷泉旁停了下来。后方传来一阵拨浪鼓的响声，她转头追寻声音的来源。

谢译桥就在距她不到十步远的地方，手里拿着一个红黄相间的拨浪鼓，在逗弄着一只黑白色的流浪猫。流浪猫在台阶上翻滚，追逐着鼓槌，身上都沾满了草屑。

梁晚莺从小火车上下来，径直走了过去。

男人听到脚步声，直起身来，慵懒地靠在栏杆上，眼里噙着笑，望着她走过来的方向。

他今天穿了件抢眼的撞色系外套，姜黄与靛蓝碰撞，配合身后童话世界般的儿童乐园，意外的和谐。就好像一个从童话世界中走出来的王子，正笑吟吟地等着公主的到来。

那只奶牛猫看到有生人过来，警惕地弓着背看向来人。

谢译桥将手里剩下的食物丢给它，它立马叼起来躲到了草丛后。

梁晚莺走过来，被他这样看着，有点局促，不自在地摆弄了一下裙边，随便找了个话题。

"你喜欢猫吗？"

"嗯。"他点头，饶有兴致地开口，"我觉得猫是一种相当迷人的生物，它们傲娇又独立，自由且随性，高兴时可以对你喵喵叫，不高兴时就龇牙、亮爪子，难以被驯服，有趣得很。"

"那你怎么不养一只呢？"

"被驯化后的宠物会失去野性，我更愿意看到它们为了生存不顾一切的样子。"他摇了摇拨浪鼓，"那顽强的毅力，令人赞叹。"

他这话说得正经,可是语气又带了点狂热,梁晚莺眼神诡异:"你是……有什么特殊癖好吗?"

"被你看出来了。"男人毫不介意,突然俯身盯住她的眼睛,眉毛压低,显出几分神秘而深情的样子,"所以你越不愿意理我,我就越觉得你迷人。"

梁晚莺的身体向后撤了一点,不自在地挪开视线:"你能不能正经一点?"

"我很正经。"他笑眯眯地直起身,"所以你想让我知难而退的话,要不要换换方式,比如对我热情一点,嗯?"

话题越来越暧昧,梁晚莺不想再这样继续与他扯皮,于是选择直奔主题:"我的手链呢?我现在可以看一下吗?"

他没有直接回答她,又说了另一件事情。

"这个拨浪鼓和喂猫的食物还没有给那个老人家付钱,她只收现金,可是我没有,你能帮我垫付一下吗?"

"多少钱?"

"十块钱。"

"好吧。"梁晚莺翻了翻钱包,最小的面额只有一张二十元的,于是走过去把钱付了。

老太太接过钱,笑眯眯地找零,将钱递过去的时候,说道:"你和你爱人真是般配啊!"

"啊?不……"她慌忙摆手,刚想解释,就被男人握住手腕拉走了。

"你干吗?"她试图挣脱他。

"反正是擦肩而过的陌生人,有什么好解释的,不累吗?"

男人的手指修长,骨骼清晰,可以很轻易地握住她的整个手腕。

他掌心温度很高,像是一只炙热的火钳,烫得她有些不安。

"那也要解释清楚,事实是什么就是什么。"梁晚莺抽了抽手,没有撼动他分毫,"放开我。"

谢译桥没有松手,直接用另一只手从口袋里掏出那条修复好的手链,给她套进了手腕。

"还有一点裂痕,但这是经过修补后最好的结果了。"

"我已经很感激了。"

她想抽回手好好看看,可是他还攥着她的手腕,不肯松开。

"快放手!"她的语气有点急恼了。

"哦——"男人拖长了声音,语带笑意,"抱歉,梁小姐的皮肤凉凉的,手感很好,让人有点爱不释手,所以一时间我有些失态了。"

梁晚莺的脸颊慢慢地红了起来。

夕阳最后的热度仿佛全部集中在了她的脸上,她凶巴巴地说道:"你……你这个……"

她本想骂他,但总觉得说出口会显得像是在调情,别的话又一时想不到,最后把自己憋得不行。

"我什么?"看着她骂不出来气呼呼的样子,他笑道,"流氓?"

"看来你对自己有很明确的自我认知。"

"哦?"谢译桥倾身向前,"如果我真的是这样的人,那我此时一定不会强忍自己内心真实的想法……"

话刚说了一半,身后的音乐喷泉到了固定时间开始准时运作。

音乐和灯光一同迸发,水流激荡,霓虹色的灯光将清澈的水流涂抹成耀眼的光柱。

"什么想法?"梁晚莺问。

斑驳的灯光打在谢译桥的脸上,他就像被赋予了生命的雕像,英俊而神秘。他的瞳孔映着橘红光芒,宛若流动的岩浆。

他低低地笑出声,声音透过空气,直抵她的耳膜:"在这样美丽的天光日暮下与你相拥。"

广场上乐曲的音符瞬间变得高昂,喷泉的水柱随着音乐骤然拔高,然后开始旋转,喷射出的水流划出一道道优美的弧线,宛如一位快乐的舞者,在跳着热情的探戈。

有零星的水珠溅到两人身上。

夏日的衣服单薄而轻盈,被水花溅湿的衣料和皮肤粘到一起,冰冰凉凉的。

男人干燥的掌心紧贴着她腕口的脉搏,她似乎能听到那些水珠砸在地面上的声音,与脉搏的频率逐渐一致。心脏剧烈地跳动,在胸腔中震荡,声音传到耳鼓深处,几乎盖过了不远处马路的车鸣声。

灯光顺着男人的肩颈不停流淌,宇宙似乎都在向她倾斜。

有一滴水落到了她的眼皮上,滑到了睫毛根部。她眼睛猛地一敛,突然惊醒,赶忙擦了下眼睛,然后用力推开他,结结巴巴地说道:"今天谢谢你,我还有事,先走了。"

谢译桥没有再阻拦,只是看着梁晚莺落荒而逃的背影,饶有兴致地晃了晃手里的拨浪鼓。

躲在草丛里吃完食物的猫咪又跑了出来,亲昵地蹭了蹭他的裤腿,尾巴也跟着卷了上去。

干净整洁的裤脚上瞬间多了一层白色的绒毛,他弹了弹裤腿,无奈地敲了敲猫咪圆滚滚毛茸茸的脑壳:"这就是我不想养你的原因。"

猫咪冲他喵了两声,闻了闻他的手。

男人两手一摊说:"没有了。"

猫咪似乎听懂了他的话,看他手里真的没有食物了,转身毫不留恋地离开了这里。

男人笑骂道:"小没良心的。"

谢译桥的车就停在旁边,里面除了司机,还有一个人。

车里并没有开照明灯,天色渐深,那人坐在一团黑暗中,面向窗外,一眼不眨地看着站在路边等车的女人。

外面的路灯一一亮起,梁晚莺站在昏黄的灯光下,背影柔和。

谢译桥打开车门坐上副驾,从内视镜里向后看去,对着发呆的男人问道:"怎么样?"

钟朗一直看着梁晚莺消失在他的视野中后,这才将头转了过来。

或许他早就已经有答案了,只是强撑着最后那点自尊心和责任感。

刚才，看到莺莺和谢译桥在一起时的样子，他的心情非常复杂。

不甘、嫉妒，甚至还有一点暗自庆幸，他已经很久很久都没有见到过那样鲜活的她了。

跟他在一起的时候，她从来没有这样生动过，羞恼嗔怒，一举一动都是这个年纪正常女孩子该有的情绪。

这是他努力了很长时间都做不到的事情，谢译桥却轻而易举地做到了。

然而，在不甘与嫉妒之余，他好像又找到一个非常合理的、冠冕堂皇的让自己放弃的理由。

他甚至在心里悄悄松了一口气。转瞬间，他又因为自己有这样的想法感到羞愧。

谢译桥没有催促，只是含笑看着他。那双似乎能看穿一切的眼睛，带着一种了然和笃定，将他心里的那点不堪照得清清楚楚。

这个男人释放了他内心那个自私的魔鬼，却还要这样嘲笑他。钟朗感到恼怒，可又没有反抗的能力。这是他一直以来都在追求的东西，他也清楚这样的机会有多么难得。

接触得越多才越能明白阶层的跃迁是多么艰难。

可是，他又不甘心这样直接放弃，让人更加看轻，所以对谢译桥抛出的橄榄枝又爱又恨。

"你……真的喜欢莺莺吗？"他努力让自己的腰背挺直一点，好显出一些底气。

"当然。而且，她丢掉的梦想，我也会帮她重新捡起来。"

车窗外有一束远光灯光照进来一下，随即又陷入了黑暗。钟朗的眼睛也随着灯光短暂亮了一下，转瞬就暗了下去。

"哦……既然这样的话，我还有个条件。"

梁晚莺回去后，突然发现谢译桥的微信头像从蜂鸟改成了一只夜莺，还发了一条朋友圈，并配了世纪广场上那只奶牛猫的背影图片：【养

猫哪有喂鸟快乐。】

将手机扣下,她摸了摸手腕上的平安扣,垂下了眼睫。

不行,不能再这样了,她要想办法,和钟朗的关系最好能早早定下来。

钟朗的顾虑和担忧,她很清楚。即便她已经很努力地表现出自己肯定的意愿了,可他一直都不想勉强她。或许她应该主动一点,打破这个僵局。

她调了休,主动去了他工作的地方等他下班。

钟朗看到梁晚莺在公司门口的时候还有点惊讶。

"莺莺,你怎么来了?"

"我今天休息,不用工作,想来看看你。"她说着,将手里的东西晃了晃说,"我还买了点你爱吃的菜。"

钟朗接过她手里的东西,揉了揉她的头发:"我这次住的地方做饭不怎么方便,我们还是出去吃吧。"

"哦。"

钟朗将她提的东西放进后备厢,然后启动了车子。

行驶的时候他一直没有说话,梁晚莺随便找了个话题聊了两句,看到他兴致似乎不高的样子,也就没再说了。

这样的气氛持续到两人吃完晚饭。

梁晚莺察觉到钟朗的情绪好像不太对劲,主动询问道:"你好像有什么心事?"

"有吗?"他下意识否认。

"你看上去状态不太好,是工作上的事不顺利吗?"

他没有回答,转过头,看向窗户。

窗户上有她的倒影,轮廓清晰,却看不清楚五官。

也正是因为看不到,他才能松一口气。

今天梁晚莺本来想跟钟朗说一下自己的想法,可是他情绪不好,她找不到合适的机会开口,最终什么也没说。

这顿饭吃得沉闷，两人各怀心事，钟朗将她送回了家。

就在钟朗将车开进梁晚莺的小区时，与一辆黑色的迈巴赫擦肩而过。他侧了侧头，那辆车窗户关得很严实，看不到里面的人，但是这样的车出现在这里，很容易就可以猜到里面是谁了。

他从后视镜看向那辆车，果不其然在小区门口停了下来。

钟朗的脑子转了几个弯，将车开到梁晚莺楼下后，将她今天买的东西从后备厢拿出来说："我帮你拿上去。"

梁晚莺打开房门，钟朗很自然地走了进去，然后把塑料袋里的东西拿出来在冰箱里码整齐。

"喝点水吧，你今天脸色不太好，歇一下再回去吧。"

钟朗从她手中接过水，说："我去阳台透透气。"

"好。"

梁晚莺将房间的东西简单地收拾了一下后，也拿了杯水走到阳台，她靠在推拉门框上问道："你最近到底怎么了？"

"没什么，只是在考虑一些以后的事。"

"以后？"

"嗯。"钟朗喝了口水，有些怅然，"我觉得现在的生活并不是我想要的。"

"那你想要什么样的生活呢？"

"我想要做一个事业有成的人，想要跨越现在这个阶层，过真正上流阶层的生活。"

钟朗的目光透过沉沉的黑夜，收拢起所有的光芒，有那么一瞬间，梁晚莺突然觉得他很陌生。

"可是……"梁晚莺按下心中的不安，"这些离我们太遥远了。"

钟朗嘴角微微勾了一下，却并不是真的想笑。

他握住她的肩膀，将她带进怀里，长叹了口气。

谢译桥坐在车里，仰头看向阳台上拥抱的两人，眼中弥漫起一层薄薄的阴云，随后他就拿出手机发了条信息。

钟朗收到消息下楼的时候,谢译桥就在外面。

仅对视了一眼,两人之间的气氛就已经剑拔弩张起来。

"我现在就要个结果。"钟朗顶着他身上强大的威慑力,说道,"您知道的,只要我开口,您将毫无胜算。"

谢译桥嗤笑一声:"你当然不会开口,你如果愿意开口,早在一年前就跟她在一起了不是吗?"

"可是事情发生了变化,境况不同,选择自然也不同。"

"一个不爱你的人和远大的前程,是个聪明人都会知道怎么选择,我劝你别太贪心。"

"可是您现在开出的条件对我来说是没有任何保障的,一个海外公司的高管,还是在这样的情况下得到的。说实话,我并不信任您,一旦你们的关系崩塌,我将处在一个非常尴尬的处境。"

"你觉得我会反悔?"

"我只是想握住这个机会。"

这是他出卖了尊严换来的机会,如果他实在无力反抗,也要利益最大化。

钟朗又说道:"我们各退一步,您给我第一笔创业项目的启动资金和半年新项目的技术扶持。"

谢译桥笑了一声:"半年,你是觉得我的兴致只能维持半年吗?"

"在外界的传闻中,这是您维持最长时间的情史了。"

"可是即便这样,你也选择放弃你喜欢了二十多年的小青梅。"他这话说得轻佻又讽刺。

钟朗的脸色青白,据理力争:"我只是太需要这个机会了。"

"当然,而且这个机会只有我能给你。"谢译桥很散漫地笑了笑,"那我就再教你一个东西,越是想要的东西,就越不要表现出来,否则你将失去谈判的资格。"

"那您将收到我和莺莺的订婚请柬。"钟朗转身,"我会在这周六的晚上跟她表白。"

谢译桥根本没有把钟朗那点小小的威胁放在心上,他也从不接受任何人的威胁。在他的眼里,他开出的价码已经足够优厚。

钟朗想要启动资金和技术扶持,这些对他来说根本不算什么。

但是,他可以给钟朗开出优厚的条件,也可以给他一笔钱,却并不想去培养一个敌人。况且,即便是为了利益,他也不相信钟朗真的会这样做。

梁晚莺不知道钟朗将她约到这个地方是为了什么。这里是她和他刚来这个城市时一起吃饭的地方,不是一个特别大的餐厅,但是足够温馨。

昏暗的灯光,轻缓的音乐,浅淡的香熏在角落里散发着不知名的香味。

桌面上的食物比两人第一次来的时候丰富且昂贵了许多。

钟朗穿了一身很正式的西装,在她面前坐定。

梁晚莺隐约意识到了什么,她抿了抿嘴,等着他开口。

两人沉默许久。

气氛显得有些过于沉重,梁晚莺正想主动打破凝固的氛围,钟朗先开口了:"莺莺。"

"嗯?"

"你还记得我们以前一起上下学的日子吗?"

"嗯。怎么了?"

他的眼里带着怀念,又说:"那时候我一直把你当妹妹看待。后来我上了大学,你还在高中,我看到你和别的同龄人走在一起说说笑笑,忽然开始不安。我害怕你被别人抢走,想着你要只属于我一个人才好。但是你却逐渐与我疏远了。

"我觉得只是因为我们的学校间隔太远,或者你和我在一起太久没有了新鲜感,但是迟早你会发现我比任何人都适合你,所以我总归有耐心等你的。"

奇怪，这个气氛很不对劲。她以为他今天准备这些是为了跟她表白，可是语气太过沉重了。

更像是……告别？

"当然，我也认为我们是最合适的，你……"

钟朗转头面向窗户，视线落在不知名的角落。

他在跟车里的人对峙。

"你怎么了？"

钟朗将头转过来："我先去趟卫生间。"

他洗了把脸，试图让自己更清醒一点。

手机安静得像是关了机，他反复点亮又熄灭。

梁晚莺在等钟朗的间隙，环顾了一下四周的环境和服务员，总觉得好像有什么安排。

果不其然，隔壁桌有一对情侣，男生准备了求婚的环节。在等待钟朗的间隙，女孩子吃出一枚戒指，惊喜地看着男生。

男生拿出一束鲜艳的玫瑰和戒指单膝跪地向她求婚。

周围的客人和老板也围了过来："嫁给他，嫁给他。"

女孩子点了点头，餐厅里落下了气球和花瓣，大家纷纷祝福他们，并起哄让他们亲一下。

谢译桥站在大厅入口处，看着这一切，酒瓶上点燃的烟花闪烁，将梁晚莺黑色的瞳孔点亮。

手机响起，他掏出来一看，是钟朗的信息：【今天这里有两场求婚活动，下一场就在深夜十二点，如果我没有得到我想要的东西，那么我决定选择爱情。】

男人轻嗤一声，将手机收了起来。

梁晚莺察觉到一道灼热的视线，转过头去。看到谢译桥后，她惊讶得睁圆了眼睛。

他肩宽腿长，身上穿着一套黑色西服，裁剪精良，非常贴身。

有一条丝绸缎带从他腰间缠绕过去，非常有设计感，脚上则是一双非常惹眼的皮鞋,鞋面是亮面的黑色漆皮,而鞋底则是琴键设计,配上一抹亮眼的红,整个人的气质被烘托得性感风流。

他简直像是刚去参加了什么颁奖典礼,整个人贵气十足,一时间风头无两。

不知道为什么会在这里撞见他,但是梁晚莺并没有打算跟他讲话,只是出于对甲方的尊重,跟他点头示意了一下。

可是男人径直走到她身边,坐在了钟朗的位置上。

梁晚莺不解地看着他。

谢译桥率先开口道:"在约会?"

"嗯……您有事吗?"

谢译桥并不回答她的问题,又问:"如果刚才是钟朗跟你告白求婚,你会同意吗?"

梁晚莺垂下睫毛,指尖微微蜷起:"当然。"

"梁小姐在别的事上那么清醒,对自己的事情可真的太糊涂了。"

谢译桥起身,走了两步后又退回来说:"幸好你遇到了我。"

他丢下这句莫名其妙的话后就径直离开了,而在卫生间的钟朗也终于等到了自己想要的答案。

手机屏幕亮起,两个简单的字让他绷紧的神经松懈了下来。

【成交。】

可是紧接着,谢译桥的电话就打了过来。

"我要你这几天就跟她说清楚,然后离开。"

"我知道了。"

电话那边的男人轻轻扣了下手,似乎由衷地看好他,并且发出最诚挚的赞叹。

"你现在已经具备一个成功商人最基本的素质了,为了利益,可以不择手段。"

钟朗保持沉默。

"前期的技术扶持和启动资金我没有异议,但我也有一个条件。"

"什么？"

"你的项目要在国外开展，我还要占股百分之十。"

"我可以接受。"

"对了，还有一点细节上的东西我想知道。"

"什么？"

虽然之前在酒桌上听过他颠三倒四的醉话，但谢译桥还是想要了解更多的细节。

"你之前说，只要你开口，她会同意跟你在一起。她为什么会这么听你的话，即便不爱你也想要跟你在一起？"

钟朗的心又被扒开一层皮，他低声将之前的事情讲了一遍。

"原来如此。"谢译桥点头道，"我希望你离开的时候能彻底断了她的念头，自然而然地与她分开，也不要透露任何我们两个之间的交易。"

钟朗苦笑一声，他有什么脸开口说这些呢？

他才是最希望保守秘密的人。

自从那天跟谢译桥谈话之后，钟朗一直在想该找个什么时间跟梁晚莺摊牌，可是每次两人见面时，他都觉得开不了口。

最后，反倒是梁晚莺主动询问道："阿朗，我们谈谈吧。我觉得你最近的状态很奇怪，还有关于我们两个之间的事……"

"哦，我刚好也有事情想跟你说。"他隐约猜到了她想要说什么，于是赶紧打断了这个话题。

"什么事你说。"

他不敢看她的眼睛，顿了顿："莺莺，你有没有那种哪怕付出一切也想要做成的事情？"

"怎么突然问起这个？"

"随便聊聊。"

梁晚莺想了想，以前或许是有的，她曾把画画当成一生的热爱，可是现在没有了。

不过她现在并不想跟钟朗说这件事，这件事是两个人之间有点忌讳的问题，不如不提。

可是即便她不提，钟朗也是明白的。

他的目光落在了她的手上："我一直在想，什么时候你能重新拿起画笔，我们再正式确定关系。"

梁晚莺的手指蜷了蜷，故作轻松道："现在的生活就挺好的，我对画画的执念也没有了，目前这个工作我做得也挺开心的。"

"是吗？"

他语气低沉地反问，梁晚莺的心底渐渐冒出一种不好的预感，心跳不可控地加快了速度。

这种心慌的感觉让她下意识地抓紧了手中的鼠标。

"哦，对了，前几天你在那个餐厅好像有什么话想跟我说，你知道的，我只是在等你开口而已，可是你却什么也没说。"她心慌得厉害，干脆自己挑明了一切。

钟朗不敢看她的眼睛，也没有接话，自顾自地说了下去："去年伯父去世以后，我把你从家里带出来，是希望你离开那里有了新生活以后能慢慢地走出阴影，跟自己和解，然后我们可以顺理成章地在一起。可是这么多个日日夜夜，你其实一直都留在溪华，留在伯父去世的那个夜晚，我却不是那个能带你走出来的人。"

"我没有！"梁晚莺想也不想便立刻反驳，语气难得强硬，倏忽间又勉强平复下去，"现在这样就够了，我觉得一切都很好。"

钟朗摇头道："不过，我也不想再执着这些东西了，我觉得我应该先去实现一个男人的抱负，做出一番事业出来。"

"现在这样难道不好吗？"

"可这不是我想要的，以前上学的时候我就一直暗自发誓要出人头地，混出个名堂，可是我发现自己想得实在太简单了。

"社会是残酷的，没有人看你在学校成绩有多好，有多风光，出色的人一抓一大把，没有能力的也有背景，一些在校时远不如我的同学都拿到了很好的offer（录取通知）。我觉得很迷茫，也怕没有办法给你一个好的未来。"

梁晚莺不知道自己到底在慌什么，只是本能地匆匆插话："只是这样吗？你要去追求更好的前途，我理解你、支持你，这跟我们之间的关系有什么冲突吗？"

"莺莺……"窗外白茫茫的月光落在钟朗的脸上，他打断了她的话。

有些话一旦说出口，似乎就不那么难以启齿了，他攥着拳，一鼓作气地说了下去："我当然知道，只要我开口你一定会同意的，但是我不想你因为伯父的事情逼着自己跟我在一起，所以我一直在等你真正爱上我的那一天。毕竟我们有那么多的回忆，有那么多在一起的时间，没人比我更了解你。"

"当然，你就是最了解我的！"梁晚莺慌忙接话，"那我们在一起吧，现在就在一起，明天就订婚，不，今天，今天晚上就可以。我不需要什么鲜花和戒指，只要一个口头的约定就可以，我愿意跟你在一起的……"她说得又快又急，仿佛不一口气说完就会发生什么令人难以承受的后果。

"莺莺……你别这样。"钟朗握住她的肩膀，"你我都明白的，你不会爱我的，哪怕再等二十年，你也不会爱我的，我们不要再自欺欺人了。"

"我已经很努力了，可能我还没有学会怎么去爱一个人，但是我可以学的，你再等等我，别这么快做决定好吗？"

"莺莺，这并不是一件需要学习的事情。"

梁晚莺张了张嘴，想替自己辩解，却感到无力。

外面起了风，窗帘被夜风吹拂得飘浮不定，打在窗户上，发出沉闷的砰砰响声。

他们两人在原地僵持，室内一片死寂，唯有呼啸的风在窗外盘旋，偶尔会闯进来试图拨弄凝滞的空气。

"我们互相成全吧，对你我而言，这都是最好的选择。"

室内的温度随着钟朗这句话的结束而瞬间坠入冰点。

月光像是凝结成了冷气，从她的毛孔中钻进去，几乎将她冻死在这片银色的光辉之上。她不知道该做何反应，这是她从未设想过的场景。

钟朗走出卧室来到客厅，拿起衣架上那件深黑色西服外套，慢吞吞地穿上。

他推开门，踏出去的时候，转过头轻声说了句："对不起，莺莺，我走了。"

走道里昏暗的声控灯转瞬照亮他，而后又熄灭，他整个人仿佛融进了黑暗中。

梁晚莺神情空白，这短暂的沉默忽然变得漫长。外面的一切声响再也无法听闻，只剩一片令人煎熬的安静。她就站在这片安静当中，像一根沉默的、越绷越紧的弦。

"咣当"一声，门合上了。

"……钟朗！"

她好像突然被惊醒似的，甚至来不及穿鞋，直接光着脚就追了出去。她跑动的时候撞翻了椅子，飘起的衣裙还拂掉了桌子上的一沓文稿，哗啦一下，全撒到了地上，可她已经顾不上这些。

大步跑到楼梯上，脚底忽然蔓延开尖锐的疼痛与湿润的触感，她踉跄了一下顾不上去看便继续朝前狂奔。

耳畔风声冲刷掉了一切杂念，血液都在奔流，涌到了头顶。

别走……别走……

她看到钟朗了，他正走向一辆蓝色的出租车，她必须要在他上车前拦住他。

快一点，再快一点！

眼看着她就要跑出单元楼，刚准备喊住钟朗，一只修长有力的手臂突然从旁边伸出，一把拦住了她的去路。

她重重撞入了某个坚硬的怀抱中。清新的佛手柑气味瞬间将她包围。对方身形高大,肩膀宽阔,瞬间就遮住了她的视线,连带着路灯都暗了几分。

"是你?"

看到谢译桥,梁晚莺神色蓦然凝固,立刻伸手抵住他胸膛往后退:"你怎么会在这里?"

男人没有回答她的问题,低头看着她赤裸的双脚说道:"你的脚流血了。"

"我知道,我会处理的,但是现在我有急事,请你让一让。"

"伤口需要及时处理,你至少穿上鞋,否则会感染。"

"我说了我知道,谢谢你的好意,能先放开我吗?我真的很着急!"梁晚莺边说边频频探头去看钟朗离开的方向,推拒的动作越发急切。

眼看着那道身影就要上车离去,面前的人却还没有半点让路的意思——

"谢译桥!"梁晚莺第一次这样直呼他的名字,"请你让开!"

男人箍住她,一副独属于旁观者的平静口吻:"你别犯傻了,他不值得你这么做。"

梁晚莺不想跟他多说什么,用力去推他,可是他握住她的手腕一把将她拉进了怀里。

"你放开我!放开我!"

"别追了。"他的声音压低了一些,带着不容置疑的决断。

男人的臂膀坚如磐石,用力时鼓起的青筋像是绳索般将她紧紧地束缚。

她无法挣脱,怒气逐渐升高,血液上涌,终于克制不住,像一只被激怒的雏鹰般发出高亢而尖厉的鸣叫。

"滚开!"

情绪濒临崩溃的边缘,她却无法撼动面前的大山。无力感袭来,她只能大声呼喊着钟朗的名字。可是,他已经头也不回地上了出租车。

"钟朗!钟朗——"

车门闭合。

她无法分辨车内的人在关门时是否有过哪怕半秒的迟疑。

车开走了,来不及了。

"你为什么就是不相信我呢——"

压抑许久的情绪突然崩溃,梁晚莺再也控制不住,掐着谢译桥的手臂崩溃大喊。

漆黑的瞳仁中盈满了痛苦,堆积的眼泪终于不堪重负,像是被闪电击穿的乌云,顷刻间下起了稠密的大雨。

"我是真的愿意跟你在一起的……"

谢译桥看着她这个样子,一向温和的表情变得正经起来。

"你这样死死地抓住他不肯放手,到底是通过他在挽留谁呢?"

年久失修的堤坝早已被侵蚀得岌岌可危,现在,他却猝不及防地拔掉了最后一颗生锈的螺丝钉。

他的话语就像一把锋利的匕首,毫不留情地刺穿了她。

"你以为你是谁?有什么资格对我的事情指手画脚!"她带着满腔的愤怒,声音尖锐而绝望。

谢译桥握住她的肩膀:"你因为父亲的去世自责不已,甚至连梦想都彻底荒废。你像抓住一根救命稻草一样跟钟朗在一起,觉得可以减少愧疚,弥补你父亲去世的遗憾,可是他真的想看到你这样吗?"

"你闭嘴!你闭嘴!"她突然像疯了般尖叫出声,用力捂住耳朵,向后退了两步,拒绝接收他的声音也拒绝他的触碰。

男人没再去激怒她,缓和了十几秒后,握住她的肩膀将她轻轻地带进了怀里。

"莺莺,放过自己吧,你没有做错什么。"

温柔而平缓的话语,却像是戳中了她的命穴般,她骤然安静了下来。

月光照在女人苍白的脸上,那双眼睛大而空洞,仿佛一个溺水之人终于还是失去了赖以生存的船只,将要溺毙在汪洋大海中。

明明是盛夏,可是她的身体却像在冒着寒气,冻得她牙齿都开始打战。

"我当然有错,都怪我当年任性又倔强……"

那晚跟今夜一样,黑得让人窒息。

本来是一个再寻常不过的夜晚,她因为甲方多次改稿的事弄得心情很不好,然后在吃晚饭时又被父母唠叨了几句。

梁敬舟率先开口了:"我和你钟叔今天又说起你和钟朗的事,你也老大不小了,人家一直等着你……"

又是这个话题。

她不耐烦地用筷子戳了戳碗里的米饭:"你别说了行不行,我不想听这些。"

"钟朗多好的孩子啊,还是知根知底的,又上进又努力,对你又那么好,你到底哪里不满意?"

"我跟他只有亲情!我不想结婚,也不想生孩子,我觉得婚姻会束缚我,让我丧失创作欲。"

"你就是想太多,糟糕的婚姻确实会使人不幸,但是幸福的婚姻反而让你更有驱动力,而且过久了爱情就会变成亲情,这样反而可以更加稳固……"

母亲严雅云也接了两句说:"你现在都二十五岁了,办完婚事至少得二十六岁了吧,怀孕一年生完孩子都二十八岁了,还有一年的哺乳期,趁年轻身体容易恢复,不然再拖几年体质都跟不上了,还是赶紧定下来的好。"

这样催婚的话题听得她感到恐惧,她甚至觉得自己都还是个孩子,父母就已经开始催着她结婚生子了。

她厌恶又反感,低着头,看着碗中白色的米粒,乏味得让人没有食欲。

耳边依然是喋喋不休的劝告,她终于忍耐不住,不想再听他们啰唆,"啪"的一声把碗筷一扔:"我饱了。"

"你这是什么态度?"

"我才多大,为什么要天天说这个?"

"你毕业都三年了,不结婚也不出去社交,你喜欢画画我支持你,可是你也不能天天把自己关在画室不跟人接触啊?"

"我就是喜欢一个人待着,看见那些打着为我好的旗帜问这问那的亲戚朋友就烦透了!"

"你的性格越来越孤僻了,再看看你画的那些画,又压抑又消沉,我都怕你关久了会有什么心理上的问题。"

"你别管我了行不行?"

"我是你爹!我不管你谁管你?"

两个人因为这件事大吵了一架。

在这种小城市里,超过二十五岁还没有结婚的打算,似乎就成了什么不得了的事情。

连她一向慈爱的父母也不能免俗。

晚饭过后,母亲跟隔壁钟朗的妈妈出去遛弯去了,她则躲进画室想靠画画来平复自己的心情,她戴上耳机,并且将声音调到了最大。

这一待就是好久。

切歌的空隙似乎听到了有人喊她名字,但是她没有理会。

再然后……是一片兵荒马乱的抢救场面。

"快——是突发性的脑出血。"

"已经出现窒息、青紫的缺氧状态,打开他的呼吸道!"

梁晚莺站在门口,呆呆地看着医护人员忙碌的身影。白色的救护车上闪烁着刺眼的红灯,就像是她在画布上随手涂抹的那团躁郁的红。

时至今日,她已经记不清楚当时想画的内容了。可那抹红就像是诅咒一样,是一切不幸的开始。也就是从那个晚上开始,她的天就再也没有亮起来过。

痛苦的回忆像是泥石流般淹没了梁晚莺,她连站着的力气都没有了,如同一株被滚落的巨石砸断的藤蔓,从谢译桥的怀中滑了下去。

她蹲在地上,双手死死揪住发根,苍白的手指在乌黑的发丝中宛如一把把冒着寒气的冰刃,将大脑中的回忆切割得鲜血淋漓。

"都是我的错……我不该跟他吵架的,如果我没有一直待在画室里……如果我能出去看一眼……如果能早一点把他送到医院,一切说不定都来得及的……

"他躺在地上气若游丝地喊我名字的时候,我因为赌气不肯出去,就那么让他痛苦求救的情形,我连想都不敢想……"

这些回忆是未经处理就被强行缝合的伤口,表面上似乎正在痊愈,可是在那层结痂的疤痕下,尽是触目惊心溃烂腐败的血肉。

梁晚莺语无伦次,哭腔将字句冲得七零八落。

一双温热干燥的手掌捧住她的脸,泪水随之被温柔地拭去。

面前的男人蹲了下来。

"无论是画画还是结婚,他的初衷难道不是为了让你幸福吗?可是你现在在做什么呢?"

听见"结婚"这个词,她的瞳孔蓦地重新聚焦。

是啊,父亲一直想让她嫁给钟朗,总觉得他才值得托付,她这一生才能幸福。

所以……所以她一定要把钟朗找回来,完成父亲的遗愿。

想到这里,梁晚莺猛地站起身,将谢译桥的手拂开:"我——"

然而由于她刚刚情绪太过激烈,哭得大脑缺氧,起身太快一下供血不足,她刚一站起来就顿时觉得天旋地转两眼发黑。

还来不及反应,她整个人便如断翅的鸟一般直直栽倒下去,被谢译桥接住的瞬间,她彻底失去了意识。

沉闷了许久的天终于降下了暴雨。

铅块一样的大地起初还能抵挡迅猛的雨势,落上去的雨滴瞬间就被吸收,可是很快便再也无力抵抗,只能汇成水流,哗哗地灌进下水道。

梁晚莺不知道自己究竟睡了多久。她似乎做了很多梦，混乱的、破碎的，或者褪色的、鲜红的。回忆被肢解，然后怪诞地拼接在现实中，吓得她喘不过气来，以至于再睁开眼时，她恍恍惚惚，很久都没有真实感。

大脑似乎超载了，仿佛被什么东西挤压过又重新撕裂，疼痛尖锐。喉咙也如吞过沙子般，苦涩又干哑。天花板雪白，她目光失焦，找不到聚点。好一会儿过去，记忆慢慢涌现，昏迷前的一切开始清晰地涌入脑海。

她紧紧地闭了闭眼，呼吸颤抖，想要停止回忆，并且试图将那些画面赶出去。

接着，她留意到了床边的动静，这里除了她还有另一个人在。

梁晚莺转过头，眼珠迟缓地动了动，终于看清了一旁坐着的人。

她张了张嘴，慢吞吞地吐出几个字，几乎只是气音："……钟朗，他走了吗？"

明明语气恹恹的，听起来并不抱希望，可是红肿的眼睛又泄露出零星期待。

"走了。"谢译桥说。

除此，再没有更多的说明。

她将头转了回去，好半晌才干涩地"哦"了一声。

两人沉默许久，病房里安静到似乎能听见点滴落下的声音。

就在那瓶药水快要滴完的时候，她毫无征兆地开口了："我刚刚又梦到我爸了。"

她的语调有一种彻底溃败后的平静，如同雪崩后漫无边际的死寂之地。

"我梦到他去世前那天——也是在医院里，他躺在重症监护室里，短暂地清醒过来然后看了我一眼，又看了看钟朗，只是被切开的气管让他无法顺利开口说话，可是我一直在想，他到底想说什么，是不是在最后还在惦记着我的事……

"后来我又梦到了他下葬的时候,他还不到六十岁,头发都还没白,就那样无声无息地躺进棺材被埋进了那么深的地方。他一个人在下面冷不冷,怕不怕,会不会感到孤独……事情怎么会发展成这个样子呢?"她的声音哽咽,虽然是在发问,但更像是在自言自语。

谢译桥握住她的手腕,纤细的骨骼覆盖着一层单薄的皮肉,甚至能够看到青色的脉络,脆弱得仿佛轻易就能折断。

他的声音很轻,如同柔软洁白的棉絮一般,将她包裹。

"他那么爱你,怎么会愿意看到你这个样子?你固执地认为遵循了父亲的意愿,实际上却与他的期望背道而驰。"

"可我还能为已经去世的他做些什么呢?"梁晚莺捂住脸,泪水顺着指缝缓慢溢出。

她纤长的手指覆在脸上,泛红的指尖微微蜷起,被眼泪浸透,沾染了点透明之色,有一种无措的怯弱。

"我好想跟爸爸道个歉,可是他已经听不到了。我能做的只有这件事了……可是就连这件事都被我搞砸了。"

男人伸手,用指腹给她擦了擦眼泪。轻柔而怜惜的动作,如同在细心呵护一块脆弱的玉石。

梁晚莺突然意识到两人并不是能这样交谈的关系,她偏了偏头,将身体蜷进更深的地方,揪住被角盖住了脸。

"你走吧,我想一个人静一静。"

男人没有说话。

她侧耳听了半响,一直都没有听到男人离开的动静,然后,一声轻如鸿毛的叹息,缓缓落在她的耳边,她以为他终于要离开了。

可是,谢译桥只是俯身将她从被子里捞了出来,轻飘飘的白色被褥像是海水般从她手里滑了出去。手里失去抓握的东西,心似乎也跟着空了一块。

她慌忙伸手,想去抢回来,仿佛刚才握着的不是被子,而是能填补她内心黑洞的织补物。

男人安抚地拍了拍她的后背:"我不走,我陪着你。在你黑暗的内心真正亮起来之前,你都可以尽情利用我。"

他的目光坚定,给人强大的信服感。

"我会让你的父亲知道你有更好的选择,你的人生也会像他期盼的那样越来越好。莺莺,天总是要亮的,你爱的人、爱你的人,都不会愿意看到你这样沉湎于痛苦中。"

他的眼神是那么认真又诚恳,头顶夜灯的浅黄色光晕从他头顶流泻,给他的轮廓勾上了一层金边。

他就像是披了件闪亮的圣衣,令人眩晕的光芒向她倾斜,化作温暖的手掌,似乎要将她从冰冷的海底捞起来。她几乎要被他话语中强大的希冀给蛊惑了,可她最终还是推开了他的手。

她现在的状态不适合做任何决定:"对不起……我……"

"你不用说对不起,你现在也不用做什么决定。"男人勾唇一笑,又恢复了那种不怎么正经的调调,"我只是想告诉梁小姐,我是不介意你拿我当工具人的。"

她复杂的情绪被他这么一说瞬间消散了不少。

谢译桥贴心地嘱咐道:"你的脚踩到了碎玻璃,流了很多血,刚刚止住,你睡觉的时候当心一些。"

他不提的话,梁晚莺几乎都忘记这件事了,她这才后知后觉地感受到脚心传来的痛感,五官都拧在了一起。

"谢谢。"

夜已经很深了,等谢译桥离开以后,梁晚莺躺在病床上却没有什么睡意。

今天的情绪大起大落,她此时居然格外平静。她一直逃避的那段记忆,被强迫面对以后,她以为自己会彻底崩溃的。

可是没有,地球依然转动,星星仍旧闪烁,她也并没有死于心痛。

第二天是周末，算是不幸中的万幸。

梁晚莺还可以有一天的时间可以喘口气。毕竟，现在她这个状态实在是太不适合工作了。

成年人的世界就是这样，无论你身上发生了对你来说多么难过的事情，工作和生活还是要照常进行。

脚上的伤口倒不是特别严重，就是走路的话有点不太方便，就在她准备下床的时候，谢译桥推门进来了。

"你怎么又来了？"

"来接你回家。"

"我自己可以……啊！"

她本想自己踮脚走回去，可是谢译桥根本不听她啰唆，直接将她从病床上抱了下来。

"你放我下来，我自己可以走！"

"怎么，想模仿刀尖上的美人鱼？"

男人的手臂和胸膛结实硬挺，充满了力量。

她有一点点恍惚。

原来，男性的身体竟然如此不同。

即便以前跟钟朗在一起时也有过简单的拥抱，却是截然不同的感受。

这种感觉很奇妙。

谢译桥宽大而坚实的骨架覆盖上一层精壮的皮肉，隐约还能感受到发力时微微的隆起。她第一次感觉到自己竟是如此弱小，在他的怀里，竟然生出一种尘埃落定的踏实感。

男人将她放进车后座，安置好以后自己绕到另一边上了车。系好安全带后，他叩了下背板，对司机说道："开车吧。"

这个熟悉的场景，让梁晚莺想起第一次跟他见面时的那天。

只是那时的她并没有想到，只是短短几个月，她和他居然会熟悉至此。

梁晚莺身上是一条白色的睡裙，裙摆搭在膝盖上，小腿纤细。

旁边的男人长腿笔直，被黑色的西裤包裹，依然是让人难以忽视的存在感。

对比分明。

她不自在地并了下膝盖，然后把裙摆往下拉了拉。

谢译桥察觉到她的小动作，侧眸看了一眼，然后将身上的西服外套脱下来，给她盖在了腿上："空调开得太低吗？"

"没有，没有。"

掌心下，精致高端的西装面料，触感柔滑。

"那次搭你的车，你突然塞给我一张名片，动机是什么？那应该是我们第一次见面吧。"梁晚莺突然开口。

谢译桥挑了挑眉，朝她看过来，问："所以，梁小姐现在是在拷问我吗？"

"……只是随便聊聊。"

"可是你这个问法，让我感觉自己像个犯人。"

"有吗？我只是有点好奇。"

"抱歉，我拒绝接受拷问。"

梁晚莺沉默。

"想知道答案的话，你得换一种方法。"

"什么？"

"你觉得我现在最想要什么，然后可以用来诱惑我招供。"

"……我怎么知道你想要什么？"

"需要提示吗？"他微微倾身，眼含深意。

"不需要！"梁晚莺接收到他的暗示，脸颊发热，赶紧转头看向了车窗外。

男人低低一笑，没再说话。

到家了。

男人又把梁晚莺从车上抱下来，一口气爬了三楼。

他轻车熟路地输入密码,打开了房门。

一下子爬了三楼,他俯身将她放在床上时,气息有轻微的紊乱。他灼热的呼吸洒在她的脸颊上,莫名让人有些羞涩。

那天跟钟朗闹翻以后,她跑出去时撞倒了椅子,弄撒了一些文件,屋里显得乱糟糟的。

谢译桥将地上的纸张一一捡起来,然后扶起椅子,拉到床边,坐了下来。

散落在地上的文件正是在拍摄中的 MAZE 的颜料方案,两个人自然而然就聊到了画画的问题。

他观察着她的神情,试探性开口道:"你确定不亲自来画这个方案的效果图吗?"

虽然梁晚莺的应激反应还很严重,但是已经比开始缓和了不少,彻底爆发过,反而比一直压抑着要好很多。

"我是画不了,手……不听使唤。"

"我认识一个很有名的心理医生,你要不要做一下心理疏导?"

梁晚莺摇了摇头,神色低迷:"算了,无所谓了,我现在也不是很想画了。"

看她不想再谈的样子,谢译桥也没有再继续这个话题。

等他走后,梁晚莺后知后觉地想起,自己在车里问的问题又被他糊弄过去了,完全没有得到答案,还被他带跑偏了。

这个狡猾的男人……

周一,梁晚莺准备去工作。

她一瘸一拐地下了楼,刚好看到谢译桥的车子停在单元楼口。

"你怎么又来了?"

"想着你的脚不方便,所以来接你上班。"

"只是一点小伤,不用这么麻烦。"

谢译桥打开车门说:"我只是怕耽误制作进度而已。"

"哦……"

"你是直接去制作公司,还是要去公司打卡?"

梁晚莺犹豫了一下,这样坐着谢译桥的车去公司未免也太过惹眼了,制作公司那边还好,都不太熟。

于是,她在微信上跟总监说了下,就直接去广告制作公司那边了。

今天约了简诗灵来试镜。但是她一直都蔫蔫的,并不上心,也不是很感兴趣。

导演把剧本拿给她的时候,她很随意地挥了挥手说:"不就是要用个后背吗?脸都没有,有什么好看的。"

"还是有两个脸部镜头的,这个情绪要拿捏得当。"

"知道了。"

当谢译桥出现的时候,简诗灵瞬间来了精神。

她本以为这次广告的选角是谢译桥定的,还想去跟他拉一下关系,可是没想到他连一个多余的眼神都没有给过她。

心不在焉地试了一个妆造以后,简诗灵再也忍不住,赶紧提着裙子想去找谢译桥,试图再争取一下。

"谢总呢?"她问助理。

"走了,他送了个人来就离开了。"

"谁?男的女的?"

"女的。"

"哪个女的啊?"

"就是这次的广告创意师。"

"什么广告公司的,很有名吗?"

"小公司。"

"哦。"

简诗灵顿时明白了。

MAZE 那么大的企业,想做策划怎么会选这种没有保障的公司,怕不是为了追女人吧。

她倒要看看，是什么样的天仙。

梁晚莺正在跟工作人员沟通氛围灯光之类的细节，负责服化道具的人员跑过来说："梁小姐，这简大明星根本不配合，怎么办？"

"发生什么了？"

"不知道啊，刚试了一套妆造她跑出去了一下，再回来就各种挑刺，一会儿说这个妆把她化丑了，一会儿说衣服料子太差，扎得很，不肯穿……我真是没辙了。"

"我去看看。"

梁晚莺来到化妆间，就看到化妆师拿着刷子站在一旁愁眉苦脸的样子："简小姐，我们用的都是大牌的化妆品，怎么可能给您脸上用差的东西呢？"

简诗灵道："我不管，我觉得不舒服。"

"怎么了？"梁晚莺走过去。

简诗灵慢慢悠悠地走到她面前上下打量了一眼："这个广告的策划师是你啊？"

"是我。"

"看着也不怎么样啊，我还以为是什么样的天仙呢。"简诗灵没头没尾地说了这么一句。

梁晚莺有点诧异，但是她并不生气，只是笑笑说："确实不如你好看。"

简诗灵一愣，攻击的话都说不出来，有点结巴起来："你这人……怎么不按套路出牌！"

在正常情况下，她这样怼了别人，一定会把对方气得跳脚，可是没想到对方居然没有一点不高兴的样子。

"因为就是我邀请的你啊，当然是觉得你很好才选择了你。"

简诗灵本来是想找梁晚莺麻烦，没想到梁晚莺居然反过来夸她！这两句话下来，反而把她搞得有点不好意思了。

她一抱手，强装镇定，扬了扬下巴："那你和谢译桥现在是什么关系？"

原来是因为他，梁晚莺瞬间想通了事情的原因。

"没什么关系。"

"真的假的？"

"真的。"

"哦。"简诗灵对梁晚莺的敌意少了一些，又问道，"那他身边现在有别的女人吗？"

这句话问得梁晚莺愣了一下，然后才回答道："我也不是很清楚。"

"你怎么什么都不知道？"

梁晚莺老老实实地回答："我并不关心他的感情生活。"

简诗灵狐疑地看了她一眼说："那他为什么送你上班？"

"我脚受伤了，他怕耽误进度。"

简诗灵撇了撇嘴："他会在乎这个？鬼才信。"

梁晚莺好声好气地哄着她："我俩现在真的没什么关系，不信的话你可以去问问他？"

"勉强相信你。"

"那我们现在可以好好拍了吗？"

得到简诗灵不情不愿的肯定回答后，梁晚莺把剧本和自己想要的感觉跟简诗灵细细讲了一遍。

简诗灵本来有点不耐烦，但梁晚莺讲话时温温柔柔又很有耐心，也就慢慢听了进去。她静静地听着，了解了故事的立意后，表情渐渐认真了起来。

"这个方案你做的？"

"嗯。"

"还不错的样子。"

"谢谢。"

简诗灵发现自己有点喜欢这个广告，于是不再找麻烦，开始配合起来。

只要她肯配合，进度上就快了很多。关于造型和服装方面，她们试了好几套，最终确定了一套绿色带蓝闪的露背长裙，被灯光一打，像是一条如梦似幻的美人鱼。

梁晚莺不禁感叹，连连夸奖："完全就是我要的感觉！"

简诗灵得意地说："只要我好好拍，没有我拿捏不了的。"

梁晚莺用力地鼓掌："真的好厉害，那就定这套吧。"

忙活了好几天，梁晚莺终于可以歇口气，还破天荒地睡了个好觉。她的脚伤已经好多了，上班也不再需要谢译桥接送，于是谢绝了他的好意。

简诗灵看到梁晚莺今天是自己来的，赶紧跑过去问道："谢总呢？今天他怎么没来送你？"

为了和谢译桥有见面的机会，简诗灵开始跟梁晚莺套近乎，知己知彼，百战不殆嘛。

"我的脚伤好了。"

"那他晚上来接你下班吗？"

"我不知道。"

"那我等你下班。"

"啊？为什么？"

"当然是为了见他呗。"她毫不掩饰自己想要利用梁晚莺的目的。

看着她这么执着的样子，梁晚莺忍不住问道："他都跟你分手了，你为什么还这么心心念念着他？"

简诗灵忧伤地四十五度角仰望天花板，然后啃了一口手里的甜瓜，说道："是我惹他不高兴，没能留住他，所以我想再争取一下。"

"那你加油……"

"他有没有跟你提起过我？"

梁晚莺怕直接说没有会伤她的心，于是委婉地说："提过一点。"

"什么什么？"简诗灵瞬间来劲了。

"他跟我说过努力追求梦想的人都值得帮助之类的,所以你的梦想是什么?"

"他啊。"简诗灵挑眉,回答得简洁又干脆。

"啊?"

女人咽下瓜肉,舔了舔嘴角的汁水,狡黠一笑:"谢译桥就是我的梦想。"

Chapter 7
月色摇曳

最近，融洲来了一个比较棘手的客户。

JX前些年在国内一直很火，可是突然闹出一些很不好的事情，后来被人们抵制，竞争对手也趁机落井下石，导致元气大伤。

他们不甘心放弃这么大的市场，但是几次大规模营销都没能恢复元气。

喻晋叫上梁晚莺和胡宾开了个小会。

"你们两个怎么看JX这个项目？"

梁晚莺没有说话，心里有点担忧。

胡宾心想，老板肯定是来考验他俩了，他此时一定要表现出足够的进取心和强大的心理素质。

"喻总，我有信心做好这个方案，您就放心交给我吧！"

梁晚莺试探性地说出自己的一点想法："可是他们找了那么多家公司都没人愿意接，我觉得我们还是应该慎重一点。"

胡宾说："如果这么棘手的东西都能做成，我们在业内一定会名声大噪的。"

喻晋面上什么情绪也看不出，只是淡淡地说道："营销策划，就是要有反败为胜的能力。"

听到老板肯定了自己的想法，胡宾得意地看了梁晚莺一眼。

"对啊,他们出了这么高的价钱,我们不接肯定也有别人接,而且这就是我们的工作。"

"我明白我们是要赚钱的,"梁晚莺蹙紧眉头,"但是如果我们这样盲目地接下所有找上门的项目,万一事情不在我们的把控之中,引起消费者反感,就得不偿失了。JX当年犯的错可不是普通的问题,他们态度强硬不肯道歉,已经失去本土消费者的心了,现在还想回来赚钱,简直是痴人说梦。我们一旦接了,万一出事,好不容易积累下来的口碑就全完了。"

假清高。胡宾想,果然还是太年轻,摸不透老板的心,方案做得好有什么用。

这次的升职,他肯定稳了。

喻晋明显是想接下来的,毕竟这么高的佣金,哪怕没成功,反正JX失败了那么多次,也怪不到他们头上来。

梁晚莺还是觉得不妥,有点着急,试图再劝说一下他们。

可是喻晋什么也没说,摆了摆手让两人出去了。

梁晚莺心事重重地从会议室出来,她在融洲工作得很开心,并不想它出什么事,可是万一老板一意孤行,后续也只能听天由命了。

不过,JX给的佣金确实太多了,很难不让人心动。

正想着这件事,程谷从外面回来,还拿了几张请柬进来。

"哎哟,什么情况,程总监要结婚了?"

"胡说!我孩子都会打酱油了,还结什么婚。"

"那就好,那就好。"小金拍了拍胸膛,长舒一口气,"我还以为是红色炸弹,又要出礼金了。这个月有两个人通知我结婚,一个人给孩子办满月酒,我的工资还没发,就眼瞅着已经消失一半了。"

"是MAZE的请柬,下周是他们的周年庆典,这次谢总邀请我们公司一起参加。"

"哇!"小金两眼放光,"我要去,我要去!听说MAZE里的美女特别特别多。"

施影也兴奋地搓了搓手:"我要去看帅哥。"

"看你们两个没出息的样子。"程谷用手里的请柬一人头上拍了一下。

施影拿过请柬仔细看了看说:"居然还是化装舞会?好时尚啊!"

小金凑过来瞅了一眼,然后兴奋地说:"那我要扮成美国队长!"

施影撇了撇嘴说:"就你这身板儿,你可别侮辱我的偶像了。"

"我这身板怎么了?别看我瘦,但我浑身都是腱子肉。"

"你可拉倒吧。"

两个人吵吵闹闹,梁晚莺无奈地摇了摇头。

"欸?晚莺,你准备怎么装扮?"小金问。

"我没什么想扮演的,入场的时候不是会有面具发吗?我随便戴一个就好了。"

"你好无趣!"施影说,"你怎么活得像个无欲无求的老年人?"

梁晚莺笑了笑,她确实不太想参加,因为还得买衣服化妆,想想就麻烦。

可是这是部门集体活动,MAZE 还作为融洲的甲方,不去的话,似乎不太合适。

简诗灵知道这件事以后,疯狂地摇晃梁晚莺:"带我去,带我去!不然我就不配合你了!"

梁晚莺被简诗灵摇得头晕,赶紧按住她的手说:"你去了不怕引起骚动吗?"

"放心,我会装扮得谁都认不出我的。"

梁晚莺还是第一次参加这样的晚会,发现自己的衣橱里根本没有适合这个场合的衣服。

她本来准备抽时间去商场买,可是简诗灵却戴着口罩鬼鬼祟祟地出现在了她家门口。

梁晚莺诧异地问道:"你怎么来了?"

简诗灵拉了下墨镜:"我可不白占你便宜,咱俩身材看着差不多,这条裙子借给你穿。"

梁晚莺刚准备开口谢绝,就被她噼里啪啦堵了回去。

"别跟我说不用!必须要!我可不想欠人情。"

"哦……"

梁晚莺拆开看了一眼,顿时震惊了。

"这么贵的衣服,没必要穿这么隆重吧……我又不是走红毯。"

"好看就完事了,想那么多干吗?"

两个人正说着话,又有人来敲门。

简诗灵警惕地看向门口:"是谁!"

"请问是梁小姐吗?我是同城配送。"

梁晚莺打开门,配送员递给她一个黑色的礼盒。

礼盒上面还有一张便笺,字迹流畅而优雅——

For little nightingale(给小夜莺).

落款是:Farrell。

简诗灵跑过来看了一眼,气哼哼地说:"你不是说你们两个没关系吗?他为什么连礼服都给你准备好了,还称呼你'小夜莺',肉麻死了!"

梁晚莺闹了个大红脸。

"我看看他给你准备了什么?"简诗灵说着就解开了蝴蝶结。

将盖子打开,梁晚莺定睛一看,无奈道:"你们两个还真是……居然送了一样的裙子。"

"就是因为我听说他喜欢这个牌子,才去买的这件裙子!结果,我就问了他哪个颜色好看,我晚上单独穿给他看,他就突然翻脸走掉了,好几个月没联系我。"

"……为什么啊?"

"谁知道呢?"简诗灵恨恨地说,"那是我第一次距离他那么近,最后还是失败了,可恶。"

"……这是可以跟我说的吗？"

"大家都是成年人了，怕什么？"

"你就不怕我出去乱说吗？"

"我巴不得跟他传绯闻呢。"

梁晚莺有些无语。

"他的花边新闻那么多，十件里有八件都是别人放出去的通稿，炒热度。"

"那剩下的两件呢？"

"就是确实有过那么短暂的一段关系啦。"

"……哦。"

这个品牌的高定礼服裙，只有这一款，分别出了两种颜色。

现在都在梁晚莺的手上。

谢译桥送的是红色的，简诗灵拿来的是一条黑色的。

简诗灵咕哝道："所以，他果然是喜欢红色吗？不管，你今晚必须穿我的这件黑色，我倒要看看……哼哼，到底是裙子的问题，还是我的问题？"

梁晚莺倒是觉得无所谓，她个人反而喜欢黑色这种低调一点的颜色。

这条裙子款式非常有设计感。

表面看似简约，穿上身以后才发现别出心裁。

腰身比被修饰得近乎完美，两条细细的肩带上缀满了昂贵的钻石，一直交叉延伸到后背。

庆典当晚，简诗灵还带了自己的化妆师给梁晚莺化了个精致的妆容。

黑发红唇，长裙摇曳。

细细的肩带上闪烁的钻石就像是美杜莎的眼睛，整个人神秘而美艳。

进门的时候有人在门口给没有装扮的人派发面具，梁晚莺领到了一个鸟羽模样的扣在脸上，而简诗灵已经全副武装。大厅里一派热闹的景象，她们来得都有点晚了。

小金和施影混迹在人群中格外显眼，看到梁晚莺过来，就要跑过来跟她聊天。简诗灵看到其他人过来，就直接走开了。

小金戴了个蝙蝠侠的头套，施影扮演的是猫女，两个人看到梁晚莺以后不由得惊叹道："哇，莺莺，你好漂亮啊！平时你都像个温和无害的小百合，现在一下子变成了扎人的红玫瑰啊！而且，你身上这是高定吧。"

梁晚莺一怔："你们怎么认出我来的？"

"咱们朝夕相处那么久，不至于换身衣服就认不得了，你还不是把我们也认出来了。"

"主要是你们两个太显眼了……而且你俩怎么穿得像情侣装？"

施影说："谁知道他改成了蝙蝠侠。"

小金说："还不是你说我侮辱你偶像。"

两个人叽叽喳喳又要吵起来，梁晚莺扶额，看了看周围。

人们在觥筹交错谈笑风生，精致的菜肴散发着香气，各类名酒摆得琳琅满目，就连最不起眼的角落摆放的香熏，都是精挑细选过的完全不会喧宾夺主。

交谈的、玩乐的、跳舞的，一派歌舞升平的景象。

终于——

谢译桥姗姗来迟，他并没有多做打扮，只是穿了一身纯白的套装，大翻领衬衣镶着精致蕾丝边，袖子是漂亮的那不勒斯瀑布袖。笔直的西裤，配上一双简约的切尔西，手里还拿着一柄重工打造的权杖，上面镶满了名贵的宝石，顶端的冠顶是个类似王冠的造型。

他穿过变化莫测的灯光，行走在光影绰约的会场，宛如童话故事里走出的年轻俊美的国王。

他的目光灼灼直视着自己，明显是奔自己而来，梁晚莺低下头，心慌得厉害。

他一直都是众星捧月般的存在，即便看不到脸，也自带一种风流倜傥的高姿态，很轻易就能和众人区分开来。

她不想被众人瞩目,更不想跟他表现出很熟络的样子,这种一举一动都被别人盯着的感觉,会让她觉得尴尬。

谢译桥一向不在意别人的目光,可她还是很在意的,并不想成为别人口中的谈资。

于是,就在谢译桥快要走过来的时候,梁晚莺心一横,提起裙摆干脆地跑掉了。

脚上穿着高跟鞋有点不方便,因为是新鞋,还有点磨脚,所以她并不能跑多快。

而这个场馆又大得像迷宫一样。

她本来想找个无人的角落躲一躲,等快要散场的时候再出去好了,结果反而不知道跑到了哪里。空旷的走廊,每一条都十分相似。

她拐来拐去,最后总算找到了一个电梯。算了,还是先下去吧,谢译桥应该不会一直关注她的去向吧。

梁晚莺在四楼等电梯,电梯缓缓升上来,等打开的那瞬间,男人面带笑意出现在她面前。

"Where are you flying?(你要飞去哪里?)"

男人轻慢的语调,带着诗意的美感。那双柔和的茶色眸子,带着一抹清透的笑意,定格在她的身上。心脏骤然开始狂跳,她下意识地后退一步,可是男人倾身一把将她拉了进来。

她的后背抵着电梯的开关按钮,冰凉的金属按键硌住她的后背,是这片火热的空气中,唯一的冷却之处,似乎在用自己微薄的力量,提醒着她不要迷失。

男人低头,看见面前的女人带着几分惊慌之色。

一股馥郁的香缓缓渗透出来,那是一种漆黑的夜晚盛开在湖泊周围的花朵般安静又迷人的香调。高奢的连衣裙设计精巧,后背是一整片的露背,在腰窝处截止,将身体的曲线勾勒得玲珑有致。交叉的绑带点缀施华洛世奇的钻石,像是有银河在她的肩胛骨流淌,一直蔓延到那迷人的腰窝中。

美不胜收。

他深深吸了一口气,然后低低地赞叹。他的声音如红酒般醇厚,在她的耳郭荡漾:"果然如我想象中的一样,这条裙子很适合梁小姐。"

他夸赞的时候,语气诚挚,目光深情,让人心动。

"谢……谢谢。"

男人修长的手指勾勒她面具的边缘,细碎的装饰性鸟羽因为他手指的压力垂下来扫到了她的颧骨,有点痒。

她向后缩了一下,想要避开他的手。

他另一只手的掌心贴着她光裸的后背,似乎有强大的磁力般将她紧紧吸附。

两人的距离逐渐缩短,心跳失去了规律,地心引力消失,全部聚集在他的瞳孔,拉扯着她靠近。

她难以抵抗,几近沉沦。然而,就在他将要吻上去的那一秒,梁晚莺突然侧过了头,灼热的气息落在了她的耳根处,弥漫起一大片的红。

拒绝的意味已然非常明显。

"没关系,"他低声笑了笑,没有强迫她,"我有足够的耐心。"

梁晚莺从他的怀中挣开,刚走了两步,谢译桥就发现她走路姿势有点不稳,视线向下,她纤细的脚后跟有一块明显的破皮。

谢译桥拉住她。

梁晚莺回头,结结巴巴地问道:"你要干吗……"

"你的脚破皮了。"

"没关系……我等下找个地方坐着,尽量不来回走动。"

"那也不行。"

他将她按到一旁的沙发上,然后吩咐服务员拿来一双拖鞋和创可贴。

服务员很快将东西取了过来,梁晚莺准备伸手去接,可是男人先一步拿了过来。

他蹲下身准备亲自帮她换。

"不用不用,我自己来就好。"

"我来。"谢译桥不容拒绝地握住了她的脚踝。

将那双尖头的细高跟鞋从脚上褪下,他撕开创可贴小心地粘在了破皮处,然后帮她换上了拖鞋。

她穿的这条裙子是高开衩的,坐下的时候会露出一截大腿。

大腿上的皮肉紧实而细腻,有一颗墨点般的小痣,在洁白的皮肤上分外明显。

他抬头的时候,刚好看到这个别样的风景,微微失神了一瞬,然后眸色渐渐幽深。

梁晚莺只觉得仿佛有一株看不见的藤蔓,顺着脚踝慢慢向上攀爬,然后狠狠地缠住了她的皮肉,想要钻进血管,噬骨吸髓。

她被他的眼神盯得快要肌肉痉挛了,她用力将脚踝从他手里抽出来,故作镇定地说:"谢谢你,我的同事还在下面……我先过去了!"

说完,她像逃一样离开了这里。

简诗灵正在吃水果,把面前果盘里的甜瓜挑了个干干净净。

"你好喜欢吃甜瓜啊。"

简诗灵的手微不可见地顿了一下,然后又插了两块丢进嘴里。

"我要保持身材,还要补充能量避免低血糖,这个瓜饱腹感很强,口感还很好。"

梁晚莺点点头。

"谢总呢?"

"在楼上。"

简诗灵拿纸巾擦了擦手,然后抬头盯着明亮的闪光灯看了几十秒,眼泪瞬间充盈了整个眼眶,然后向楼上奔去。

"译桥——"

梁晚莺目瞪口呆地看着她的背影,回过神以后,赶紧跟了上去。

只见简诗灵泪流满面,泪水从脸颊划过,有两滴挂在下巴上,摇摇欲坠,柔声地恳求着男人:"译桥,我真的知道错了……你都好几个月不肯见我了,我好想你……"

谢译桥看到站在不远处的梁晚莺，表情有轻微的凝滞："那天我说得还不够清楚吗？已经结束了。"

"别这么无情嘛，呜呜呜……"

梁晚莺正犹豫是继续看，还是转身离开，这时，一团阴影突然包围了她。

"是你啊。"

她转过头，撞进一双漂亮的桃花眼中。男人衬衣的领口解开了两粒纽扣，慵懒而惬意，像一只饱足的猫科动物。

男人身上是一股复杂的脂粉味还有轻微的香水味道，仿佛刚从女人堆里爬出来。

他的脸上就差刻上"花花公子"四个大字了。

虽然同样是浪荡公子，但是谢译桥看起来似乎正经多了。

察觉到她脸上轻微的嫌弃，席荣挑眉，有一丁点的不爽。

他突然俯身，那双漂亮的桃花眼微微一扬，声音清懒："译桥不是在追你吗？还没追上啊！你如果不喜欢他那款，要不要试试哥哥我？"

"你和他比起来，似乎好不到哪儿去……"梁晚莺默默地吐槽了一句。

他缓慢咧开一个意味深长的笑容："有些好的地方，总要试了才知道。"

谢译桥听到两人的对话，脸黑了一下，越过简诗灵来到梁晚莺身边，拉着她就离开了。

"他可不是个好人，你离他远点。"

"可是，你看着……也……"

梁晚莺话说了一半，男人斜睨了她一眼："嗯？"

"没什么，没什么！"

好歹他现在还是她的甲方，梁晚莺把后半句话硬生生地咽了回去。

席荣撇了撇嘴："有了女人忘了兄弟啊。"

简诗灵哭得一下止不住，打了两个嗝。

席荣慢慢悠悠地踱步过去，双手环胸气定神闲地看着她，开玩笑地说了一句："这样一张梨花带雨的脸，真是我见犹怜，译桥还真是不懂得怜香惜玉。"

简诗灵没理他，甚至暗暗翻了个白眼。

"他不要你，要不来跟我吧。"

简诗灵擦了擦眼泪，嫌弃地看着他："你是谁啊？"

席荣又被鄙视了，今天晚上居然接连被两个女人嫌弃，他有点不爽了。

他从口袋里拿出一张名片傲气十足地递给了她。

简诗灵看着名片上的身份，再抬头看了看他这副也很不错的皮囊。

虽然他看起来不像个好人，但她需要的就是这种没什么脑子只知道吃喝玩乐的花花公子。

谢译桥太难搞了，这家伙看起来好像不太难。

席荣完全不知道就这两眼的工夫自己便被面前的女人定位成了"空有一副好皮囊却脑袋空空的纨绔"人设。

简诗灵脑子快速转了两圈，权衡了一下利弊，然后她立马擦干了眼泪，非常干脆地答应道："那也行吧，你不能食言。"

席荣看着面前神色转换飞快的女人，嘴角一抽："你不当演员都可惜了这么好的演技……"

简诗灵嘿嘿一笑："我的下个目标就是拿奖。"

"你要是拿不到，那一定是有黑幕。"

"谢谢您对我的肯定。"简诗灵上前挽住他的胳膊，甜甜地说道。

"好说，看你表现。"

梁晚莺都还没有反应过来到底怎么回事，简诗灵就这样放弃追求梦想了。

等席荣走后，她呆呆地问："你不是说谢译桥就是你的梦想吗？"

简诗灵摆了摆手说："嗨，毫无希望的梦想，趁早放弃及时止损，快速治好情伤的办法就是赶紧开启下一段恋情！而且这个家伙是巨石传媒的大佬，满满的资源啊！我的影视生涯又可以更上一层楼了。你是不知道，在认识谢译桥之前，我都没什么本子可挑，现在我也能做'资源咖'了，哈哈哈哈！"

今天真的是乱糟糟的一天。

梁晚莺回到家以后，准备洗澡。

这种裙子美则美矣，穿着还是挺累的，要一直端正仪态，也不敢多吃东西，不然会破坏美感。

这种衣服也不能放进洗衣机清洗，她放在一旁准备明天找一家干洗店清洗干净再还给简诗灵。

洗完澡，梁晚莺吹头发的时候突然想到一件奇怪的事情。

她根本没有穿谢译桥送的那个红色礼服，而是穿的简诗灵送的黑色礼服。

但是他好像完全没有察觉。

这是怎么回事？难道是疏忽了吗？还是他送过的人太多，根本不记得具体的样式了？

正猜测着事情的原因，她的手机突然响动了一下。

她拿起来一看，谢译桥发来一条消息：【你的高跟鞋落在我这里了。】

她这才后知后觉地发现自己就这样穿着拖鞋回来了。

她回复：【对不起，我忘记了，那明天或者挑您有空的时间我去取一下吧。】

谢译桥：【明天晚上你下班后，我给你送过去。】

梁晚莺：【那就太谢谢您了。】

谢译桥：【梁小姐什么时候才能跟我不这么客气呢？】

梁晚莺不知道怎么回复，干脆放下了手机。

等收拾好一切，躺到床上的时候，她准备刷一下朋友圈，看到谢译桥发了一条很简单的、只有两张图的动态。

第一张是她落下的那双尖头高跟鞋，细细的黑色带子勾在男人骨节分明的食指上，仅仅是一只手加一双鞋，这个画面就足以令人遐想。

而另一张则是弗拉戈纳尔的那幅油画——《秋千》。

梁晚莺和胡宾作为助手的考察期正式结束，喻晋和程谷最终决定让梁晚莺担任总监。

胡宾本来信心满满，没想到居然落选了。

两人从办公室出来，他用一种极度不友善的眼神上下打量了梁晚莺一眼，从鼻腔里发出一声轻蔑的"哼"，然后头也不回地离开了。

"哇，莺莺，不，梁总监恭喜恭喜啊！"

施影和小金凑过来祝贺她。

"谢谢你们。"

"升职加薪这么好的事，晚上不得请客嘛！"

梁晚莺比了个"好"的手势："没问题，想吃什么，你们来定。"

"梁总监大气！"

小金说："你们刚才看到胡宾的脸色了吗？"

"哈哈哈，当然看到了，幸好不是他，看到他那副阴阳怪气的样子我都受够了。他还看不起女人，话里话外都说女人最终的归宿还是家庭，就挺烦的。"施影撇撇嘴。

两个人小声嘀咕着，梁晚莺并没有插话。

虽然她也不喜欢胡宾那个人，但是一码归一码，只要他工作上不出什么纰漏，她也不会去找他麻烦。

虽然她这么想，但胡宾明显很不服气，每次安排工作的时候，他总是阴阳怪气地说一两句意味不明的话。这也就罢了，她给他安排的工作他都一副大爷的样子，有什么事也根本不找她，直接越级报告。

梁晚莺实在忍无可忍，将他交上去的文件夹狠狠摔在了他的面前。

"你这是什么态度？你到底想干什么？"

"我没想干什么啊？"他吊儿郎当地掏了掏耳朵说，"我觉得某些靠不正当关系上位的人不配管我。"

"不正当关系？"梁晚莺面色冷然，他最近在她背后造谣的事情她有所耳闻。毕竟公司本身就没有多少人，随便传传就传到了她的耳朵里。

"我最看不起的就是你这种男人，自己能力不够就去提升自己，靠诋毁别人来抬高自己，你也就只有这点本事了。"

"能力？你有什么能力？"男人被她一顿嘲讽，恼羞成怒，今天喻晋和程谷都不在，他说话更加无所顾忌了，"你装什么清高？你怎么拿到MAZE的项目的，你自己心里清楚！"

"我当然清楚，是公司分给我的。"

"装，你接着装！你和谢总每次谈项目都要跑到各个地方，怎么，公开的场合不能谈方案啊？还要私下一对一地谈？报销的发票我可都看过了，你的行程表都是一些玩乐的地方，谁知道你干了点什么？"

他那双嫉妒的眼几乎要淌出恶毒的汁液，嘴里还在喋喋不休地喷射："女人就是比男人方便啊，不像我们，累死累活地跑业务，还要被你压一头。"

梁晚莺冷笑一声，说："也是，你这种男人会这样想也很正常。"

"你什么意思！"

"那些你强加在我身上的恶意揣测，更证明了你是一个充满了偏见、激愤的人。但我不会跟你一般见识，也不屑于用这样的手段来证明什么。"梁晚莺微微一笑，"你要是能干就好好干，干不了就走人。"

"你还想开了我不成？"他声色俱厉道，"我可是老员工，业绩也是最好的，你敢开了我，也得先问问老板同不同意。"

"你的业绩是怎么来的？你心里不清楚吗？之前因为只是普通员工，我没资格说你什么，现在你要谈这个，我们就来详细掰扯一下你之前都干了些什么。"

"我……我干了什么？"

"你为了能顺利促成合作，过度吹嘘自己和公司的能力，几次导致客户期望值过高最后却达不到所想要的效果，闹得无法收场。

"你从来不挑选客户，只要有钱就接，也不做风险评估，不关心后续到底能不能出效果。为了不丢订单，你明知道客户有问题还要硬接下来，解决不了就丢给别人，这种事你做得还少吗？

"所以，你这些看起来光鲜的业绩，老板不经常在公司不知道这些，我们心里还不清楚吗？"

胡宾被她戳中痛点，直接跳脚，开始人身攻击："你又好到哪里去了？你跟谢总勾搭不清，为了点业绩你做得可比我脏多了！"

梁晚莺像是在看一个跳梁小丑般，目光里带着怜悯："你这么会编排一些莫须有的东西，我真心推荐你去八卦网站工作，不要在这里埋没了你的'才华'。"

"你！"胡宾被她的眼神和话语激怒，一下子想不到更好的说辞，气得火冒三丈。

"抱歉，我好像来得不是时候。"谢译桥看这场戏已经差不多收尾了，这才走进来。

他点了点腕表："不过，梁小姐，你好像迟到了。"

梁晚莺今天和他约了时间，要去制作公司一趟。

她迅速恢复镇定，不再与胡宾纠缠，整理了一下衣服准备出门。

只有胡宾用一种"看吧，我就知道"的眼神看着两人。

这时，好几个柏克威酒店专用的外送员一起进来。

他们制服笔挺，戴着纯白的手套，将背包里精致而昂贵的下午茶一一摆好，然后让谢译桥签收。

"刚刚话题的中心好像围绕着我，既然事情因我而起，耽误了大家的时间实在不好意思。这是我请大家喝的下午茶。"

"谢总大气。"

"谢谢谢总。"

谢译桥微笑着说："哦对了，宣布一下，我确实正在追求梁小姐，希望大家平日多为我说些好话,感激不尽。"

"你在胡说什么!"梁晚莺大惊失色,抛下沸腾的众人,连忙先一步走了出去。

谢译桥在她身后,跟大家眨了眨眼,大家都比了个"好"的手势,仿佛达成了什么心照不宣的约定,然后他这才跟了上去。

两人走后,办公室简直炸开了锅。

"我的天,谢总真的在追梁总监。"

施影和小金早就看出来了,倒也没有多惊讶。

两个人吵吵闹闹地把胡宾挤对得脸色更加五彩缤纷,难看得吓人。他"啪"的一声摔了下键盘,气急败坏地离开了。

喻晋和程谷回来后,得知了下午两人吵架的事。两人将监控调出来,看着视频里梁晚莺的表现,连连点头。

"果然没看错,这丫头不急不躁,直击痛点,心理素质很不错,适合当一个领导。"

梁晚莺从制作公司回来以后,喻晋把她叫到了办公室。她就知道中午的事情肯定瞒不过去的,有点忐忑,在心里打着腹稿,可是没想到,喻晋并没有责备,反而夸奖了她。

"可是,您怎么会选了我呢?"梁晚莺想了好久,终于还是忍不住问出口了,"论资历和业绩,我都不是最好的那个。"

"公司如果要做大做强,也不能饥不择食,口碑和利益同样重要。我很欣慰,你做了正确的选择。"

"原来是这样。"梁晚莺松了口气,那个方案她是真的觉得接不得。

喻晋喝了口茶:"而且,作为一个领导,一定要懂得放权。我看你分配方案的时候,都是按照同事的特点分配的,这点很好。如果作为一个创意总监,只顾自己挑选最好的项目,是不可取的。"

"谢谢老板。"

"不过,你也有一点小小的问题。"

"什么?"

"你其实是一个很有才华的年轻人,但是不知道什么原因,对待工作似乎缺少了点激情和热情。"

梁晚莺愣了一下,原来自己表现得这么明显吗?

"我不知道你为什么选择了这份职业,但是我很看好你,希望你能有更好的发展。"

梁晚莺揣摩着喻晋最后的那几句话,从办公室出来以后,遇到了程谷。

他现在已经是经理了,梁晚莺是他的直系下属。

程谷拍了拍她的肩膀说:"喻总最后的那番话只是敲打你一下,因为我们希望你可以相对稳定一点,不想看到你刚升职就因为各种原因辞职之类的事情。"

"我很喜欢融洲。"梁晚莺说道。

程谷点点头:"好,下班吧。"

梁晚莺和喻晋交谈的时间有点久,回家的时候天已经黑了。

今天跟谢译桥见面的时候因为办公室那点小插曲,她完全忘记问他鞋子的事,他也压根儿没提。在去制作公司的路上,他接了通比较紧急的电话后把她送过去就直接离开了。

下了地铁,离她住的小区还有一小段路。

梁晚莺掏出手机看了一眼。

现在都这么晚了……要不还是改天再联系吧。反正那双鞋也并不日常,那么高的鞋跟她平时也不会穿,实在太累了。

她慢悠悠地走进小区,刚走到她住的那栋单元楼下,远远就看到一个男人在等着。

他靠在车门上,微微仰头。

路灯将他的影子拉得很长,昏暗的光线将他的身影切割成明暗两个部分。他似乎在看什么东西,也可能只是在发呆。

这个角度可以看到他清晰的下颌线和性感分明的喉结。

他似乎察觉到了她的视线，突然转过头来。

本来他脸上是没什么表情的，看到她以后，眉尾微微上挑了一下，然后绽开一抹薄雾般的笑。

她顶着他的目光走过去，有些不好意思地说道："你怎么来了？"

"说好了给你送鞋子的。"

"可是都这么晚了。"

"只要是来见你，什么时候都不算晚。"

男人修长的手指间勾着一双尖头细高跟鞋，正是她昨天落下的那双。

鞋子在他的指尖摇晃，纤细的跟与底部的红映在男人带笑的眼底。

男人的一举一动浑然天成，自带一种极致的风流。

"谢谢你……"

梁晚莺赶紧伸手去接，可是他却微微后撤了下手，没有还给她的意思。

梁晚莺疑惑地看着他。

男人低沉的声音落在她的耳边，有微小的气流涌动。

"你还记得那次在度假村吗？我们愉快地交流了那幅弗拉戈纳尔的《秋千》，梁小姐跟我说，在那个时期，女人的鞋代表了什么？"

她的脸唰一下红了，羞恼地夺过他手里的鞋。

"不知道你在说什么。"

谢译桥笑了笑松了手。

见他没有要走的意思，梁晚莺客气地开口道："要不你……"

"好啊。"

她话都还没说完，他就痛快地答应了。

"可是我还什么都没说……"

谢译桥做出一副惊讶的样子："难道梁小姐不是想要邀请我上去坐坐吗？"

"我不……"

"刚好我在这里等了你三四个小时，有点口渴了。"

他着重强调了三四个小时，梁晚莺听后有点不好意思了，只好带着他上了楼。

她的房门密码改过了，输密码的时候，她犹豫地看了他一眼。

谢译桥恍然道："改密码了？"

"是的。"

"你的密码除了我和钟朗还有谁知道？"

"没有了。"

他点点头道："那确实要改一下，防止你的小竹马轻车熟路摸回来。"

梁晚莺无语望天："我的意思是，你可以回避一下吗？"

"连我也要防？"

"防的就是你！"梁晚莺气鼓鼓地道。

谢译桥轻笑一声："怕我夜黑风高摸到你家，吃了你吗？小红帽？"

最近降温了，梁晚莺在外套里穿了一件连帽T，T恤是红白配色，帽子是红色的。

梁晚莺想到昨天的红黑礼服事件，心脏突然无规律地跳跃了一下。

她不动声色地试探着道："昨天我穿的那件红裙子送去干洗了，等洗干净还给你。"

谢译桥不疑有他，干脆地说道："那是送给你的，你想怎么处置都可以。"

奇怪，真的很奇怪。

他没有辨别出她昨天穿的那条裙子的颜色，却知道今天她穿的T恤帽子是红色的。

梁晚莺眨了眨眼睛，拧开门把手，走进了房间。

"你随便坐，我去给你倒水。"

她这里几乎没有别的外人来过，所以并没有准备一次性的水杯。

不过她之前抽奖中过一个可爱的猫猫杯，倒是没用过。

可是……拿这样的杯子给谢译桥喝水，会不会很违和。毕竟，他看上去就像是那种喝开水都要用高脚杯的人。

谢译桥坐在那张并不算大的小沙发上看起来有点局促，那双笔直的大长腿有一点伸展不开的感觉。

看到她端过来的杯子，他眉毛一挑。

"不好意思……只有这个杯子了，不过是干净的，没有人用过。"

谢译桥点点头，没再说什么，端起来浅浅地喝了一口就放下了。

这个杯子边沿是一只猫咪的形状，手柄则是猫咪的尾部。

他慢而优雅的动作，简直把一杯白开水都喝出了咖啡的感觉。

"没关系，挺好的，就是这个猫耳朵有点碍事。"

这个杯子就是有这样的问题，喝水时如果幅度过大，鼻尖就会被猫脑袋顶住。

怪不得作为奖品，卖肯定卖不出去。

梁晚莺在脑子里想象了一下这个画面，觉得很有趣，不由自主地笑出了声。

她想得专注，没发现男人已经坐到了她旁边。

"所以，梁小姐是故意在戏弄我吗？"

男人的声音凉凉的，像是被水浸泡过的琴弦震动。

"没有没有。"梁晚莺慌忙摆手，一抬眼，才发现他跟她已经坐得如此近了。

男人突然抬手握住了她的手腕，他的拇指贴着她的脉搏。他的手心温度很高，烫得人心里发慌。

英俊高大的男人垂眸直视面前纤细的女人。她因为害羞，眉眼流露出一种含蓄的风情，颤抖的睫毛带着紧张。

月色如此动人，从窗户渗透进来，点亮男人的瞳孔。

"真的没有吗？"他低低的声音在她耳畔萦绕，"那你在笑什么？"

"我……"

他并不是真的想追问答案，只是随意地说着无关紧要的话题来缓解她的紧张。男人慢条斯理地抬起她手腕,放在鼻尖轻嗅。清新的冷香与馥郁的甜香的对冲,有一种纯真少女和成熟女人混合的味道。

相互抵消,相互融合,摇摆而矛盾,妩媚而天真。

"梁小姐用的什么香水?好香。"

"午夜摇摆……"

男人听到后,低声笑了笑,不知是想到了什么。

她低下头,脸颊滚烫,烧得眼睛都湿漉漉的。男人捏住她的下巴,将她的头轻轻抬起。

她被迫直视他的双眼,无处躲避。他的眸子像是郁郁葱葱的森林,很容易就让人迷失其中,再难以找到出路。她像一头被捕猎者缠住无路可逃的小鹿,惊慌地抬起双手,试图推开他。

"你……别……"

他低声笑了笑,带动胸腔共鸣,她的掌心触摸到那点微妙的震动,微微蜷起了手指。

胸口好像被鸟儿的爪子勾了一下。

他抬起另一只手,轻易地按住她推拒的手,桎梏在他的胸口。

男人高挺的鼻尖几乎触到她的脸颊,微合的双眼被浓密的睫毛覆盖,更显得扑朔迷离。

心跳如鼓,血液上涌。

她颤抖得厉害,眼睛不知道该看向哪里。

"求我,我就放过你。"男人说话时胸口持续震动,顺着她的掌心直接蔓延到神经末梢,然后四散开来。

她唇瓣微张,却没有第一时间发出声音。

她的第一反应居然不是高兴。察觉到自己这个异样的心态,她心里微微一惊。

"求……"用自己残存的理智对抗,她挣扎着开口。

可是,她刚说出第一个字,男人在她后颈留恋的大手直接收紧,五指微微用力,向前一推。

他柔软的唇擦过她的唇瓣，在相抵的那个瞬间，胸口似乎有无数只蝴蝶扑棱棱地起飞。

本来按着她双手的那只手顺着她的手臂来到她的腰上，然后，她整个人都被他拥进了怀里。

他的肩膀宽阔，心跳有力，在他的怀里，她就像一只娇小的雀鸟。她落入他精心编织的网，他温柔而坚定地缠住她的翅膀，一点一点蚕食她的理智，直到她失去所有的抵抗能力。

时间仿佛静止了，周遭所有的事物都被定格，只有他身上那股令人眩晕的香味还在源源不断地散发着，纠缠着。

男人放开她的时候，指腹轻拭了下她的眼角。

她不敢再看他，低着头，结结巴巴地小声埋怨道："你这人怎么这样……"

"我哪样了？"谢译桥挑眉。

"你明明说……"

"可是你并没有求我。"

"那是因为你根本没有给我说话的机会！"

她想起自己刚才的迟疑，更觉得羞愤。她抬高了一点音量，生怕被他察觉出那点异样的小心思。

"那现在给你说话的机会。"男人微微坐直身体，很直接地问道，"喜欢吗？刚才的吻。"

梁晚莺的脸又开始发烫了。她跟他在一起的时候脸红的频率实在太高了，心跳也是。

"不喜欢吗？"

梁晚莺嘴硬道："不喜欢。"

"这样的话……"他语调轻柔，在她耳边调笑道，"那我们再来一次？"

梁晚莺猛地站起来："今天不早了，谢先生该回去了。"

谢译桥扬了扬眉，决定点到即止，掌握好分寸更重要。于是，他端起桌子上已经凉透的水，一口气喝完。

"好甜。"

一时竟不知他到底在说人还是水。

男人起身，整理了一下衣服，抚平身上的褶皱，颔首笑道："那我们明天再联系。"

"明天应该没有什么事需要联系的。"她将男人送出门。

谢译桥俯身说道："想念的时候自然需要联系。"

"我不会想你的。"

"梁小姐嘴巴那么甜，说的话可真是一点都不甜。"

梁晚莺将他狠狠地推出去，然后关上了门，可是男人轻佻的声音还是透过门板传了进来。

"晚安，小红帽。"

今夜注定不那么平静。

等谢译桥走后，梁晚莺躺在床上翻来覆去睡不着，脑子里一直在回想刚才的那个吻。

明明他只是上来喝个水……

她那个时候到底在想什么？如果她义正词严地拒绝，他肯定不会乱来的。

可是……

梁晚莺将被子蒙到脸上，闷叫了两声发泄对自己的失望。从被子里钻出来，她顶着一头乱糟糟的头发去摸枕头下的手机，打开微信消息通知栏显示有人提到她。

她点开微信朋友圈翻了翻，在半个小时之前，谢译桥发了一条动态并且@了她。

是一本打开的《格林童话》，还故意翻到了《小红帽与大灰狼》那一页。

他还特地拍了中间一段对话。

小红帽：你的眼睛怎么这么大？

大灰狼：为了更好地看清你呀。

小红帽：你的手臂为什么这么长？

大灰狼：为了更好地拥抱你啊。

小红帽：你的嘴巴为什么这么大？

大灰狼：为了一口把你吃掉。

梁晚莺点开评论框：【幼稚！这么大的人了还看童话书。】

她刚刚评论了谢译桥，他的消息就弹了过来：【我家有一个很大的图书馆，里面有很多很多书，要不要来参观一下？】

梁晚莺：【没时间。】

谢译桥：【我们可以约在周末，我去接你。】

梁晚莺想了想：【到时候再说吧，我要睡了。】

谢译桥：【晚安，做个好梦。】

她熄灭屏幕，安心地闭上了眼。

大约是睡前的情绪蔓延到了梦里，梁晚莺居然真的做了一个梦。

梦里，她和谢译桥的那个吻无限延伸了下去。

到了关键时刻，她猛然惊醒。那个令人难以启齿的梦，一直挑拨着她的情绪。以至于到了制作公司的时候，她脸颊上也飘着一抹诡异的红。

简诗灵正在补妆，看到梁晚莺神游进来，似乎看出了什么。

她拍了拍化妆师的手，示意暂停一下，然后提着裙子走到了梁晚莺面前，目光炯炯地看着梁晚莺。

"你……你干吗用这种眼神看着我？"

"你这个表情，明显是有事情啊。你们指不定在我不知道的时候发生了点啥。"

梁晚莺惊慌地去捂她的嘴。

"没有没有，真的没有！"

简诗灵才不信，继续追问道："他表现怎么样？"

"你不是跟他交往过那么久吗？你都不知道……"

"我上次不是跟你说了嘛，没有成功过，后面再没机会了。"

"哦……那别的呢？"

"除了我，好像就是那个谁，那个'啤酒'。"

"啤酒？"

"就是白唯嘛，她的名字念起来像是方言版的百威啤酒，哈哈哈哈，有没有？"

白唯是名气很大的演员，即便不追星的梁晚莺，对她的名字也很熟悉。

简诗灵很讨厌白唯，因为之前她拿到了一个白唯一直想要争取的角色，所以白唯一直故意打压她。

"她之前也跟他交往过，但是后来也不知道怎么惹到他了，他起身就走了，把她晾在了酒店，哈哈哈。"

梁晚莺默然："这是可以说的吗？"

简诗灵每个毛孔仿佛都透露着高兴："哈哈哈，为什么不可以？我听到这件事简直开心死了，不过，我不知道听谁传出来的细节，说是她想继续塑造她高端文艺的人设，而且想要投其所好，连夜背诵了几个艺术家的名字和作品，想晚上跟他聊聊那些色彩大师的优秀作品，还在自己身上画了一幅油画，结果不知道为什么就惹到他了。"

梁晚莺眨了眨眼睛，好像想到了什么。

"还有吗？"

"比较出名的就这两件事，他虽然非常受欢迎，但是入得了他眼的极少。"简诗灵托腮，"他看起来好像很滥情，其实事实不是如此。不过滥情也是相对的，他似乎没有动过什么真情。"

梁晚莺若有所思。

"真是太可惜了。"简诗灵惋惜道。

"可惜什么?"

"谢译桥是真正的看似有情,实则无情的人。那么多女人妄想自己可以摘月,最后却无一幸免。不过谢译桥一向大方,即使是闯关失败,也没有人会怨怼。我在他那里碰了壁,有点不爽。还真想看看,他跌落神坛的那一刻,我还以为你能行呢。"

梁晚莺觉得简诗灵真的是高估自己了,她并没有那么厉害,而他对她突然而起的兴趣,她至今都不知道原因。

最近,梁晚莺和谢译桥都在忙各自的工作,没太能见到面。

她下班回家的时候在地铁上听到别人的讨论,这才知道他又上了热搜。

【这个男人又帅又有爱心,好棒啊!】

【真的,这颜值!这身材!这雄厚的资本!】

【咱就是说,狠狠爱了。】

梁晚莺打开手机,看了眼热搜。

前段时间,有个报道说最近因为天气太热,贫困地区的一些空巢老人和留守儿童频发中暑和食物中毒事件。因为高温,做好的饭菜稍微放置几个小时就开始变质,但即便是馊了,他们也不舍得扔,只是再回一下锅就继续吃。

这件事引起了广大网友的关注。

MAZE采购了一大批空调和冰箱捐了出去,又一次博了一个慈善企业的好名声。

梁晚莺划动手机,翻看了完整报道,脸上的表情复杂。

最终,她叹了口气,按了顶端的熄屏键,将目光投向了窗外。

即便是地铁里,也经常可以看到MAZE打的广告。

这个知名度和影响力,跟谢译桥是分不开的。

即便在他的父辈手里,MAZE已经非常有名了,但是远没有现在这样的盛况。

周末，谢译桥忙完手里的工作以后，给梁晚莺打了个电话。

几天不联系，她又变成了那副拒人于千里之外的样子，声音疏离而客气。

"谢先生，你有什么事吗？"

"我们不是约好了参观我的图书馆吗？"

"我今天有事，去不了了。"

听着她冷冰冰的话，谢译桥扬了扬眉："这是怎么了？突然又变得这么冷漠，梁小姐还真是让人捉摸不透。"

梁晚莺沉默两秒，又开口道："那天只是个意外，我们就当从没发生过吧。"

"哦？你还是第一个占了我便宜就跑的女人。"

"是你主动……怎么叫我占你便宜？"

"所以，梁小姐玩弄了我的感情，还不想负责，是这个意思吗？"

"我可没有！你别耍无赖。"

"那就是要对我负责的意思？"

梁晚莺被他绕晕了："什么负不负责的，是你不经我同意就……我不用你负责，也不会对你负责。"

"好吧。"谢译桥并不特别在意，"你当然有权利反悔，但是为了补偿我受伤的心灵，你今天得陪我去个地方。"

"什么地方？"

"等下会有司机来接你，到时候你就知道了。"

"对了，"挂断电话前，他又特意嘱咐道，"不要穿裙子。"

"嗯？"

梁晚莺随便收拾了一下，大约过了半个小时，谢译桥的司机就到了她的小区。

"我们要去哪儿啊？"

"去城南。"

"去那里做什么？"

"这我就不太清楚了，谢总只说让我将您送到那里。"

"好吧。"

汽车行驶了大约四十分钟，到了目的地。

梁晚莺从车上下来。这是一片开阔的空地，在她不远处有一架黑绿相间的迷彩色直升机。

谢译桥站在直升机前面，跟旁边的人正交谈着什么。

他今天穿了一双黑色的马丁靴和一条酷帅的工装长裤，双腿更显得修长而笔直。风将他的发丝吹起，露出明朗精致的五官。

专业的跳伞装备、直升机，无一不显示了他要做什么。

看到梁晚莺以后，谢译桥招了招手，示意她过来。

"要不要坐飞机，跟我一起跳伞？"

梁晚莺飞快地摇头："我不要，我可玩不了这个。"

滑翔和跳伞比，两者相差太多，前者还比较轻松愉悦，后者就是纯肾上腺刺激了。

男人的指尖敲了下自己的头盔："你知道吗？跳伞的时候，会给你一种忘记一切烦恼，大脑和身心都被风灌满的感觉，所有的空虚与迷茫都要随风而逝般畅快。"

他说这些话的时候，语调微低，极富感染力。

"相信我，就尝试一下，我会完完整整地把你带回地面的，如何？"

梁晚莺又被他说服了，最终，还是被谢译桥连哄带骗地拐上了直升机。

专业人员帮两人穿戴装备，然后讲了很多注意事项。这些东西谢译桥都非常熟悉了，但是梁晚莺还是第一次知道。

她越听越紧张。

直升机的螺旋桨发出巨大的划破气流的声音，已经升到了三千米的高空。

厚厚的云层遮住了地面。

梁晚莺全身僵硬，紧张得快要呼吸不过来。

谢译桥坚实的胸膛紧贴着她的背部，两个人被安全绳索紧紧地绑在了一起。

之前玩双人滑翔伞的时候远没有这么贴合，中间还有一段空间。

谢译桥直接将她抱到了出舱口，双腿悬空，她的腿都要软了。

梁晚莺不敢低头往下看，只能用力抓紧胸前的绳索。

"你确定不会有事吧？真的安全吗？中途万一刮风把我们吹到荒郊野外怎么办？"

谢译桥低低地笑了一声："那我们来一场荒岛求生也挺不错。"

他开玩笑打岔，可是她紧绷的神经依然没有松懈了一点。

"开始了。"他将头盔的面罩扣下，然后一股力量将她往前推，等她反应过来的时候，人已经在半空中了。

"啊啊啊——"

强烈的失重感朝她袭来，她不可控制地尖叫出声。

两人从云层中坠落，视线逐渐清晰，却更可怕了。

"张开四肢，体会一下风从你身体穿过的感觉。"

"我体会不了，快打开降落伞啊！"她大声喊道。

"再等等，等下降到一千五百米左右的时候。"

在这样的高空自由落体，感觉每一秒都很漫长。梁晚莺欲哭无泪，发誓以后再也不听他的鬼话了。谢译桥看了看手腕上戴着的一块黑色的表，确认了一下距离，然后拉开了降落伞。

失重感得到缓解，她的声音这才终于止住。

这个时候可以简单地聊两句，也不用嘶吼了。

她苦着一张脸，想到自己刚刚失态的样子，想要随便说点什么挽回一点形象。

"你为什么这么喜欢极限运动啊？"

"人眼所能看到的一切都太枯燥了，比起视觉，其他几种感官体验要有趣得多，也能任我掌控。"男人漫不经心的声音伴随着风声落在她的耳朵里,她好像捕捉到一丝莫名的怅然,可是很快就被风吹散了。

"就像人们抬头就能看到天,但不是所有人都能体会从空中纵身一跃的滋味。"

梁晚莺一脸的生无可恋:"我刚刚以为今天就是我生命中的最后一天了……"

谢译桥又问道:"那如果这真的是你人生的最后一刻,你脑子里想到的最遗憾的事情是什么?"

梁晚莺不可避免地想到了自己画画的事。成为一个画家是她的梦想,绘画也曾经是她以为的终身事业。

可是……

"人这一辈子很短暂,喜欢做的事就要不留遗憾地去做,明白吗?"

梁晚莺想去看看他现在的表情,可是由于装备限制,什么也看不见。于是,她微微侧头问他:"你呢?你有什么遗憾的事情吗?"

"当然有。"

"什么?"

"要落地了。"谢译桥提示道,"双脚上抬。"

脚下是一片茂密的薰衣草花田,浓郁的紫像是一片瑰丽的雾,香气弥漫,瞬间将两人包裹。

这次降落得很顺利,可是疯狂飙升的肾上腺激素让她的心脏还在怦怦直跳。大大的降落伞落在两人身后,谢译桥将伞包卸下来,然后才把梁晚莺从自己胸口摘了下来。

梁晚莺慌忙准备起身。

可是她还没来得及站起来,手臂就被人握住,又被拉了回来。她重心未稳,就这样被拽倒在了花丛中。茂密的薰衣草长势极好,几乎将两人淹没。

男人躺在其中,冷白的肤色被映衬得有些微微的紫,连浅琥珀色的瞳孔也受到影响,呈现出一种迷人的神态。

男人根本没打算起身,在她还没有缓过来的时候,他就凑了过来。

"你……想干什么?"梁晚莺惊恐地问。

他温热的手指顺势挤进她的指缝,牢牢地扣住她的手按在了地上。几株薰衣草被顺势压倒,柔软的花蕊轻挠着她的手腕。

心跳加速。

他贴近她,声音轻缓:"上次滑翔落地的时候,我就想这样吻你了。"

男人俯身,她瞳孔中的蓝天与白云被遮盖,替换成那双深沉的眸。

他高大的阴影彻底覆盖了她,滚烫的呼吸扑在她的脸上。男人的唇瓣轻轻地摩挲着她的下唇,然后轻咬了一下,微微的酥麻顺着神经末梢四处流窜。

上次的那个吻只能算是浅尝辄止,而今天,他似乎打算更深入一点。

"上次没有吻到你,就是我最大的遗憾。"

这个吻结束后,梁晚莺许久都没有回过神来。

他们准备离开的时候路过一片树林,听到旁边好像有一只小鸟不同寻常的叫声。

这个声音很近,叫得也非常急促。

两人在附近找了一下,在一棵树下发现了一只刚刚破壳的幼鸟。

谢译桥抬头看了看说:"可能是从鸟窝里掉出来的。"

"那……这怎么办?"

"这棵树这么高,很难再放回去,就算放回去的话它也沾染了人的气味,鸟妈妈可能不会要它了。"谢译桥想了想,"给我吧,我带回去养。"

"可是这么小的鸟养得活吗?"梁晚莺担忧地说道。

"放心,憩公馆的管家懂的东西非常非常多。"

"……那他还真是厉害。"

晚上,回到家以后,梁晚莺回想着白天的事。

从万米高空跳下来的时候,那瞬间产生了窒息感和濒死感,以及最后脚踏实地踩在大地上时的重生感,她浑身血液仿佛被倒置,逆流而上,在那一刻,似乎所有的事情都不重要了。那些曾经令她痛苦的事情,也随着急速地下落随风而逝了。

天空是蓝的,云朵是洁白的,花儿是芬芳的,她只剩下了一个念头——如果这是她生命的最后一刻,她一定后悔脑子里曾经有那么多想要表达的东西都还没来得及画下来。

胸腔里有一种澎湃的情感在激荡,她的手开始颤抖。不是因为害怕,是因为……她突然想跟自己和解了。她从笔筒里抽出一支铅笔,翻开了笔记本。

她试图画点什么,可是环顾四周,只看到了上次谢译桥用过的那个猫咪水杯。

笔触到纸上的时候,她还是不可避免地回想起了父亲去世的那个夜晚。

画纸上那抹血腥的红……被她忽略的求救声……

心又开始像被带着尖刺的铁锤敲击,每画一笔她都在颤抖,那些弯曲的线条就像是扭曲的血管和筋脉,仿佛在滴着血。那些痛苦仿佛凝成了真实的生理上的痛,让她不得不停下来深呼吸片刻,等痛意稍减,才能再继续画。

只是一只简简单单的猫咪,她却画得如此艰难。

但这次,她没有选择停下。

只是扭曲的线条将一只可爱的猫咪画成了麥毛的样子。

可是,她画出来了。

她终于还是画出来了。

时隔一年半,她终于又成功画出了东西。

梁晚莺看着纸上那只线条简单的小猫,有一种想要落泪的冲动。她盯着那幅画看了很久很久,然后拍下来发到了朋友圈。

而远在大洋彼岸的钟朗拿着手机,默默地看着那条朋友圈发了很久的呆。

Chapter 8
眼睛的秘密

自从那天分开后，两人再没见过面。

梁晚莺也不知道自己现在是一种什么心态。

总之，很纠结……很纠结……

理智告诉她要后退，可情感又拉扯着她靠近。

谢译桥实在是个令人难以抵抗的男人，可她也并不想成为他丰富情史中无关紧要的一笔。

即便是抱着不在乎结果只享受过程这种心态，但是到了最后，女人总是不如男人那么洒脱。

及时止损？饮鸩止渴？

她看着手机界面，盯着谢译桥的头像看了半天。

他的微信头像还是一只夜莺。她鼓了下腮帮，他这个人做什么事似乎都带着那么点深意。

她又想起刚开始添加他的时候，那只瑰喉蜂鸟的微信头像。

如果这只夜莺是在暗示她的话……那只蜂鸟呢？会不会是别的女人？也不是不可能。

正胡思乱想着，微信突然弹出了一条谢译桥的消息，打断了她的思考。

谢译桥：【要不要来我家看鸟？】

这条消息刚刚发过来,她点进微信,正准备回复,下一秒他就撤回了。

梁晚莺有些不解。

过了不到一分钟,他又重新编辑了一条消息发了过来。

谢译桥:【要不要来我这里看看那天捡到的那只小鸟?它已经长出羽毛了。】

梁晚莺看着屏幕上的那条消息,静默了半晌。

如果他不撤回的话,她大概也不会多想。在她思索该怎么回复的时候,朋友圈那条动态被谢译桥点赞了。

他评论道:【这只小猫挺像生气时候的你。】

梁晚莺回复道:【只有你这么认为。】

他很快又回复了:【是因为在我面前你才会表现出最真实的自己吗?】

梁晚莺回复:【是因为你很会气人。】

回完这一条以后,谢译桥直接在对话框给她发了张图片。

照片里,是一只肥嘟嘟的小鸟,刚捡到它的时候羽毛都没长出来,像一只迷你小恐龙,现在已经会扑腾了。

梁晚莺:【这是翠鸟吗?好漂亮。】

梁晚莺之前学画画的时候临摹过这种鸟类,它们的羽毛是蓝色的,在阳光下会折射出丰富的颜色,非常适合做色彩练习。

谢译桥:【嗯。】

他接着又追问道:【你真的不想来看看吗?它还会后空翻。】

梁晚莺无语了一下,回复道:【最近拍摄准备都做好了,比较忙,还是算了。】

谢译桥:【画师呢?选好了吗?】

梁晚莺:【嗯,有几个还不错的,风格也比较贴合主题。】

谢译桥那边一直显示正在输入,梁晚莺看着屏幕,等了半天,后来他干脆打了个电话过来。

"这是你的作品,你的创意,而且你最了解该怎么做才能有张力,所以我还是更希望由你亲自来完成。"

梁晚莺犹豫道:"可是我……"

"你不是已经迈出去第一步了吗?相信自己,不尝试就放弃,这可不是我认识的梁小姐。"

"而且……"幽深的夜晚,男人低沉的声音顺着听筒传来,像是情人的耳语,挠到了她的心尖,"梁小姐的手很漂亮,手替也不用再找了。"

梁晚莺不自觉地看了一眼自己没拿手机那只手。

非常普通看不出什么特色的一双手,唯一的优点就是比较细长,指尖微微上翘,显得比较灵巧。

"我只是怕耽误进度,也没有什么把握。"梁晚莺低低地说道。

服装、道具、演员、造型等,一切都准备好了,就等选定合适的画师了。

"我可以等。"

既然谢译桥这么有诚意且坚持了,梁晚莺决定尝试一下。

她最近一直在练习黑白线稿,最艰难的心理难关跨过去以后,后面再捡起来就很快了。毕竟她有着十几年形成的肌肉记忆,一切技法与操作都还在她的脑子里一刻也不曾忘记过。

只要稍加练习,很快就能恢复到巅峰时期。

可是她一直没有上过色。

眼看着开拍日期一点一点推进,关于画师和手替的人选让制作组焦头烂额。

谢译桥直接告诉他们不用再找了,到时候让梁总监亲自来。

"梁总监还会画画?早说我们不就省了很多事了?你还能多拿一笔酬劳,两全其美啊!"导演如释重负。

"因为我很久没画了,怕发挥不好。"

简诗灵凑过来说:"你随便发挥,画不好重新来,我没关系。"

如果她愿意就再好不过了，因为要在她的背上用特殊化妆手法做出一个逼真的伤口，然后梁晚莺需要在镜头下画出完整的作品，到时候再筛选一下，把关键镜头剪出来。

这个工时很长，以简诗灵现在这个咖位，基本都不会做这种吃苦不讨好的事情了。

经纪人建议用替身，只有到关键镜头的时候用她自己，但这样画面和情绪会割裂。

简诗灵没有同意："没关系，这点小事，我才不用替身。"

背景布好，简诗灵一头黑发倾泻而下，那条青绿带着细碎蓝闪的鱼尾长裙将她的身体包裹，她轻轻一撩头发，就是满满的风情。

梁晚莺不知道为什么她这样美艳的类型，她的团队却给她定位成清纯小花的人设，明明现在这样才更能展现她的美。

简诗灵伏在一块褐色的岩石上，黑发滑落，露出后背那道狰狞的伤口。

梁晚莺走过去，镜头对准她的手，随着导演的一声"开始"，镜头跟随她的手移到了一旁的颜料盒上。

当她手中的画笔落下的时候，简诗灵的情绪就已经到位了。

她是一个天生的演员。

梁晚莺不知道她趴在那里的时候究竟在想什么，以至于仅仅是个后背，都看起来那么悲伤。

被简诗灵的情绪感染，梁晚莺不自觉地抬手摸了一下那道几乎可以以假乱真的伤疤。

女人手上的动作那么轻、那么柔，仿佛真的在为她而心痛。

简诗灵的后背开始轻微颤抖，因为过于瘦弱而突出的蝴蝶骨，像是几乎要挣脱皮肉，张开一双伤痕累累的翅膀。

时隔这么久，梁晚莺以为自己已经可以很好地克制住情绪的翻滚了。

可是，当她颤抖的手落下第一笔浓墨重彩的颜料时，那抹刺目的红落在雪白的背部,就像是一把染血的尖刀一样狠狠地扎进了她的大脑,痛得她脸色青白,手臂颤抖。

旁边的工作人员担忧地看着梁晚莺,想要上前询问,她对着他们摇了摇头,调整好呼吸,又重新蘸取了颜料。

简诗灵后背上那道人工制成的伤疤深得几乎露出了骨骼,弯曲的脊椎像一条惨白的长鞭横亘在背上,有一种凄艳的美感。

梁晚莺渐渐投入了进去。

从最开始的生疏,到后面越画越快,越画越顺畅,胸腔中有急切想要表达的东西仿佛透过她的血肉通过画笔传达了出来。

陈旧腐烂的痛苦在灭亡,新生的力量正蓄势待发。

每一笔都如锋利的雕刻刀般将腐肉剜去,可只有经历过这样的疼痛才能伴随着希望一起萌芽,繁荣,生生不息。

这幅画,从中午画到了傍晚,而简诗灵就一直保持着那个动作,两人的情绪互相影响。终于,最后一笔漂亮收尾,画笔被梁晚莺扔掉。

狰狞的伤口被画笔缝合,那道深深的、绝望的沟壑里,重新生长出生机勃勃的血肉。

然后,画家沾满颜料的手指抚过这片风景,有一滴眼泪落在了少女的背部,她在缝合少女的伤口,也像是借着这幅画在缝合自己的伤疤。

女孩微微动了下肩胛骨,转过头面对镜头时,眼角含着泪,缓缓展开一抹笑。

后背那郁郁葱葱新生的力量仿佛真的活了过来,配合上她恰到好处的表情,受伤的躯体似乎正在痊愈,那些痛苦的伤痕是她蜕变的开始。

我们从不应该赞美苦难,但如果已经被苦难掩盖,那就做一颗种子——从淤泥里生长。

即便成片还没有剪出来,这个画面就已足够震撼。

所有人都静默不语,看着聚光灯下的两个女孩,一个纤细灵动、一个温柔沉静。

谢译桥和席荣不知道什么时候过来了。

谢译桥站在摄像机前，看着屏幕里站在光源中的女人，在这样沉闷的风景里，她的身上似乎有一种夺目的光正源源不断地发散，然后将这个黑白世界涂抹得五彩斑斓。

　　他又想到了第一次见到梁晚莺的那个阴雨天。

　　导演最后决定保留这滴泪，他认为这是整个广告的点睛之笔。

　　这个广告终于拍摄完成，只是拿去送审的时候出了点小问题，那个伤口的细节需要简单处理一下，为了防止画面引起不适。于是后期稍微更改了一下，将直面伤口的镜头剪掉了。倒也影响不大。

　　一切准备就绪，预计广告在十一的时候投放。

　　梁晚莺第一次从头到尾参与一个项目，满满的成就感，也学到了不少东西。她信心满满地等着广告投放，想看看最终效果。

　　可就在广告要投放的前一周，简诗灵出事了。她突然被爆出来一条重磅黑料，有人拍到早些年她没红之前和一个有家室的导演进酒店的视频，立刻闹得满城风雨。

　　一旦简诗灵被打上劣质艺人的标签，那么她筹划了半年的广告，只能胎死腹中了。

　　虽然 MAZE 尾款已经付了，合同也结束了，后续基本跟融洲没什么关系了，但梁晚莺对这个方案有一种特殊的感情，因为这是她第一次从头到尾参与制作的项目，还有那幅梁晚莺亲手画的画。

　　梁晚莺赶紧联系了谢译桥，询问他这件事该怎么处理。

　　没想到他完全不在意，漫不经心地说："没关系，大不了就换掉。"

　　"可是……"

　　"没什么可是的，这种事情公司大大小小也碰见几次了，换个人重新做一下就好。当然，你的心血还是可以保留的，把关键帧撤掉，找个人补拍一下就可以了。"

　　虽然知道他说的是最好的解决办法，但梁晚莺心里还是有点堵得慌。这个广告对她来说意义重大，而且从各方面来看，现在这个都是最完美的效果。

目前似乎也没有更好的办法，甲方本就应当及时止损，亡羊补牢，他这样做无可厚非。

那简诗灵……

热搜居高不下，评论区充斥着不堪入目的词语。

简诗灵虽然经常口无遮拦，也比较开放，但梁晚莺总感觉她不像是那种人。这件事如果再发酵下去，她几乎没有翻身之地了，所谓的演艺事业，也就到此为止了。

晚上下班，梁晚莺心事重重地回家。

刚走到三楼，发现楼梯口坐着一个人。

女人穿了一身黑衣服，戴着口罩和一顶鸭舌帽，将自己裹得很严实，几乎看不出是谁。

但梁晚莺还是一眼就认出了简诗灵。

"诗灵？"

简诗灵表情有些不自在，她站起来说："那个……我……"

看着她这个样子，梁晚莺没有多说什么，只是打开门让她先进去。

"你怎么来了？"

"对不起……"她低下头，像个做错事的孩子一样小声说道，"因为我的事，那个广告怕是用不了了吧，我知道那是你的心血，我也很喜欢……"

梁晚莺叹了口气："都这个时候了，你还有心情说这个。"

简诗灵扯了下嘴角："我……很想找个人说说话，但是我发现，我居然一个朋友都没有……我能想到的就只有你了。"

她身上有很浓的酒气，摘掉口罩时可以看到微醺的脸颊。

"所以网上那些是怎么回事啊？"

"我没有！"

简诗灵坐在沙发上，向后一靠，含混不清地说道："他们想潜规则我，可是我觉得恶心，拒绝了……后来因为我的不配合，没有任何资源。再后来，我想即便是要付出点什么，我也要挑个喜欢的，于是我去求了谢译桥……

"他人脉很广，虽然看起来很风流，但是对女人也比较友好，关键他还很大方。"

梁晚莺："那是不是有人在害你？"

"我不知道……这个圈子全都是塑料友情，表面笑嘻嘻，背地里不知有多少人恨不得把你踩下去。"

"那你准备怎么办？"

"经纪人已经在想办法公关了，但是……"

梁晚莺不知道该怎么安慰，只能给她个简单的拥抱。

可这个拥抱却成了她眼泪的导火索，压抑已久的情绪瞬间崩塌。

简诗灵突然哭出了声："我做错了什么？

"那些以前口口声声说喜欢我的人，现在都在骂我，说我装什么清纯人设，我本来就不喜欢这个人设……我的演技难道不好吗？对于接到的所有角色，我都全力去演。现在，我所有的努力都被那个断章取义的视频抹杀了。没有人听我解释，他们只想知道自己想知道的，况且……我也确实功利心很重，但是我没有找过有家室的。"

梁晚莺静静地听着，像是一位温柔的倾听者。

直到简诗灵开口询问，梁晚莺这才拍了拍她的肩膀说道："只要你没有伤害过别人，只要你自己不后悔，又有谁能指责你呢？"

听到梁晚莺的回答，简诗灵的啜泣声渐渐小了一些："我很想知道，当初拍这个广告的时候，你为什么选了我？"

"我看过你演的一个电影。"

"是我拍的那个最火的古装剧吗？"

梁晚莺摇了摇头："是一个山村题材的剧，你在里面戏份不多，但是有一场在简陋的棚子里洗澡的戏份让我印象深刻。你饰演的招娣背着弟弟过河的时候跌倒了，弟弟被泥水冲跑，然后你回家挨了顿毒打，差点就被打死了，全身上下都是血淋淋的伤痕。你在后院拿着水瓢洗澡，仅仅只是个后背，我就能看到了驾驭苦难的力量感。"

简诗灵当然记得这部戏，这是她从家里跑出来以后演的第一部戏，后来被某导演看中，她以为自己真的是因为演技得到了认可，高兴地表达自己的感谢。

可是没想到，当晚就接到了导演让她参加一场酒席的电话。

然后，她就被带去酒店，也就是现在网上疯传的那个视频的来源。

庆幸的是被灌醉以后的她还保持着一点清醒，狠狠扇了他一巴掌后，用尽力气跑了出来，再后来，她几乎被雪藏了。

巨额的违约金让她无法脱身，只能这样一日一日地耗尽自己的年华。

后来，她知道了白唯当初也是被谢译桥捧起来的，于是痛定思痛，准备放手一搏，也去求了他。

一个从底层爬上来的女孩，没有钱没有背景，在这样一条道路上走到今天这个位置，需要多么强大的意志，才能保证在得到自己想要的东西以后不变得那么面目全非呢？

这么多年，她都不敢回头看，怕想起当初的自己都会觉得难过，她只能独自咽下所有的痛与泪。

简诗灵哭累了就缩在沙发上睡着了，梁晚莺拿来一条毛毯给她盖到了身上。

她丢在一旁的手机被调成了静音，但是有个电话一直在持续不断地打过来。

梁晚莺想了想，然后替她接了。

"我的小姑奶奶，你可算接电话了。你到底跑到哪里去了？这个时候你还不好好待在家里，不要再出什么幺蛾子了。"

经纪人劈头盖脸说了一顿后，梁晚莺才开口："我……是她的朋友，她现在在我家，已经睡着了。"

"朋友？我怎么不知道她还有什么朋友？"

"我是广告的那个策划总监，姓梁。"

"哦哦哦，是梁小姐啊！她在你那里我就放心了，那就麻烦你帮忙照顾一下了。"

"现在网上那件事你们准备怎么解决？"

"我们已经报警了，但即便这件事最后真相大白，对她的名誉和以后的道路都是毁灭性的打击。"

经纪人叹了口气说："这丫头是真的不容易，我第一次见到她的时候，她穿得破破烂烂的，鞋子前面还开了洞，活脱脱就是一个小乞丐，也不知道从哪里跑到这里。问她什么也不说，当时剧组正需要这么一个小演员，我就问她愿不愿意演戏，然后她就问有没有饭吃……"

经纪人说着声音都哽咽了。

"她太苦了……走到今天真的是非常不容易，她也没什么朋友，谢谢你收留她。"

挂断电话后，梁晚莺看了看沙发上蜷缩成一团的少女。

简诗灵今年也就二十二岁的样子吧，虽然不知道她之前到底经历了什么，可是从她的醉话和经纪人口中透露的信息中也不难猜到她这些年的辛苦。

网上这件事愈演愈烈，即便工作室已经发了声明，但是效果微乎其微。

简诗灵醒来以后，酒也醒了。理智回归，话变得少了很多，也不像之前那么活泼了。她不敢看手机，也不敢接电话，生怕那一把把锋利的刀子再一次刺中她。

逃避不好，但有用。

梁晚莺想劝她振作一点。

谢译桥来找梁晚莺的时候，简诗灵把卧室门关得紧紧的，她不想被任何人发现行踪。

但是他很轻易就察觉到了不对劲，挑眉道："你在房间里藏了人？"

"啊？没有没有。"

"那你紧张什么？"

"我没紧张啊。"

谢译桥眯着眼睛盯着她看了半晌，直到把她看得心虚不已，才淡淡地收回了目光。

梁晚莺刚松了一口气，正想找借口赶他走的时候，他突然开口了。

"她这样逃避没有任何用处，你还是劝她早点想办法解决问题才是关键。"

"你怎么知道诗灵在我这里？"

"我不知道，只是随便诈诈你，而且昨天她的经纪人联系我了询问我知不知道她去了哪里。"

"……哦。"

第三天的时候，席荣直接找上了门。

梁晚莺开门的时候，看到谢译桥带着别的男人，小小地惊讶了一下："这是……"

"简诗灵呢？"

"在屋里。"眼看瞒不过去了，她只好老老实实地交代。

然后，谢译桥慢悠悠地踱步进来了。

席荣大步迈入，直接闯进卧室，像拎小鸡一样将简诗灵从被子里揪了出来。

"你就这点出息。"

简诗灵被他一凶，嘴一撇："我完蛋了，你给我的资源我用不上了，你也是来找我要违约金的吗？我没钱……"

席荣捏了捏眉心："你之前那个张狂劲儿呢？出事了怎么不知道哭着喊着来折腾我了？"

"我怕你要我赔钱……"

席荣："我确实不做赔钱的买卖，所以，你现在跟我回去，我来替你摆平。"

"你怎么摆平？"

"有我这样的男朋友，谁还看得上别人？"

简诗灵脸一红："什么男朋友……"

"哦，你爱喊我什么就继续喊我什么，反正我都行。"

"可是时间线对不上……"

席荣将她扛起来："什么导演让你怕成这样！你给我乖一点，明天我让他来给你道歉。"

梁晚莺看得十分无语。

颓废了几天的简诗灵就这样被席荣像抓小鸡一样带走了。

可是，他们两个走了以后，她和谢译桥站在这里……好尴尬。

空气里弥漫着尴尬的气氛，梁晚莺为了打破这种诡异的局面，呵呵一笑，装作毫不在意的样子说："你的朋友……说话都这么狂放的吗？"

谢译桥挑了挑眉，突然来了一句："他别的地方更狂放。"

"这你都知道！果然蛇鼠一窝！"她瞬间炸毛，口不择言地胡乱说着。

男人低低一笑，走到她面前。

梁晚莺瞬间慌乱，赶紧后退两步："你……你要干吗？"

他的食指勾了下领带夹，作势要摘下来："既然梁小姐都这么骂我了，我还不如坐实了这个名头，省得背一些莫须有的罪名，让人委屈得很。"

梁晚莺吓得又后退了两步，忘记了身后就是床沿，再退就退到床上去了。

果然，她被绊了下，直接坐到了上面。

男人倾身过来，双手撑在床边，和她对视。

"别……别过来了！"

他的一只手摩挲着她的发丝，用一种轻柔而舒缓的力道。他银色的手表偶尔会触碰到她的耳朵，为这股难言的热带来一点微小的凉意。

他捏了捏她的耳垂，稍微施加点力就能看到颜色褪去，松开时颜色却更深了——很有趣的反应。

清新的香味缓慢弥散。

她今天可能还绘制了油画，身上多了一点松节油的味道，更将这股香水的味道杂糅得千变万化起来。

像她本人一样，难以轻易把握。

照进屋里的月光像是清冷的火焰，铺到地板，洒在床上，在他的肩颈燃烧、流淌。幽幽的冷香从他的腕部发散，被他的体温蒸干，再辅以腕表金属特有的冷感，复杂而神秘，如迷雾般缠住了她。

她试图去探寻，想在这样迷人而复杂的花园里走出一条正确的道路，来通向终点，可她无能为力。没有人在这样的风景中还依然能保持清醒与理智。

她的心飞速跳动，并且随着他的靠近越来越激烈。

她下意识地伸手去推谢译桥，可是男人握住她的手腕，卸了大部分的力道。

他的掌心宽大，可以将她的手轻易包裹。

然后，他托起她的手，放在唇边轻轻地吻了一下。

"梁小姐这双艺术家的手，确实能创造出令人赞叹的东西来。"

说起这个，梁晚莺又想起了简诗灵的事。

"所以，那个怎么办呢？"她试图用普通的话题来拖延他的攻势。

"一个小成本的广告而已，即便舍弃不用，也没有什么影响。"

这个时候，他并不想谈论这些事，于是淡淡地搪塞了过去。

"那不是你们这个季度的新产品吗？计划好的投放舍弃不用，该怎么补上呢？"

"本来这个产品就不重要，因为潜力不大，市场上比它低价的同品类产品也有很多选择空间，本身就是填补品牌档位空缺的产品。"

梁晚莺一愣，然后推开了他。

是啊，在他眼里都只是个小成本甚至无须宣发的广告而已，即便用不了，对财大气粗的他来说，也根本不值一提。虽然，在融洲这个小公司，已经是非常大的项目了。而她……本身就是拿钱出方案，做完以后跟她似乎就没有什么关系了。

可是不一样的。在她心里，无论是这个广告或者是简诗灵，她都觉得不应该是这样的结果。

她在这个广告里倾注了从未有过的心血，她一步步看着一切从无到有，然后完成。即便有很多地方可能并不完满，但这是她与许多人一起努力，才得到了这样的结果。

而她也以为，他一直鼓励着她、开导她，是对这个项目抱有非常高的期待。然而，他就这样随意地放弃了。

谢译桥看到她脸色不对的样子，抬手抚了一下她的头发，问道："怎么了？"

"所以，你当初找融洲做广告，是因为我吗？"

"你怎么突然问起这个？"

"你拿了一笔对你来说无关紧要的金钱和项目，作为理由，让我没有办法拒绝你的任何要求。实际上，你从一开始就根本不在意这个项目，这只是一个追女人的手段而已，所以你可以放弃得如此轻描淡写。"

他认可的从来不是她的创意与思想，她现在甚至开始怀疑，自己最后那个被他赞不绝口的方案，到底是他真的满意了，还是因为他觉得火候差不多了，可以继续往下进展了。

谢译桥直起身，微微蹙了下眉："所以，这有什么错吗？"

果然是这样。

她付出了这么多心血的创作，在别人的眼里，只是一个媒介。即便她一开始就知道他不怀好意，可是至少，这个项目是真的被需要的。

刚刚还失控乱跳的心脏像是被人直接丢进了冷水里，她抬眼看向他，无力地笑了笑。

"确实没错,这样类似的游戏,你一定做过很多吧。"

谢译桥没有回答:"无论是怎么开始的,结果是好的不就可以了吗?"

"你的想法没有问题,只是我跟谢先生,道不同不相为谋。"

她的每一个项目都是用心去做的,她更希望得到的是认可与尊重,而不是一场风月的媒介。

谢译桥又恢复了一开始认识时那副从容不迫、镇定自如的模样。刚刚甜蜜的气氛消失殆尽。

"我确实很欣赏你,但这跟我最初的目的有什么冲突吗?融洲接到了一笔大的订单,你通过这个事情与自己和解,这难道不是双赢的局面吗?"

梁晚莺张了张嘴,却不知道说什么。

他说的话似乎很有道理,但她总隐约觉得哪里不对。可她又无力反驳,因为他说的确实都是事实。

"而且,你应该庆幸,我,包括公司,对这个产品和项目都不在意。如果换成任何一家公司,任何一个策划师,在人选上爆了这么大的雷,公司肯定是要追究一部分责任的。"

梁晚莺想要说点什么,她的嘴唇微微颤抖,努力想了半天,最终却发现自己真的无话可说。

她只能深吸一口气,倔强地说道:"那我真的承担不起您的这份厚爱。"

话已至此,已经没有再交谈下去的必要了。

谢译桥失去了情致,梁晚莺也不再像刚才那样柔和可爱。

空气里弥漫着令人不悦的氛围,明明前后不过几分钟,在同一个空间,同一个地点,相同的两个人,转眼就从柔情蜜意的情人变成了这样紧张对峙的敌人。

月光透射进来,她站在暗处,像一支笔直的蜡烛——她在强忍着自己的崩塌与融化。

两人不欢而散。

等谢译桥走后,梁晚莺坐在桌子前。她没有开灯,手里随便抓了个东西,好像是一支笔。她就这样坐在只有一点光源的暗处,沉默许久。

直到月亮也慢慢倾斜,照在房间内的月光似乎也承受不住这样沉闷的气氛,忍不住逃了出去。

屋内陷入了彻底的黑暗。

她早就知道自己和谢译桥有很多三观不合的地方,但还是忍不住被他吸引了。

如果不是简诗灵出事引发的这些后续,她可能已经忍不住沦陷了。

爱情让人勇敢,也让人盲目。

手里的笔在无意识地乱画,那些线条像是思绪织成的网,繁杂而凌乱。

最后,"啪"的一声,笔被丢到了笔筒里。

她决定参与简诗灵这件事。

既然简诗灵没有做过那些乱七八糟的事,那她就必须和简诗灵站在同一战线上。她才不要因为私人关系来逃脱所谓的追责,也不要因为某人的青睐,而觉得这一切确实无可厚非,更不要将自己的心血作为谢译桥的一场追逐游戏而就此舍弃。

既然是她经手的项目,那她就一定要负责到底,让广告顺顺利利地投放出去。她相信这一定会是个成功的广告创意。

梁晚莺并不知道简诗灵住在哪儿,毕竟演员的住址对一般人还是保密的。

不过之前因为工作关系,两人互相加了微信。

她将简诗灵的微信翻出来。

简诗灵的头像好像是随手拍的一棵狗尾巴草,逆光,能看出毛茸茸的外部轮廓。

梁晚莺:【诗灵,你的团队准备怎么解决这件事?】

简诗灵过了一会儿才回了她的消息：【请了公关团队，但是效果不好。】

梁晚莺：【我有个想法你要听一下吗？可以跟你的团队商量一下。】

简诗灵那边暂时没回复，等了五分钟以后，梁晚莺发现自己被简诗灵拉进了一个三人小群。

另一个就是简诗灵的经纪人兰姐。

事情紧急，简诗灵介绍了一下两人的身份就开始了讨论。

兰姐：【我想听一下你的想法。】

梁晚莺：【现在的新闻无非是揪着她表里不一的人设疯狂攻击，诗灵不是说根本不喜欢自己的这个人设吗？干脆借此机会转型吧。】

简诗灵扔出个疯狂点头的表情包：【好啊，反正我年纪也不小了，装天真也维持不了多久了。】

梁晚莺：【啊？你多大了？】

简诗灵：【过完今年我就二十五岁了。】

梁晚莺：【我还以为你只有二十二岁左右的样子。】

简诗灵：【女演员嘛。】

兰姐突然插话：【那走什么路线呢？】

梁晚莺：【她的外形明明更适合明艳风格的，为什么要走清纯路线呢？】

兰姐：【因为早期她还很小，接到了一个小成本剧的主演女儿的角色，结果那部剧突然爆了，大家都很喜欢她那个天真、娇蛮却不失可爱的形象，所以就固定了下来。】

几个人在群里一下也说不清，兰姐发给梁晚莺一个地址，邀请她过来当面谈。

事不宜迟，多拖一天，事情就越难以转圜，梁晚莺直接打车去找了她。

简诗灵现在住在席荣的一栋别墅里，她家的位置早已暴露，有很多记者蹲守。

梁晚莺到的时候，她正在跟兰姐吵架。

"现在只有这个办法了，即便是席荣让那个导演出来澄清道歉，他们也只会觉得你后台太大惹不起而已，路人缘全部败光。如果把当年你怎么出来的，怎么拍到的第一部戏，怎么被他糊弄去了酒店的事说出来，那么一定会得到大众的同情与理解。"

简诗灵尖叫道："我不要！死也不要！"

"事情再这么蔓延下去，就算这件事摆平了，以后你也再接不到时尚类的资源了。现在已经签好合同的几家公司都在问怎么回事，三天之内事情反转不了，你这个代言人的身份全都会被撤掉，还要支付巨额的违约金。"

"我不管，我不管！我不回应就好了，随他们怎么说！"

梁晚莺在来的路上看到了最新爆料，她说："网友已经扒出你当初在那部剧里简小花这个名字了，最后还是会被扒出来的，倒不如现在用这件事来做公关。"

简诗灵"咚"的一声，坐到了地板上。

十年的时间，她终于摆脱了简小花的阴影，这个名字就像陈年霉烂的花朵，早就归于泥土，现在又要她把那些挖出来，她做不到。

梁晚莺也坐到地板上，抱了抱她瘦弱的肩膀说："诗灵，虽然我不知道以前你到底经历了什么，但这些事情不该是你的枷锁。我觉得你现在的状态非常好，你看得开，豁得出去，完全就是坦率、大气的人设。你现在有个机会在大众面前做回自己，难道不好吗？"

"不好不好！如果用以前的事情营销，那我的人设就直接变成……乞丐？我才不要！"

"那我们挑你能接受的来讲。"梁晚莺想了想，"你努力了十年的结果，要因为那个导演而毁于一旦吗？"

简诗灵冷静了一点，渐渐听劝了，她说："那只能从我遇见兰姐那段开始。"

梁晚莺对兰姐说："前面不是说了澄清没人相信吗？"

"那公关团队的重点,要从一个一无所有的小女孩经历了各种苦难走到今天,进行了完美的蜕变这个点开始,然后以'每个为了生存而努力的人都不应该被嘲笑'这个点发酵,最后如果能征得 MAZE 的同意,放一点拍的那个广告片段结合一下,以'于苦难中绽放'这点结束,我相信会激起大众怜爱的。"

兰姐说:"这个我去交涉,但 MAZE 不一定愿意做这种有风险的事。"

梁晚莺说:"尽力一试吧,即便他们不同意,只要口碑扭转,这个广告最后还是要投放的,只不过会晚一点。"

兰姐去跟公关部沟通以后,果然遭到了拒绝。而梁晚莺那天和谢译桥不欢而散以后,两个人几乎没有任何联系。她想了想,决定主动给他打个电话。

谢译桥那边很快就接了。

梁晚莺刚说自己有点事想跟他商量,男人也不听,直接笑道:"那你来找我吧。"

这次的地点是一个欧式风情的露天酒吧。

他倚在大大的露台栏杆上,周围没有什么很亮的灯光,只有每张桌子上有一支闪着微光的蜡烛。

他的手里拎着一罐啤酒,背后是高耸林立的大楼五彩的灯光,台上有不知名的歌手哼唱着不知名的小调,悠然而舒缓的歌声在黑夜里摇晃。

男人姿态潇洒而落拓,眼眸中弥漫着一点微醺的感觉。他只要站在那里,无须做任何动作,就是一道夺目的风景。

梁晚莺在他慵懒的目光中一步一步走到他面前。

她还没开口,男人就先开口了:"两日不见,梁小姐又变漂亮了。"

"谢谢。"

谢译桥眉尾一挑:"说吧,你找我有什么事?"

梁晚莺说明了来意。

男人"哦"了一声:"我还以为梁小姐这么晚找我是想我了,原来只是为了这件事吗?"

"你相信我,我会给你一个满意的交代。"

"可是,我为什么要做这种冒险的事呢?"男人懒洋洋地说,"现在我只是损失一个广告而已,如果继续下去,谁知道会不会引发更严重的后果呢?"

她站在他的面前,抬头看他,目光笃定:"不会有什么严重的后果的,只是提前泄露一点片段,而且一旦简诗灵翻身,这个热度足以让你们成功出圈。"

男人不置可否。

"谢先生不是一直都很喜欢做冒险的事吗?要不要赌一下?"

听到她的这句话,他突然笑了,仰头将易拉罐中最后一口啤酒喝掉,喉结上下滚动,在灯光下显得性感诱人。

"可以,但是既然要赌,就要有彩头。"

"你想要什么?"

霓虹光在此时照过来,明暗之间,将他的表情映得多出几分神秘的味道。

"你。"

"这是什么意思?"

"如果你赢了,就做我的女朋友怎么样?"

"我不会输……等等!"梁晚莺差点掉进他的陷阱,"我本来就一定会赢的。"

男人低低一笑,被酒浸过的嗓音带了点醉人的煽动性:"所以,你一定会成为我的女朋友。"

得到了谢译桥的允许,关于 MAZE 的那条广告被放出一节,然后简诗灵公司的公关团队开始发力。

梁晚莺剪了简诗灵之前拍过的那些影片的片段,她从最开始那个被殴打的招娣,跋山涉水一步一个脚印变成现在的她。

时而是剧中人物的脸,时而是她本人。

最后,梁晚莺把简诗灵拍的那个广告片段中她含泪带笑的表情放到了结尾处。

工作室发了软文,对所有的质疑都做了澄清。

网友纷纷评论——

【每一个为了生存而努力的人都不应该被嘲笑,呜呜呜,说得太好了。】

【之前对她无感,现在真的是怜爱了。】

【我们灵妹儿活成了大女主的样子啊。】

【爽甜的明艳系女主谁能不爱!】

【于淤泥中绽放!我真的狠狠落泪了,我们小花妹妹很不容易啊!】

【我是她的粉丝,最后那个镜头哪里来的?我怎么从没见过?这么绝美的镜头,我不可能没有印象。】

【好像是给一个公司拍的广告,准备十一投放,却因为她出事被下掉了。】

在公关公司的运作下,简诗灵的风评瞬间扭转。席荣也在此时让那个导演道歉,并且宣布从此退出演艺界。

MAZE的广告在此时看准时机精准投放,引起了很大的热度和讨论。

【天啊!这个情绪,这个感染力,我们的小花妹妹真棒!】

【业务能力不是吹的!】

【这个画画的画家也很厉害啊!】

【这个颜料公司真有眼光,选了我们小花妹妹,看看这张力!这表现力!】

原本MAZE的产品以前只是学艺术的了解,现在直接进入到了大众视野,即便不是学艺术的,也对这个产品有了很好的印象。

简诗灵改变人设开始走明艳、大气的风格，戏路反而更宽了，这是一个多方共赢的局面。

在事情结束那天，简诗灵又跑来找梁晚莺。她刚一开门，简诗灵就狠狠地抱住了她。

"谢谢你，莺莺。"

梁晚莺拍了拍简诗灵的后背说："没关系，毕竟我们是同一根绳上的蚂蚱，帮助你也是在帮助我。"

简诗灵抽了抽鼻子说："那……我们可以当朋友吗？"

梁晚莺挑了挑眉："我以为我们早就是了。"

她破涕一笑："是。"

"快进来吧。"

"你真好啊！"简诗灵抱着她不肯松手，"要不你来当我的助理吧，工资随你开怎么样？"

"算了吧，我可做不了那行。"

"那我今晚可以跟你一起睡吗？睡一张床上那种，我想跟你说说话。"

"好好好。"

晚上，两人躺在床上，简诗灵目光炯炯地等着梁晚莺上床，看起来很兴奋的样子。

梁晚莺："……干吗这么兴奋？"

"我以前从来没有过这样的好朋友，特别特别期待。"

梁晚莺笑着摇了摇头。

简诗灵说了很多演戏时候发生的有趣的事情，渐渐地，话题转移到了谢译桥身上。

"我听说，你和谢译桥闹矛盾了？"

"嗯？你听谁说的。"

"席荣呗。"简诗灵说，"我前几天不是在他的房子里住着嘛，谢译桥来找过他喝酒,好像听到两句。你对他到底怎么想的?"

这件事,梁晚莺自己也想了很久,也确实没别的人可讲,于是斟酌了一下语言说道:"从情感上来说,他真的是一个非常优秀的人,可以提供很美好的情绪体验,但是从理智上来讲,我们真的不合适。"

简诗灵探过头来,乌黑的长发顺着肩膀垂落:"可是感情有时候根本不讲道理,喜欢就是喜欢了。"

梁晚莺摇摇头说:"他太难以把握了。"

"不过,说真的,这是我第一次见他对一个人这么上心。"简诗灵撇了撇嘴说,"你是不知道,以前他那个样子,真的是……我想起来还是很气。"

"那你还替他说话?"

简诗灵忧伤地说道:"是啊,他很坏但是有时候却也很好,我也不能全盘否定,要不是他,我根本没有今天。"

梁晚莺没有说话。

夜渐渐深了,两个女孩逐渐睡去。每每在夜晚她的心都会短暂地动摇,但是一切都会在天亮时恢复理智,事情完美结束,她和MAZE的交集也到此结束。

她开始认真思考自己和谢译桥的关系。

她不由得想起在那个露天酒吧里两人下的赌注。那天他玩笑一般说出的话,她并没有同意,但是谢译桥还是让助理把视频文件发给她了。

这件事情了了以后,她还在想如果他要兑现赌注她该怎么回,可是他并没有来找过她。

正想着心事,有一个快递文件送了过来。

她打开一看,居然是一张明年春季国外顶级艺术学院的入学邀请。

这样大的手笔,也只有谢译桥干的了。

她拍了个照片,发给他。

梁晚莺:【?】

谢译桥很快回了信息:【这个礼物表达我的歉意。】

梁晚莺:【什么歉意?】

谢译桥:【当初我以为这个项目做完就算了结了,不管投放与否都不影响什么,却忽略了你的感受。】

梁晚莺不想多说什么:【这个礼物我还是还给你吧,现在的结果是好的就可以了,你不必在意。】

这句话将两人的关系又拉到了千里之远。

下班以后,梁晚莺刚走出公司大门就看到谢译桥的车停在门口。他坐在车里,车窗降下一点,看到她出来以后,才推开车门走了出来。

梁晚莺道:"你怎么来了?这个还给你,我不需要。"说完,她将文件袋递给他。

谢译桥道:"有些话和情绪在文字里难以体会,我还是想亲自来解释一下。之前是我考虑不周,因为我一向不过问这些项目,我承认我最开始的目的并不纯,但我对你做的每一件事,都是发自内心的欣赏与尊重。"

梁晚莺没有说话。

他将文件袋交回到她的手上。

"这个小小的礼物,只是表达我的歉意,而且,我觉得梁小姐应该去追求自己的梦想,用这双艺术家的手来创造更令人惊艳的作品。当然,你还有半年多的时间可以认真考虑一下自己的未来之路到底要如何走。"

他说得如此诚恳。

谢译桥说得认真,梁晚莺的气逐渐消了大半。

既然他这么认真来道歉,她也不想拿架子,于是认真地说出自己的想法。

"你能说这些我很高兴,不过,最根本的问题不仅仅是我的感受,更重要的是你的想法和态度。一个合格的策划案,从前期烦琐的市场调研,到最后的效果呈现,通常要经历三到五个月的时间。虽然我们是甲乙双方合作的关系，但也应当建立在相互尊重的基础上。况且，为了你的这个方案，融洲做了前所未有的配合，磨了近半年才最终完成。

"即便这个广告真的因为主角出了事情不能顺利投放我也是没有立场指责你的，可如果我们全力以赴去做的东西，在你的眼里一开始就只是一场结果根本不重要的游戏，那么，你就是从始至终都在践踏别人的心血与努力。就算不是我，换作任何一个人，你都应该学会尊重别人的劳动成果。"

"梁小姐说得很对，"他煞有介事地点点头，"所以，我已经深刻认识到了自己的错误。要不，我再给你写八百字的检讨？"

"还是算了吧……"

"那你不生气了，嗯？"他低声轻哄。

梁晚莺叹了口气，不想在这个问题上再纠结。她指了指手里的通知函："你怎么想到送我这个？"

"前天，在那个露天酒吧，你离开以后，我又独自一人喝了会儿酒。"他的嗓音压低，瞬间故事感满满，引人倾听。

"然后呢？"

"隔壁桌有一对情侣，女孩应该也是学艺术的，女孩说想要去这个学校深造一下，可是男生很舍不得她，想要挽留。"

梁晚莺不自觉被他的故事吸引："后来呢？女孩走了吗？"

谢译桥继续说道："没有，最后女孩决定留下来。毕竟一旦出国，意味着这段感情就会变得像纸一般脆弱，所以，她选择了爱情。"

梁晚莺垂下眼睛问道："那……你为什么要送我这个呢？"

"因为那个女孩说这是所有绘画家梦想去的地方。"谢译桥的语气轻缓，如轻烟般缥缈，"所以我想，梁小姐一定会喜欢的。"

她思索了一下，最终还是还给了他。

"我没有理由收你这么贵重的礼物，但你的道歉我接受了。"

"好吧。"谢译桥没再勉强，直接抛出了下一个问题，"明天休息，你有什么安排吗？"

"没有。怎么了？"

"那只捡来的小翠鸟，现在已经很肥了……马上就可以放生了，邀请你去看看，毕竟是我们的共同记忆。"

"也好，那就去看看吧。"

"那明天下午两点，我派司机来接你。"

第二天。

梁晚莺站在镜子前开始思索自己要不要稍微打扮一下，很快意识到自己现在这个心态有一种去见男朋友的感觉，瞬间涌出一种复杂的心绪。下楼的时候，司机已经等在她的楼下了。

谢译桥将那只小鸟养在了憩公馆那个漂亮的鸟笼型大花园里。

这只小鸟可能已经熟悉了人，当看到谢译桥和梁晚莺进来时并没有躲闪，反而扑腾着翅膀飞到了男人的肩膀上。

梁晚莺很惊奇："它居然不怕人？"

"可能因为破壳时就被我捡到，它把我当鸟妈妈了吧。"他屈起手指点了点它的脑壳。

"你好像很喜欢小鸟？"

谢译桥抬眼觑过来，眼尾一挑："当然，现在我最喜欢的就是夜莺，还将其设置成了微信头像，想养一只来为我唱歌，只可惜它不肯。"

梁晚莺剜了他一眼说："那之前你微信头像的那只蜂鸟呢？"

谢译桥的手微微顿了一下，淡淡道："蜂鸟拥有四色视觉系统，能看到非常丰富的色彩。人类跟它们比就像是色盲，所以我很好奇它们眼中的世界是什么样的。"

梁晚莺若有所思道："那它们看到的应该是一个非常美丽的世界。"

谢译桥用手指托起那只翠鸟，向上一扔。小鸟扑腾着翅膀飞进了花园中,然后绕了一圈,飞到了梁晚莺的后背。

她今天穿了一件纯白与群青相间的花苞袖衬衣,布料并不特别厚,所以小鸟的爪子勾到衣服的时候也戳到了她的皮肉。

她小声地"啊"了一声,然后猛一回头,长长的发丝划出一道弧度,甩在了男人的下巴上。

谢译桥"哒"了一声,然后抬手捂住了眼睛。

梁晚莺被吓到:"你怎么了?"

"我的眼睛好像被你的头发扫到了,你帮我吹一吹。"

他弯下腰,闭着一只眼,凑到她的面前。

"啊?我看看。"

梁晚莺赶紧凑过去,抬起手扒开他的眼皮,刚准备帮他吹一下,男人突然凑到她脸前亲了她一下。

见她惊讶得睁大了眼睛,男人轻笑一声:"你这个表情太可爱了,我忍不住。"

他一把按住了她的后脑勺,温热的唇瓣再次欺了上来。她的手指不由得揪紧了男人的前襟,掌心里是经典的轻奢简约版西装,独特的纹路与她的掌纹贴合,增加了非常牢固的吸附力,就像她脑后的那只手,可以很轻易地扣住她。

她躲避不及,被男人抱住倒在了那张纯白色的欧式摇椅上。

花园的穹顶在摇晃,盛放的鲜花散发出浓郁的香味。

摇椅晃动时,她的脚踝会擦过周围花朵的枝叶,踝骨发痒,令人沉溺的香在周围扩散,她已经分不清是他身上的香水味还是花香。这些味道互相纠缠、互相弥合,令人头昏脑涨。

"啪"的一声,好像有一个东西掉在了地上。

梁晚莺侧眼一看,原来是一本书。

他随手捡起掉落在地上的杂志,梁晚莺这才发现那是一本《花花公子》,刚好翻到的那一页是一张艳星的图片。

"你……看这种杂志还这么明目张胆。"

谢译桥毫不在意，理直气壮道："这是人类正常的对美的欣赏与追求。"

他说着，又翻了两下，从书页里拿出那张入学邀请函。

他居然将邀请函夹在这种书里。

男人再一次将邀请函递给她，认真而温柔地说道："去吧，莺莺，人这一辈子其实很短暂，应当不遗余力地去做自己喜欢的事。在这个学校深造一年，你会得到前所未有的助力，也会离你的画家梦更进一步。"

男人修长的手指间捏着那张纸，像是握着一个瑰丽梦幻的未来。

"如果我去了的话……你……"

两人并没有确定关系，梁晚莺这句话不知从何问起，但是又想要知道他到底怎么想的。

男人低低一笑，捧住她的脸，认真地看向她的眼睛，那双蜜糖一般清透的眸子自信而诚挚。

"我喜欢你，但你是自由的，即便以后我们可以有一段稳定的恋爱关系，我也不会干预你的人生选择，你首先要是你自己，然后再考虑别人。"

梁晚莺被感动到了。不得不说，在某些方面，他的思想真的非常能让人感到愉悦。

胸口仿佛有一颗种子想要破土，并且给了她一种前所未有的勇气，也或许只是一种冲动。

可是，如果害怕见到一朵花枯萎而选择不去种花，那么岂不是要错过很多风景。

她不知道自己这样选择究竟是不是对的，但一个人连试错的勇气都没有，那又怎么会得到成功呢？

纷杂的思绪逐渐理顺，最终蔓延向一个终点。她慢慢地接过他手里的那张纸，也做好真正接受他的准备了。

这时，口袋里的手机突然响了起来，她掏出来一看，是施影打来的。

"梁总监，耽误你休息啦。"

"好好说话，肉麻死了。"

"好嘛好嘛，莺莺你帮我看看这个方案，我怎么写都不顺，前几版客户都不满意。"

今天施影因为手头有项目快要到交稿时间了，所以在加班搞，在准备给客户看之前，想让梁晚莺先过目一下。

"好，那你发到我邮箱吧。"

"好嘞！"

她在接电话的时候，男人就在她身后，有一下没一下地把玩着她的头发。

挂断电话后，梁晚莺起身转过头问道："可以借一下你的电脑吗？我需要看一个PPT。"

"当然可以。"

谢译桥带她去了自己的书房，告诉她电脑就在办公桌上，就贴心地出去了。

他的这台电脑比较方便，屏幕部分是可以旋转并且拿下来直接用数位笔涂抹修改写备注意见的。

梁晚莺登录了邮箱以后，快速地过了一遍，画出几个重点的地方，然后给施影回了个电话。

"我感觉你的想法已经局限住了，并且陷入了思维惯性的陷阱，包括之前两版，其实你改了很多遍，但核心还是一样的。"

"嗯……那该怎么办呢？"

"没有人规定卖家拍清洁用品的广告就一定要用女性，就像卖剃须刀也不一定只能用男性。"

"可是客户的受众群体就是全职太太。"

"全职太太最想要得到的是什么？是她们的付出被看见，而不是理所应当。地板不是自己就会变干净的，饭菜不是自己就凭空做好的，而家务劳动是需要夫妻双方共同参与的。如果你的创意中可以表达出这种思想的话，体现男性在家务中同样重要，就算对改变现实无济于事，但是不是可以拉高消费群体的好感？"

"哦……我的思路好像打开了，我再去想想。"

"加油。"

挂断电话后，梁晚莺准备将电脑关掉，却注意到他的电脑壁纸，那是一段画面配上叠加起来的台词剪到一张图上。

这应该是一个外国翻拍的电影，梁晚莺也偶尔看过两眼，但是并没有什么特别深刻的印象。

这是一个赛昂人最后说的一段台词：

"我不想成为人类，我想看见伽马射线，我想感知X射线，我想闻见暗物质，我要感受超新星迎面吹来的太阳风，我本可以知道更多。"

最后，台词中表述的所有东西都被狠狠画掉，上面用一支红笔写上一行字，布满了整个画面。

——我想看到更多的颜色。

她的脑神经仿佛突然打通，谢译桥之前一些很奇怪的话题和举动都串联了起来。

慈善晚宴上的发言，关于蜂鸟的头像，做第三版方案时他脸上轻微的怅然，交谈时对于色彩的敏感性，他房间里那个被蒙上眼的雕塑作品，还有他总是说喜欢极限运动是因为可以把握感官上的刺激——

原来，这一切的一切都是他无声的宣泄。

Chapter 9
衰败的玫瑰

梁晚莺用电脑浏览器搜索了一下色盲的相关释义。

比较常见的色盲有红绿色盲，是可以看到色彩的，只不过与常人看到的不同；而全色盲的话，眼中只有黑、白、灰，但是可以根据明度来勉强区分颜色，也就是说，在他们的眼里，可能红色就是亮一点的黑，绿色就是浅一点的灰。

所以，如果明度相近的话，可能就无法辨认出来了。

怪不得之前谢译桥没有认出那条裙子的颜色，却认出了她帽子的颜色，大约就是靠明度来区分的吧。

梁晚莺将电脑关掉，从书房出来。

谢译桥正在客厅等着她，他坐在观景窗的沙发上，长腿交叠，手里正把玩着一只银色打火机。打火机在他修长的指尖转动，三种类型的火焰来回切换，时而温柔，时而锋利。

听到门的响动，他抬眼看过来。

梁晚莺在他的注视中走过去，她想要确认一下自己的想法，却又觉得他可能并不想被人知道。

打火机的顶盖被男人的食指一拨，发出"叮"的一声脆响，然后合上。

他随手将打火机扔到桌面上，然后拉住她的手腕让她坐到自己身边。

梁晚莺仔细地观察着他的眼睛。

之前就觉得他的眼睛颜色较浅,特别是在光线明亮的情况下,眼眸中的虹膜纹路都清晰可见,像是一块清透的玉石。这样一双漂亮的眼睛,居然什么颜色都看不见。

男人挑挑眉,饶有兴致地说:"你用这样的眼神看我的话,会让我很想吻你。"

梁晚莺不好意思地收回了目光。

"你在想什么?"他揉捏着她柔软的手指,像是发现了什么好玩的玩具一般,爱不释手。

梁晚莺蜷了蜷手指,想要从他的手掌中抽出来。

"没想什么。"

晶莹的甲盖划到他的掌心,带来微微的痒意,他用力攥紧了她想要抽离的手,任由她徒然挣扎。

"下周五,诚邀梁小姐来参加我的生日聚会。"

"下周五是你的生日啊,可是我还要上班。"梁晚莺想了想说,"不过你的生日想必也会很不简单吧,一定会有很多人来,那我礼物到人不到可以吗?"

谢译桥低声一笑:"当然不行,要的就是人。"

"那好吧。"梁晚莺故作头痛道,"想想要给谢先生这种什么都有的人送礼物,还真是让人烦恼。"

谢译桥眼尾轻压,露出一个促狭的表情。

"我有个想要的,却始终没有得到。"

不必再继续说下去,梁晚莺已经意会了。她剜了他一眼,阻止他继续说下去。果然,这个男人嘴里就没有正经的话。

梁晚莺拿起自己的东西:"天色不早了,我要回去了。"

谢译桥挑眉:"你不留下来吃个晚饭吗?"

"还是算了。"梁晚莺说,"我还有点工作上的事情需要处理。"

"那真是遗憾。"

谢译桥叫来管家："让司机送梁小姐回家。"

回到家以后，梁晚莺写了会儿明天要交的方案，完成后，她向椅背一靠，想到谢译桥的事。

给这样一个人选生日礼物，是真的很让人头痛。他什么都不缺，什么都用最好的，而她也送不起什么昂贵的东西，可能她就算掏尽自己的存款买个礼物，对他而言，也是根本不起眼的垃圾。

脑子里思绪胡乱搅动，想来想去都是谢译桥的事，她不由得又想起他的眼睛。

谁能想到，一个贩卖色彩的商人，居然是个色盲呢？

梁晚莺想到这点，莫名觉得有一种荒诞喜剧的感觉。

最近天气很不好，隐隐有风雨欲来的感觉，沉重的云层压得极低，让人喘不过气。大家精神都不是很活跃，恹恹的，找上门的客户也不多。

梁晚莺手里在做一个关于儿童用品的广告，也没什么头绪。

下班的时候，她路过书店，看到透明橱窗里摆放着一些立体书页的儿童绘本，有两个小孩子缠着妈妈说想要。她想着去随便翻翻，看看能不能给她点启发。

那些立体书页的绘本是最近的畅销书，因为寓教于乐，深受家长和孩子的喜爱。

她若有所思，准备挑几本买回去研究一下，在书架上一眼看到了一本封面画着一朵彩色花朵的儿童读物。这是著名图画家麦克的作品，故事充满了童趣，也很可爱。她想了想，也拿了一本放进购物车。

结过账从书店出来，天更阴了，于是她赶紧进了地铁站不再逗留。她买了礼物盒和包装纸，写了一张小字条插进书里。写那张字条的时候，她还有一点不好意思，但是既然做了决定，她准备自己也向前走一步。

将那本儿童读物仔细包装了一下,看起来有了生日礼物的样子,于是她好好收在包里,准备到时候送给谢译桥。

最近 MAZE 好像出了一点小问题,有一些谣言在网络上不胫而走。公司的公关部门正紧急运作,试图把事情压下来。

谢译桥的生日宴会是在晚上。

梁晚莺下班以后,本准备打车过去,没想到谢译桥的秘书已经等在她的公司门口了。

举办生日宴的场所是一家五星级酒店,并没有在他的住所,梁晚莺听庄定说因为最近的一些谣言,被迫改了地点,准备顺便澄清一下。

梁晚莺好奇地问道:"什么谣言?"

庄定一边开车,一边向她大致阐述了一下。

谢家最开始卖颜料的时候只是个小作坊,并不出名,可慢慢也做起来后,却遭到其他公司的围剿,存活艰难。

后来,坊间开始流传谢家家主眼睛与众不同,拥有非常敏锐的色感,几百万个人中可能才出一个,所以制作出来的颜料也远优于其他公司。

这件事衍生了各种版本,逐渐变成了一桩新奇的故事,被人们口口相传。在那个网络并不发达的年代,一个有趣的故事就是最好的营销。于是,谢家从众多竞争对手中脱颖而出。

可是后来,谢家在一个颜料矿床的开采上,出了塌方事故。不幸中的万幸,那天因为天气不好,所以上工的人并没有几个。

虽然进行了紧急救援,但最后到底怎么样了也不是特别清楚。在那个年代,只要报纸不进行刊登,几乎就没有多少人会知道,而知道当年事情的人几乎不在了,毕竟是爷爷那一辈的人了。甚至谢译桥自己都不知道。

可是不知道为什么这事现在又被挖了出来。

谢译桥以为只是无稽之谈并没有理会,可很多媒体得知他今天过生日,全部闻风而动,于是他只好换到一个五星级酒店,并且准备借此机会澄清一下,来挽回声誉。

当梁晚莺来到现场的时候,这里俨然成了一场新闻发布会。现场人头攒动,除了受邀而来的朋友,到处都是记者和媒体记者,长枪短炮的摄像机对准了他。

谢译桥依然从容。他今天穿了一件烟青色的西服外套,更衬得他的肤色透白,下身是一条淡灰色的廓尔喀高腰双纽裤,搭配上翼尖牛津皮鞋。整个人是浸入骨子里的优雅与风流。

在众人的瞩目中,他微微一笑,不慌不忙地开口了:"各位媒体朋友似乎也想来庆贺我的生日,没有给到你们请柬,真是考虑不周。"

他一如既往的游刃有余,台下的媒体人员都跟着笑了。

"谢先生,请问您对于最近网络上流传的谢家的事做何解释?"一个戴着眼镜的记者率先发起了攻击。

"七十多年前,那个时候我都还没有出生呢,你想让我怎么解释?"谢译桥不慌不忙,语气带着调侃,仿佛在看一桩笑话。

"那关于MAZE的创始人,也就是您的爷爷,从来没有告诉过您这事吗?或者您的父亲。"

"莫须有的事,有什么可说的呢?"

提到他的爷爷,谢译桥已经开始不悦了,记者还是不依不饶:"那关于您爷爷眼睛的那个传说是真的吗?据说他有双色觉发达的眼睛。"

谢译桥的脸色微微沉了一点,声音也带了几分冷意。

"我不到五岁的时候爷爷就已经去世了,要不您帮忙去问问?刚好我最近也很想念他老人家。"

记者被怼得哑口无言,有点恼羞成怒,然后又发起了更猛烈的攻势。

"据可靠消息,您的眼睛什么颜色都看不到,也就是所谓的全色盲,这件事是真的吗?"

这句话通过话筒清晰地传遍了整个会场,整个大厅瞬间鸦雀无声。

梁晚莺心跳骤然漏了一拍,她紧紧盯着台上的那个男人。

刚刚还优雅自信的男人脸色慢慢变了，他嘴角虽然还挂着那抹标志性的笑容，可是眼底却透着近乎森冷的光。

记者看到他脸色有些细微变化，暗自得意，并且乘胜追击："您觉得您先天性全色盲这件不幸的事情，会不会是当年那件事的报应呢？"

话音落下，"咔嚓咔嚓"的声音像是密集的苍蝇发出嗡嗡声一般。

摄像机对准台上的男人，惨白的闪光灯疯狂闪烁，对准了他的脸部，不准备放过他的一丝微表情。在这么多刺眼的灯光中，谢译桥的脸色被照得毫无血色，他几乎要被这些光烧成了灰烬。

现场陷入漫长的沉默。

庄定在一旁有些着急，走过去，低声喊了他两声："谢总！谢总！"

谢译桥终于回过神来："无可奉告。"

他的嘴角勉强挂着一丝岌岌可危的弧度，这四个字似乎用尽了他最后的力气。

然后他就头也不回地下台离开了。

梁晚莺赶紧推开拥挤的人群，想要追上去。

可是当她穿过记者的包围圈时，谢译桥已经消失在了所有人的视线中。

那场记者会只是个开始，是进攻前的号角，所有的事情都堆在一起爆发了。各种捕风捉影的传闻在网络上疯传，近年的、几十年前的，谢译桥本人的、他的父母的，包括他过世的爷爷。

MAZE 遭遇了有史以来最严重的危机。

而谢译桥在消失三天后终于在 MAZE 大楼出现了，但他不是要回应什么，只是去处理一点不得不出面的事情。处理完以后，他被保镖簇拥，刚从大楼走出来准备上车，蹲守的记者就包围了他。

"谢先生，听说您这几天没有露面是去见父母了，所以您是回去求证当年发生的事情了吗？"

"请问您对当年的事情真的不知情吗？"

"您的父母他们是否可以出面说明一下，当年的塌方到底死了多少人？"

"您的眼睛是不是真的什么颜色都看不见？"

"您觉得这是巧合吗？"

"您相信因果报应吗？"

谢译桥突破重重包围，终于要上车的时候，却有一个黑影突然窜了出来。

"谢译桥！你们全家不得好死！"

他闻声转过身来。

一个头发花白的老人冲到了距他两步远的地方，手里还拿着一块砖头狠狠地砸了过去。

他微微侧头，砖头堪堪擦过他的颌骨。保镖迅速反应过来，制住了那人。

老人一头灰白的发乌蒙蒙的，摇摇晃晃，像一团散不开的雾霾。

老人手脚并用地挣扎着："报应！全都是报应！你们家生出你这么个儿子，就是你们谢家的报应！"

谢译桥关上车门，嘈杂的声音终于消失，那一声声凄厉的咒骂声却好像犹在耳边萦绕。下颌角有些许火辣辣的感觉，他用手抹了一下，才发现出血了。

"谢总，您流血了。"庄定说，"我去给您拿消毒水处理一下吧。"

"算了，开车吧。"

他闭上眼睛，向后一靠。

脑中的神经依然像是拉紧的琴弦，眼前又浮现出刚刚那张愤怒的脸，每一条皱纹里都盛满了仇恨。

庄定从后视镜担忧地看着谢译桥，说道："关于您眼睛的秘密，我派人去查了，好像是您早些年投资过一个关于眼部疾病的研究项目，不知道创色怎么知道了，便一直在留心您的一举一动，所以猜到了您眼睛的事情，然后故意在生日这天捅出来。"

男人没有说话，也没有睁眼，眉眼间好像落满了风雪。

满满的疲惫。

片刻后，他才开口："刚刚的那个老人，你派人去关注一下，调查一下老人的来历。"

庄定点点头道："我明白。"

果不其然，这件事很快就被传到了网上。那个老人被记者采访，口口声声说谢氏当年开采颜料时矿床坍塌害死了很多人，紧接着他就出生了，还看不见颜色！

一时间，各种说法传得沸沸扬扬。

MAZE 公关部门紧急运作，但本身这种充满了奇幻色彩的事情就很容易得到人们的关注，而且人们更倾向于把这些事联系起来，挖出各种巧合，从而觉得自己掌握了旁人不知的真理，然后像是窥见天机的先知般言之凿凿地发出来，引人注目，继而享受这种被追捧的快感。

事情愈演愈烈。

梁晚莺工作时总有些心神不宁的，她这几天一直都联系不上谢译桥。他的手机关机了，微信消息也没有一点回复。事情越闹越大，令人担忧。

才刚刚下午三点半，天已经阴沉得像是晚上。狂风将树木吹得东倒西歪，地上的灰尘与石子被卷入了空中，然后四处飞散，就像是有个看不见的人正端着一把威力巨大的枪械，在疯狂地扫射。令人难以忍受的阴郁，在这样沉闷的空间里弥漫、发酵。

梁晚莺有将近半个月都没有谢译桥的任何消息，她看着手里那个还未来得及送出去的生日礼物，深深地叹了口气。

她又一次点开谢译桥的微信头像，给他发了一条消息：【你现在到底在哪里？我有重要的事想见你一面。】

这次，她终于收到了他的回复。他只发来一个地点，其余什么话都没有说。

今天天气不好，车很难打，路人行色匆匆，都想要在大雨来临前找到庇护所。

梁晚莺等了半个多小时才终于打到了车,根据谢译桥发来的地点,车子最终停在了一个教堂门口。

尖尖的穹顶、圆形的窗户,充满了哥特味道的建筑,伫立在这糟糕的天气中,却依然肃穆祥和。

她脚步放轻,缓步走了进去。雨已经落了下来,而且有变大的趋势。

"你在这里干什么?"

男人半开玩笑半认真道:"忏悔我的罪孽。"

"你做了什么坏事吗?需要忏悔?"

他挑眉一笑,说道:"在心里亵渎你算不算?"

看他还能开得出玩笑,梁晚莺一直提着的心也稍微放轻松了一些。

她双手环胸,神气地说:"那我替神明宽恕你。"

"哦?"

"只要你立刻停止你的行为。"

男人低声笑道:"算了,那我还是做个罪人不祈求被宽恕了。"

梁晚莺有些无语。

"你今天不要工作吗?现在才下午四点钟,怎么就跑这儿来了?"

梁晚莺将那个生日礼物递给他。

她绝口不提外面的事情,也没有追问他那些乱糟糟的问题。

"我只是来送你生日礼物,那天都没来得及给你。"

"这就是你口中重要的事?"

"当然,生日礼物难道不是重要的事吗?"

谢译桥点头,将包装纸拆开。

"《彩虹色的花》,2~6岁儿童读物。"他弯了弯嘴角,"这个礼物送得是不是有点早了?还是说梁小姐已经做好准备,提前为将来我们爱情的结晶规划了。"

"你胡说什么呢!"梁晚莺指着书本说道,"我就是那天去书店看到这本书,突然觉得跟你很像。"

"嗯?"

"你就是这朵彩色的花,然后把美丽的颜色带给大家。"

明明是哄孩子一样的话,但是听起来却那么安抚人心。

"梁小姐当真是与众不同。"他低低地笑了,眼中有温柔之色浮动,然后抬手轻轻地抚摸了一下她的头发。

梁晚莺有些不好意思道:"就是刚好碰见了而已。"

"不过,生日之前这件事还没有曝光,你怎么知道的?"

梁晚莺笑容中带着一种隐秘的促狭感,凑近他的耳朵说:"是从那条裙子开始露出的破绽,你到现在都不知道我那天穿的不是你送过去的那件,而是诗灵给我带过去的黑色的,就是这么巧。"

"好吧,我以为自己藏得很好。"

"其实也还算好,不过仍有可以察觉的地方。"梁晚莺又把自己一些细小的发现说了出来。她说话时,有微弱的气流扑在他的侧脸和耳郭。

他静静地听着,直到她说完以后,他突然侧过头,四目相交,梁晚莺才发现她和他已经靠得如此近了。她不自在地向后撤了一下身体,捋了下垂落的鬓发。

"现在外面闹得这么厉害,你准备怎么解决?"

谢译桥脸上的表情淡了一点。

"爷爷的视神经系统非同寻常这件事确实只是个故事,但我的先天性全色盲是真的,当年的事也是真的。所以,我的眼睛……说不定真的是谢家遭到……

"颜料开采矿出事的第二年,我就出生了。一出生我眼里就只有黑白灰,我一度以为所有人都是这样的,长大后体检的时候,才发现了这件事。我才知道,原来别人的世界是不一样的。

"而且,当年的事故确实死了一个人,可是那天本来不用上工的,不知道为什么还是有人跑了过去,结果出了这么严重的事故。

"当时的矿床谢家和创色都在争夺,最后谢家顺利拿到,也不排除是创色暗地下的黑手。但当年都没查出来,现在更是查不到了。所以,后续谈好赔偿之类的问题,事情也就此了结了。"

谢译桥转头看向窗外。透明的雨珠落在车窗上,逐渐连成一条弯曲的线,然后向下滑行。

司机平稳地驾驶着车辆在雨幕中行驶。雨刮器有节奏地将玻璃上的水雾拨开,可是因为雨势太大,刮掉的瞬间又落了一层水珠,将窗外的景色镀上了一层磨砂的质感。

信号灯变成明暗不一的混沌色块,转眼间被擦亮。

雨幕中,灰蒙蒙的车辆静静地趴在地上,像是沉默的甲虫。

梁晚莺也不知道怎么安慰他,两人在这个密闭的空间里,因为外面雨声过大,说话时需要靠近一些。两人呼吸交织缠绕,目光也逐渐胶在了一起。

谢译桥凑近她,他的胡子有点长,唇瓣还没贴上,胡楂就扎到了她的下巴。

梁晚莺五官都皱了起来。

谢译桥看到她这个可爱表情,笑了一声,然后摸了摸下巴:"早知道今天要亲你,我就刮一下胡子了。"

梁晚莺嫌弃道:"这点事让你颓废到胡子都不刮了?"

"嗯,有了胡楂是不是影响了我的颜值?都不帅了。"

她煞有介事地摇了摇手指,破天荒地没有嗔怪他。

"你知道吗?之前林肯在竞选总统进入最后的决胜时刻,因为有了胡子,反而大有助益。"

谢译桥:"哦?"

"他没留胡子之前,面部凹陷严重,看起来让人不是很舒服。有个年幼的小女孩给他写了一封信,建议他留胡子,这样会英俊很多,她就会让身边的人把选票都投给他。

"这个小女孩天真的建议并没有被当成笑话,而是被他认真采纳。蓄起胡子以后,他果然更显得威严与智慧了,最终也赢得了选举。你知道吗？这件事刚好是十月十五那天发生的，也就是今天这个日子。"

谢译桥揶揄道："所以在你眼里，我已经出色得可以去竞选总统了吗？"

女人眼神明亮，拉住他的手，认真地说道："我说这个故事的目的是想告诉你，每个人都是有缺陷的，这个世界上没有完美的人，但是把缺陷藏起来是下下策。如果你选择面对它，说不定会有更好的效果。"

"哦？愿闻其详。"

"我们就公开你色盲的事实好了，不过要在此基础上，加上一个浪漫的前提。就像林肯凹陷的脸颊，我们给它覆盖上一层胡子，让它不再是你的缺点，而是增加助益。"

梁晚莺又拿起了那本书："就像这本书上彩虹色的花一样，它把自己漂亮的彩色花瓣送给了别的小动物，自己变得光秃秃的被埋在了冬天的大雪中。

"以物喻人，然后把你之前做过的那场慈善捐赠再拿出来说一下，虽然我对你的这种慈善举动不是很赞同，但现在确实是一个非常好的营销手段。"

梁晚莺说话的时候，谢译桥就这样直勾勾地看着她。

直到把她盯得都有些不自在了。

"我跟你说话呢，你到底有没有在听？"她不好意思地推了他一下。

"嗯，当然在听。"

谢译桥看着她，嘴角噙着一抹笑，他的声音压低，钻进她的耳道："但是，你这个样子真的很迷人。"

窗外的雨势隐隐有变大的趋势，噼里啪啦的声响像是上帝在弹奏一曲激昂的和弦。

车里的两人逐渐靠近，然后唇齿相交。

颜色、眼睛，这些都已经不重要了。

长久以来，他连梦里都是大片暗沉的基调，但是现在——得到了更好的东西。

前段时间,他回去询问父母当年的事情,得知一切时,瞬间有一种黑色幽默般的荒谬感。

他的眼睛秘密为什么要保密,即便是在做着颜料生意,又何至于需要像对待军事机密般守口如瓶。

原来一切的一切,都是因为当年的那场事故和他不恰当的出生日期加上不恰当的缺陷。

事实证明,这件事确实会给MAZE带来毁灭性的打击,在有心之人的推波助澜下,百年声誉几乎要毁于一旦。

他前面这些年顺风顺水,除了眼睛的问题,拥有的东西已经很多了,所以付出这一点小小的代价也不是那么让人难以接受。

可是,突如其来的真相,铺天盖地的谩骂,各种恶意揣测,那个不知名老人恶毒的诅咒,这一切都像是陈腐的淤泥,试图将他拖进最深的泥潭。

而他的眼睛就是这一切祸患爆发的根源。

其实不管外人说什么,他都可以当作荒诞的故事付之一笑,可父母的态度……分明早就预见了今天的事。

回想从前,那天从体检中心出来,他们得知他看不见颜色时,脸上的表情。那时年幼的他尚且不懂那个表情的含义。现在想一下,那分明是一种大难临头的恐慌。

他们当时在想什么?是不是后悔让他出生?是不是在憎恨他这双有缺陷的眼睛?每次,他们在看到他的那双眼睛时,是不是就像在看一场悬挂于头顶随时会降落下来的罪与罚?

这一切猜想和佐证都令他呼吸困难。

他也想像以前一样冷静对待,想出一个扭转乾坤的办法。毕竟这种事,树大招风的MAZE已经经历了太多太多,他本可以在谈笑间就将事态遏制。

可是这次,他的大脑无法像以前一样理智,他满脑子都是这双令人痛恨的眼睛。

而他，又做错了什么？

于是，他第一次生出了逃避的心思。

这时，有一只夜莺途经了这片荒芜的沼泽地，叼来一颗种子，于是，那一潭妄图将他拉入深渊的黑色污泥里，长出了一根极富支撑力的藤蔓。

"谢谢你，莺莺。"

谢译桥主要的问题就是心结，他向来讳莫如深的缺陷在他毫无准备的情况下被人突然捅破。一个向来备受追捧的人突然被千夫所指，所以他钻了牛角尖。

心结解开以后，这些麻烦事对这个男人来说根本不值一提。他以雷霆之势，开始着手处理这些乱糟糟的事。

先是根据从父母那里得知的信息找到了当年出事那个人的妻子，想要让她出面澄清一些事情。

可是这么多年过去了，那人的妻子也五十多岁了，那些事对她来说已经像是一阵逐渐被遗忘的尘土，她根本不愿再重提。

谢译桥并不着急，他站在这间逼仄的楼房里，踱步一圈，将这些堆积于狭小房间里的窘迫全部扫进眼里，然后才淡淡地开口。

"你这些年守着儿子没有再嫁，"谢译桥语气平缓，"当年的抚恤金，大约也用得差不多了吧。"

女人没有说话，局促不安地揪紧了身上的围裙。

"我听说你的儿子现在有了女朋友想要结婚，可是因为买不起房子而耽误了很久，你就不为他考虑考虑吗？只要你们可以好好配合，谢氏可以替你们解决这些小事。"

谢译桥最善拿捏人性，他总能找到别人最脆弱的一点。

看似有选择的余地，实际上根本没得选，你只能跟随他的想法，一步一步走到那条他指引的路上去。

那人的妻子说要考虑一下，可她还没找谢译桥，她的儿子先找上了谢译桥。

"谢先生，我可以说服我妈出席记者会，而且还有个更大的料……"

"是关于什么的？"

"当年那件事情的隐情，我的父亲有一本日记，被我偶然看到过。"

"你想要什么？"

那人的儿子嘿嘿一笑："当然是钱。"

"开个价吧。"

"除了一套房子，再给我两百万。"

谢译桥不慌不忙地说道："算了，一本不知道真假的日记，我无所谓。"

"这件事现在传得沸沸扬扬，你们公司的股价跌了多少，两百万你都不愿意出？"那男人一下子就急了，还有点不可思议。

"这件事马上就可以平息了，我还有别的证人。你要是还想靠那本日记搞点钱，最好趁早，不然这件事就要结束了。"

那男人不甘心地说道："一口价，一百五十万。"

谢译桥说："最多给你五十万。"

"你也太狠了！"

两个人最终以八十万成交了。

梁晚莺好奇地看着谢译桥说："看你不像是会讨价还价的人啊，二百万，你以前根本不放在眼里。"

谢译桥笑着说："省着花，攒点娶媳妇的钱。"

梁晚莺说："你能不能正经点？"

谢译桥不再逗她，解释道："如果太轻易答应，表现出很重视的样子的话，他就会坐地起价。他的心理防线很脆弱，八十万对他来说已经很多了，他看我不在意，就会想着赶紧脱手，否则，这个东西他留着能有什么作用呢？"

"原来是这样。"

"不过，要是我的话，至少能卖到两千万。"

"怎么说？"

"我要是他的话，就对MAZE和创色都透露出这个日记的消息，这样我们两家互相抢夺，那么价格必然水涨船高。"

"你果然是一个成功的商人。"

"我就当你是在夸我了。"

谢译桥从庄定手里拿到那本日记的时候，上面记录着当年那个人为什么冒着雨去了颜料矿场。

确实是创色的人安排那人进去，想做手脚，让谢氏无法顺利开采，结果雨下得太大，没想到最后把自己埋进了里面。从某种意义上来说，也算是咎由自取。

谢译桥露面开了发布会，澄清了当年的很多事。

但是关于那本日记，他并没有选择公布出来。

庄定表示不解："为什么不趁机重创他们，让创色元气大伤，以后再难跟我们作对。"

"穷寇莫追。"谢译桥不紧不慢地说，"如果把一个多年的死对头逼到绝境，恐怕他要狗急跳墙。不过，也要给陈耕提个醒，这个把柄一天在我手里，他就最好不要再给我生事。"

至于那个袭击他的老人，他也找人调查出来了，老人只是被创色花钱收买，来搅浑水的。

一场针对MAZE的危机在谢译桥的拨动下，扭转成了商业阴谋。

铁证如山，MAZE的危机已经过去，可是他的眼睛被人赋予了怪诞的奇幻色彩，还有很多难听的流言在传播。

"最后，关于我的眼睛。很遗憾，我确实看不见这个美丽的世界，甚至无法感受一朵花的娇艳。在你们眼中最寻常不过的东西，也许是别人永远无法看到的风景。最后，希望大家能够度过美好的一天。"

他起身，颔首示意，然后从容不迫地走下了台。

公关部门配合这场发布会，然后按照梁晚莺的想法稍加改良，全部发力，一起运作。网上闹得沸沸扬扬的事被压下，一波新的舆论冒了出来。

【哇，一朵彩虹色的花，自己却没有颜色，因为它把花瓣送给了别人，好浪漫的说法。】

【他确实做了很多慈善事业。】

【从来没想过我看到的一些司空见惯的风景，居然是别人难以企及的。】

【之前只是觉得他很帅，现在还有点怜爱了。】

【祝谢先生也拥有美好的一天！】

一切圆满结束，男人坐在办公室，看着完全扭转的舆论，微笑着对庄定说道："现在，压力给到创色那边了。"

庄定面上也带着畅快："创色已经乱作一团了。"

陈耕确实焦头烂额。

他收到了MAZE的警告，得知谢译桥居然有这样一个把柄，气得将文件扔了一地。

"好一个谢译桥！真是够狡猾的，比他爹还要难搞！"

助理说："现在该怎么办？外面有好多记者等您出面解释呢。"

"解释什么，他手上还有个日记本，王进他闲得没事写什么日记啊！"

事情完美解决以后，梁晚莺在路边甜品店买了一个六寸的小蛋糕，准备给谢译桥补个生日。

她将数字蜡烛插上去，说："虽然你的生日已经过去一个多月了，但最起码也要吃两口生日蛋糕意思意思，就当庆祝你又一次大获全胜了。"

谢译桥含笑看着她道："梁小姐有心了。"

梁晚莺将蜡烛点燃："许个愿吧。"

男人毫不掩饰,声音洪亮:"我的愿望就是梁小姐早点答应做我的女朋友。"

"……你说这么大声干什么?"

"怕你听不见。"

梁晚莺低头,迟疑了片刻,终于鼓足勇气开口道:"作为生日礼物的那本书最后一页有一张便笺,里面有我的答案。"

"哦?那我去看看。"

梁晚莺有些不好意思,于是趁谢译桥去拿书的时候自己跑下楼躲进了花园里。

小翠鸟站在一根花枝上,看到她进来,歪着头啾啾叫了两声。

谢译桥找到那本书,翻到最后一页,上面写着:我想相信你一次。

没有什么缠绵的含义。可是,仅仅是相信二字,就已经非常难能可贵了。

她一直小心谨慎,保持警惕,可是因为他,决定勇敢一次。

赌他一场真心。

梁晚莺蹲在花房里,现在已经进入秋季,花园中的玫瑰看起来还依然饱满美丽,但是从最下面的那层花瓣就可以看出,已经开始有凋谢的迹象了。

她听到花房门打开的声音,然后是轻缓的脚步声离她越来越近,心脏开始飞快跳动。她不由得猜想他会是什么反应,直到男人从身后环抱住了她。

"干吗呀……"她不好意思地挣扎了一下。

"抱抱我的生日礼物。"

梁晚莺有些无语。

"你看什么呢?这么认真。"

梁晚莺说:"深秋了,你花房的这些花倒是坚挺,不过看样子也快要凋谢了。"

"嗯。"他的下巴放在她的头顶,"不过,到了春天还是会开的。"

她蹲着看花的时候,有一片花瓣落在了头顶,谢译桥抬手帮她拂去。
"明年春天,等花开的时候,我们一起来看。"
"好。"

最近有台风登陆,所以天气一直都不好,淅淅沥沥的雨下了好久,衣服都晒不干。

梁晚莺看着晾衣架上一堆未干的衣服,很是惆怅。

她没有衣服穿了。去衣柜里翻了翻,她发现两件被自己忽略了好久的旧衣服,因为潮湿的环境,布料已经变得很脆弱了。

她又想起自己手里最近的一个项目。有一个布料工厂,因为种种原因,生产出了一批质量不达标的产品,一撕就碎。

工厂负责人想问问有没有什么能够补救的余地。

这种布料做衣服肯定是不行的,但是……如果做别的用途呢?

正当她思索期间,程谷叫了她去开会。

原来是因为明天台风登陆,所以让大家居家办公。

梁晚莺把这个消息通知给大家的时候,听到了一阵欢呼声。

而谢译桥这边,也因为天气影响,行程有变。

"谢总,明天的航班全部取消了。"

"我知道了,那就把所有的行程推掉吧。"谢译桥本来要去国外一趟,可是因为恶劣天气,不得不推后。

他正埋头看文件,突然想到了什么,将手里那支纯黑色的钢笔丢下。他起身来到观景窗前,看着黑压压的云层,好心情地打了个响指。

第二天。

谢译桥站在憩公馆超大的落地窗前,看着外面隐隐已经有了台风来临前的征兆,悠然地拿起手机打了个电话。

梁晚莺正在收衣服,刚把勉强晾干的衣服收回来准备挂进柜子里,手机突然响了起来。

"你今天上班吗?"

"没有,居家办公。"

"哦——"男人拖长了声音,"我刚刚想起一件重要的事。"

"什么事?"

"你来了就知道了。"

"什么事情搞得神神秘秘的?"梁晚莺嘟囔了一声,然后简单收拾了一下就下楼了。

谢译桥的司机早已经在楼下等着了,看到梁晚莺从单元楼出来,下车将车门打开。

车子行驶在半路时,雨已经开始下了。

梁晚莺看着这样阴沉沉的天气,心里不免有些担忧。而待在憩公馆的谢译桥正慢条斯理地为她的到来做着准备。他缓步走到黑色的陈列柜前,拿出两个精致的威士忌杯,放在桌上,然后又从酒柜里拿出一瓶洋酒。

高高的瓶颈带着复杂的浮雕样纹饰,麦芽色的酒液在酒瓶中晃动,倒入透明的杯中时,清澈而透亮,微微的酒香缓慢扩散。复古味道的唱片机里播放着不知名的小调。

男人着一件堪称华美的黑色丝绸长袍,布料中嵌入金线和暗纹,只有在行走时才能偶尔捕捉到那一点闪烁的光芒。他坐在奢华的真皮沙发上,闭眼惬意地欣赏着曲子。

他一只手幅度很小地打着节拍,另一只手腕自然垂落。

外面风雨大作。

男人穿着一身华服,在这样峻宇雕墙的房子里,等待着他的心上人来赴约。

梁晚莺站在门口,迟迟没有进来,每一次看到谢译桥,都会给人一种惊叹的感觉。

他是造物主偏爱的宠儿,或许就是因为太过完美,才会给他留下了一点缺陷。

谢译桥察觉到一缕注视的目光,缓缓睁开了眼。

门口的女人可能在来的路上不小心被淋湿了一点,发尾沾了水粘成了一团,肩膀上也有轻微水痕,像是被打湿羽毛的小鸟。

现在已经入秋了,她穿着一件浅色的收腰针织长裙,袖口有一点抽褶设计。

她站在门口,像一只嗅到危险的小鸟,机敏而审慎。

谢译桥笑了笑,让管家带她先去洗了澡换了件干爽的衣服。

管家送来了一件极其合身的浴袍,而且款式跟他的很像,当她穿着浴袍走出来的时候有点怪怪的感觉。

她不自在地捋了下鬓角的发丝。

男人随意打量了一下,然后拉住她的手腕让她坐下来,才笑着说:"果然很合身。"

梁晚莺为了打破这奇怪的气氛,故意说道:"这样的事情谢先生一定做过不少了吧,所以做起来才能如此驾轻就熟。"

谢译桥笑了一下说:"这里只有你一个,你信吗?"

梁晚莺点点头:"也是,毕竟你还有好几栋别墅,都可以用来招待'客人'。"

她着重加重了最后两个字的字音。

"所以,我女朋友这是吃醋了吗?"男人嘴角弧度渐深。

"我才没有,就是随便聊聊。"梁晚莺有点害羞,赶紧转换了话题,"你不是说有重要的事情找我吗?到底是什么事?"

"伸手。"

梁晚莺不明所以,但还是照做了。

男人像变魔术般不知道从哪里拿出一枚人民币折成的戒指放到了她的手上。

"之前借你的十块钱一直没来得及还给你。"

"所以……你说的很重要的事就是还钱?"

"当然,欠着别人的钱我会日夜难安。"

"那干吗搞这么大阵仗？"梁晚莺起身道,"如果就是这件事的话,那我就先回去了。"

今天的气氛非常怪,是那种难以形容的怪。

她好像奔赴的并不是一场简单的会面,而是一个精心钩织的美丽陷阱。她的心扑通扑通地跳个不停,第六感在提醒她应该快点离开。

谢译桥端起一杯酒,递给她,低沉的声音传入她的耳郭,鼓膜震动时连带着心跳一起共振。

"台风马上登陆,梁小姐今天大约是走不了了。留下来过夜吧。"

男人低声诱哄:"这是我珍藏的威士忌,口感绵柔,你尝尝看。"

她看着手里的酒杯,在心里挣扎了片刻,最终还是接了过来。醇厚透亮的酒液从喉管滑入胃里,所过之处,都像是着了火一般。一点都不绵柔……

她嘴角残留着亮晶晶的液体,被他的眼神盯得有些不自在,于是下意识地舔了舔嘴角。

男人眼神暗了暗,抬手拭了一下她的嘴角。她柔软的唇瓣与他的手指接触,带起微小的电流,她不由自主地抿了下唇瓣。

谢译桥觉得自己的手指好像被小鸟轻啄了一下。

"梁小姐……真是可爱。"

辛辣的酒液从胃里反上来,烧到了她的心脏,然后继续向上,最后大脑也沦陷在炙热的海,理智在溃散。

男人倾身过来,眼睫微垂,那双深情款款的眸子像是有酒水流经,被染成了清透的琥珀色。

身后的唱片机里播放着《秋日私语》,悠扬的曲调在空中飘浮,混合着男人身上迷迭香的味道,让人迷醉。

大脑开始眩晕,她的脸颊泛起潮红。

他将她从沙发上拉了起来。这洋酒度数很高,她的身体有点软绵绵的不受控制。男人借势搂住她的腰,于是,她整个人都靠在了他的怀里。

音乐舒缓,两人相拥着跟随音乐轻轻摇晃身体。

她的脸贴在他宽阔的肩膀上,视线勉强可以看到天花板上精美的水晶吊灯。

眼前的事物摇晃得越发厉害。

她喃喃道:"阿朗,我头好晕。"

空气凝滞了一分钟,男人的动作也瞬间停了下来。

梁晚莺这才反应过来自己叫错人了。

"对不起……我就是……"天地良心,她真的只是喝多了,神思错乱,叫顺口了。

片刻后,凝滞的空气被打破,男人嘴角弧度带着凉意,像窗外的雨水渗透进来。

"也是,毕竟你俩青梅竹马,你喊了二十多年,我也能理解。"

他嘴里说着理解,可是眼睛里却覆盖了一层薄薄的阴云。

如果刚才他只是调情而已,那么现在——很明显,他认真了。

刚刚还柔情蜜意的温柔小意,现在则掺杂了一丝丝浓烈的宣誓欲。

"今晚,我们有大把时间来好好纠正一下你这个习惯。"他这个样子有一点陌生,她的心脏跳动剧烈又慌乱

微醺的大脑让她无法想出合适的应对之策,于是,她跟前几次一样,推开他跑掉了。

可是,外面是狂风大作和暴烈的雨,而她脚下踩的每一处,都是他的领地。

所以,男人并没有阻止她,而是不慌不忙地跟在她的身后,像是胸有成竹的捕食者。

他的房子很大,而且视野宽阔,她无论走到哪里,都在他的视线中。男人脚步轻缓,每一步都仿佛踏在了她的心上。

最后,她退无可退,被按在了墙边。

他一只手扣住她的腰,另一只手将她身后观景窗的窗帘合上一些。

光线又暗了几分。

"有时候不得不承认,梁小姐的危机意识很强,你在我面前跑了三次,可是这次,我不准备放过你了。"

脑中乱作一团,醇厚刺激性的酒液似乎都流到了她的脑中,然后持续发酵。

窗外狂乱的台风已然登陆,风雨大作,花园中观赏树的果子被吹落,砸到地上的瞬间溅开香甜的汁液。

夜深了。

梁晚莺被谢译桥抱到卧室里。雨水滴落的白噪音能让人更好地入眠,可她却不想睡。

两个人之间没有任何阻碍,就这样紧紧抱在一起,清浅绵长的呼吸喷洒于她的脸侧,她从来没有过这样的体会。

原来,抛却一切遮蔽,坦然相拥,肌肤相抵,是这样奇妙的感觉。这一切太过美好,也太过梦幻,以至于让人有一种轻飘飘的不真实感。

她真的可以这样赤诚地去爱一个人,也可以拥有这样的爱吗?

脑海中的思绪还未理清,困意逐渐上涌。

她昏睡过去之前,眼皮上落下轻柔的一吻,于是,梦里也开出了一大片赤红的玫瑰。

第二天。

梁晚莺迷迷糊糊地醒来,想要揉一下眼睛,却发现自己的手好像被人拉住了。

她睁开一只眼,眯眼看过去。

谢译桥拿着一把指甲刀正在给她修剪指甲。

她打了个哈欠,懒懒地询问道:"你干吗啊?"

男人给她最后磨了一下边缘才放开她说:"你的指甲劈了一点。"

梁晚莺晃了晃手说:"你怎么知道呀?"

他俯身凑到她的耳边低声笑道:"昨天,我的手臂被抓得很痛。"

梁晚莺拉起被子将脸一蒙,表示拒绝继续交流。

谢译桥将被子拉下来，看到她害羞的样子，狠狠揉了一下她的头发："你肚子饿不饿？早饭准备好了。"

"那你先出去……"

谢译桥环胸站在她面前，已经穿戴整齐，简单的白衬衣袖口向上折了两下，露出瘦削的手腕。

雨停了，清冷的浅金色阳光透过厚厚的云层折射进房间里，男人背着光，莞尔一笑。

"那我在楼下等你。"

他为她准备了合身的衣物，每一件都像是照着她的尺码买的。可是这样贴心周到的对待，很难不让人想到他之前究竟做过多少这样的事情，所以才这样驾轻就熟。

她在心里哼哼了两声，然后下了楼。

吃过饭以后，工作群发消息通知今天正常上班。

极端的台风天已经过去，所以上午十点前她要去公司打卡。

谢译桥安排了司机送她。

临走的时候，他把那枚人民币折成的戒指拿给她说："这个别忘了，这可是我找你过来重要的事情。"

梁晚莺接过来，恶狠狠地说："诡计多端！"

谢译桥纠正道："是足智多谋。"

来到公司里，梁晚莺收了收心开始做手里的方案，可是脑子里总是会不由自主地想起昨天的事。

期间，施影和小金凑过来打趣说："梁总监今天看着有点不一样啊！"

梁晚莺心里一慌，面上仍然强装淡定："哪里不一样？"

"变漂亮了。"

"……有什么事？"

"嘿嘿，被你看出来了，我这里有两个方案想让你帮忙改一下。"

"拿来吧。"

施影将方案交给她,一眼看到那枚人民币戒指,新奇地说道:"这个怎么折的,可以教教我吗?"

"我也不会。"

小金拿起来研究了一下,突然发现:"哎,这里好像还有张字条。"

"真的,莺莺!这是谁送的啊,不会是……嘿嘿。"

施影和小金相视一笑,一切尽在不言中。

梁晚莺有点不好意思:"你们的方案等我看过了再找你们!快去忙别的吧。"

"好好好,梁总监要看情书了,我们还是避一避吧。"

梁晚莺找到开口,慢慢地展开,发现里面真的有一张小字条。

上面用黑色的钢笔写了一句话——

我的夜晚,是对你的狂想。

施影和小金探头探脑地想要看看到底写了什么,梁晚莺赶紧收了起来。

她脸红地打开微信,给谢译桥发了条消息:【你现在怎么从一个商人变成诗人了?】

谢译桥很快回复了她:【爱情让人诗兴大发。但是那句是我引用的,是阿赫马托娃作的诗,不过我自己也因此有感而发写了一首新诗,你要不要看看?】

梁晚莺:【好啊,看看谢大诗人的妙笔。】

说着,谢译桥发来一张图片,背景是他那张深灰的办公桌,旁边是他的办公用品,文件夹、钢笔、笔记本。

而在这一切正经的事物中间,放着一张白色的纸,上面有一行小诗,字迹潇洒。

纸的一角还压了支钢笔,看起来应该是刚刚写的。

我在峡谷中央,

闻到了大海的湿润,

而我心中的火车，
将潜入最深的海底，
今晚
海底的火山，
会掀起最高的浪潮。

梁晚莺："……"
梁晚莺：【不跟你说了！我要工作了。】
她熄灭手机屏幕，倒扣在桌面上，然后开始着手处理施影和小金写的方案。

"小影，你这个广告语的卖点不太清晰，我记得这个产品是要在地铁站之类的地方投放的，你这样做的话，是无法让人第一眼就看出来是在宣传什么，也就很难让人记住。昂德赫·吉德说过一句话'广告语就像打仗时的口号'，所以一定要清晰明了，你现在这个就太过笼统。"

梁晚莺又提了一点自己的想法，辅助她来发散思维。

一个合格的创意总监绝不会打压手下人的想法和积极性，要起到关键的引导作用。

施影点点头："那我再去想想。"

"小金，你这个也是类似的问题，偏离了卖点，对销售对象把握不够精准，你应该去搜集一下过往消费者的意见，进行分析比对。"

"好的，好的。"

谢译桥最近去了国外，他们在阿富汗找到一块极品青金石矿，本来前几天就要去，可是台风天耽误了行程，天气好转以后，就马不停蹄地飞过去了。

所以两人已经半个月都没见到面了。

她最近会时不时地关注一下阿富汗那边的情况，毕竟那边总归还是有点乱，不像国内这么安全。

以前不怎么关注的国家，因为一个人，反倒成了自己重点关注的地方。

正想着事情，"啪"的一声，一个文件夹丢在了她的桌前。

她抬头一看，胡宾拽得二五八万地来交方案了。

梁晚莺皱了皱眉头，没有说话，大致看了一眼后就让他去忙别的了。

胡宾转身离开的时候，嘴里还嘟囔了一句："都傍上高富帅了还不是得天天坐班，谢总那么有钱，也没听他说要锦衣玉食地养着你，看来人家也没怎么把你当回事啊。"

梁晚莺不咸不淡地回怼道："你愿意当个废物，我可不愿意。"

"装什么清高，说得好听。"

"你总是说这种话，要是真觉得女人这么好混，建议你去泰国做个变性手术吧。"

胡宾被她堵得没话，"喊"了一声就走了。

看到这个人就来气，她心里有一丝丝烦躁，无意识地将手里的餐巾纸撕成了一堆碎片。

她突然想起前段时间那个毫无头绪的策划案。

既然已经做坏的布料，不如彻底摧毁吧，干脆做成解压玩具，撕起来不要太爽。

她找到厂家送来的样品，刺啦刺啦试着撕了两下，发现真的有解压效果。因为制作失误，它们被撕开的时候很轻松，而且那个声音听起来也不错。

现在市面上有很多解压类的产品，她平时闲来无事也喜欢看。

捏镁粉、割肥皂、切花泥，这种视频流量很大，有相当多固定用户，而且消耗很快。

有了头绪以后，方案做起来就很快了。

下午，她收到了胡宾的辞职报告，还听到他说要去哪个大公司做总监，不想在她手下工作了，太憋屈。

可是别人问起他到底去了哪个公司他却不说，只说是个相当大的公司。

怪不得。

梁晚莺本来还纳闷儿两人自从上次彻底爆发过一次后，已经相安无事很久了，不知道他今天哪根筋搭错了又来找不痛快。

原来是找到了下家。

既然如此，她还挺高兴的，毕竟少了个难管的下属，以后也不用听他碎嘴了。

这个男人真的是，完完全全在她雷点上蹦迪。她平时身为总监也不想因为一点矛盾给他穿小鞋之类的，没想到他先忍不住了。

于是她笑眯眯地说道："那就祝你前程似锦。"

不知不觉到了下班时间，她伸了个懒腰，收拾好东西准备回家。

她刚走出公司大门，不期然间，看到了谢译桥。

他穿了一身秋季的平驳领大衣，肩线贴合，银黑的哈里森斯面料高端又大气，身后是来去匆匆的人群和川流不息的车辆，空气里飘浮着鸣笛声、说话声，还有店铺的广告宣传声。

只有他伫立在傍晚的街道，举手投足间散发着一种清朗卓绝的风姿。

"你什么时候回来的，怎么也不说一声？"她走过去问道。

"刚下飞机。"他一把将她拉进怀里，毫不在意别人的目光，"你想我了没有？"

"哎呀，好多人，你先放开我……"

在公司大门口，人来人往的地方，他又这么显眼。

胡宾刚好也从公司大门走出来，他这是上最后一天班，看到不远处相拥的两人，恶狠狠地"哼"了一声。

谢译桥说："怕什么？我们现在是可公开的关系。"

"我跟你也没有过不可公开的关系！"

"好好好，我公开的女友，上车吧。"

"去哪里？"

"憩公馆，我给你带了个小礼物。"

"是什么啊？"

"到了你就知道了。"

"神神秘秘。"

汽车行驶了四十分钟的样子，到达憩公馆的时候，天已经彻底黑了。

谢译桥拿出一块青金石的原石，说道："这就是在中世纪时期，能做出比金子还要高三倍价值的群青的原始原料。"

梁晚莺接过来笑道："所以，你要送我一块石头？"

"这块是开采出来的那一批里最纯净、最漂亮的一块，所以我就想带回来送给你。虽然我看不见，但是你可以。"

这确实是极品的青金石，颜色极为纯正，发蓝发紫的质地，像一块盈着光晕的宝石，让人挪不开眼。

"确实很漂亮，我很喜欢。"

男人从后面环住她："我想把它分成两半，其中一半我们一起把它制成颜料吧，以后你只要画画，就会想起那个送你颜料原石的男人，让你以后再也忘不了我。"

"那另一半呢？"

"做成装饰品，到时候给你戴在身上，让你不画画的时候，也会想起我。"

梁晚莺抿嘴笑了笑："你谈恋爱的时候居然是这个样子吗？"

"只针对你，你也是我的第一个女人。"他握住她的双手深情款款地说道。

"少来。"梁晚莺嫌弃道，"你看我傻吗？你之前的女朋友没有十个也有八个吧，这还是知道的，不知道的谁知道还有多少呢？"

"虽然我谈了不少，但是没有发展到那一步。"

"哦？没想到你还是个洁身自好的人。"

谢译桥大言不惭地说道："毫无感情的交合并不能带给人更好的体验，我所追求的，是更高级欲望的满足。"

梁晚莺挑眉道:"你可真会给自己开脱,我怎么听说是因为别人踩到你雷点了,所以你在最后关头黑脸走人了。"

谢译桥一顿,试图转移话题:"那都是传闻。"

"哦?那真相是什么?"梁晚莺追问道。

谢译桥抱住她求饶:"莺莺,别闹了,我错了。"

"哼。"

看到她并没有真的生气,他赶紧拿出制作颜料的东西来转移她的注意力。

"你还会做这些?"梁晚莺果然被吸引到了。

"不行吗?"

"看起来不像。"

谢译桥摆弄着那些小玩意儿:"我爷爷很喜欢捣鼓这些东西,所以保留了下来。"

"我就说看着感觉年代久远。"

他用一块石杵将青金石敲成小块,突然发现有一块看起来形状不错,他拿起来凑到她面前问道:"这块的形状像不像只小鸟?"

"我觉得一点都不像。"

"你看,这不就是小鸟尖尖的嘴巴,这是圆鼓鼓的身体。"

梁晚莺又仔细看了看,老老实实地说道:"我真的没看出来。"

"哦。"男人也不再纠结,"那可能是因为我最近太过思念某人导致看什么都像你。"

石块研磨好开始沉淀,然后要拿去花房晾晒。花房里的花朵摇摇欲坠,几乎无法抵抗秋风的摧残将要凋谢了。

男人垂眸看着她,略带遗憾:"我好想看看花蕊有多么诱人,蓓蕾又是多么娇艳。"

梁晚莺安抚地拍了拍他的肩膀说:"没关系,虽然看不见,但是你还可以闻到花香。"

他真的很优秀,也非常迷人。

梁晚莺从来不是那种容易有自卑心理的人，除了她的父亲那件事给了她生命中不可承受之痛让她备受打击，别的时候她一直都觉得自己是一个内心强大的人。

可是即便如此，她也总是会恍惚，谢译桥这样的人怎么会如此青睐她。

两人刚刚开始柔情蜜意，就将近半个月没见，自然要好好温存一番。

梁晚莺实在经受不住他的攻势，低声哀求："我困了，我们休息吧。"含糊的声音像是含了蜂蜜的夜莺，在歌唱时带了一点缠绵的味道。

谢译桥带了一点点不爽："跟梁小姐分开的这半个月，我是日思夜想，可是你看起来，倒不是那么上心呢。"

"你为什么这、这种时候还是叫我梁小姐啊？"梁晚莺很不好意思地问道。

男人低低笑了一声说："你不觉得这样叫起来，有一种很特别的感觉吗？"

梁晚莺十分无语。

"很久之前，我就想这样试试了，果然如我所想的一般，梁小姐觉得呢？"

他说得很有道理，确实有这种感觉。

之前两个人关系远远没那么亲密，他每次用这种轻慢的语言喊她梁小姐的时候，她就有这样的感觉了。

第二天醒来时，两个人还依偎在一起。

她本来想起身，可是谢译桥的手臂横在她的腰上死活不肯松开。

"要不你今天请假吧。"

他本来清越的声音带着点含混的鼻音和晨起的沙哑，如同磨砂质感的玻璃后面难以窥见真章的风景，有一种模糊不清的性感。

"不行，现在人手不够，我再请假更忙不过来了，而且我刚升职不久，总是请假像话吗？"

"我还是觉得你不要把时间浪费在这种无关紧要的工作上,好好想想我之前跟你说过的话,对未来有一个更好的规划。"

"为什么这份工作就是无关紧要,浪费时间呢?我觉得也没那么糟糕。"

"可是你能做个名利双收的画家不是更好吗?"

梁晚莺听着这话有些不舒服:"我画画是为了更好地表达。"

谢译桥点头:"但这跟我说的并不冲突,你的表达需要被人看见不是吗?就连毕加索初期也要想办法推销自己的画,而你只需要表达,别的我都会替你铺平。"

那种不舒服的感觉更明显了,梁晚莺还想说什么,但是一时间找不到合适的话来反驳。

两个人现在还在肌肤相亲的亲密状态,说太过锋利的话似乎并不合适。

谢译桥发现她好像有点不高兴,亲了亲她的唇瓣,轻哄道:"好了,我没有别的意思,只是觉得你可以有更好的选择。"

"嗯。"

管家过来询问两人是否现在要下去用早饭,谢译桥回应了以后,准备起身下床。

梁晚莺害羞得不敢看他。

每次看到她这个样子,他都忍不住想逗逗她。

"真是舍不得你去上班。"

"既然这样都舍不得的话,那如果我去艺术学校深造,要一年呢,你准备怎么办?"

谢译桥毫不在意地说:"我有私人飞机,想你了随时可以找你,而且我在德国也有房产,陪你读到深造结束都没问题。"

"然后,等你休息的时候,我还可以带你去童话小镇不莱梅,漫步莱茵河,去科隆大教堂,或者到欧洲乐园玩耍。"

"……谢先生真是财大气粗。"

"这个问题的答案,"男人低声说道,"你还不知道吗?"

梁晚莺招架不住，随意吃了几口早饭后，就慌慌张张收拾东西离开了。

管家将她带到了车库，司机已经在等着了。

梁晚莺坐在后座，司机将车开出来的时候，刚好席荣开着一辆敞篷跑车进来，找了个位置准备停车。

两辆车擦肩而过。

席荣看到梁晚莺一大早从谢译桥的房子出来，很轻浮地挑了下眉。

"梁小姐，早啊！"

"早，席先生。"

席荣看着对面车上的女人，她面上虽然看起来很礼貌地跟他打了招呼，没有表露出任何异样的情绪，但是席荣还是从她客套的笑容里察觉到对他的抵触。

他耸耸肩，将车停好以后问道："译桥呢？"

"谢先生刚刚吃过早饭，现在应该在花房里。"

"好，我自己去找他就可以了，你去忙吧。"

司机刚开出大门不久，梁晚莺摸了摸自己的口袋，想要拿手机看一下时间，却才反应过来衣服已经不是自己来时的那套了。

她又翻了翻包，找了个底朝天也没有看到手机。

她苦思冥想了一分钟，终于想起自己昨天跟谢译桥去花园的时候还拿在手上，后来好像随手放在了置物架上。

她让司机赶紧掉头。

"你在门口等我一下，马上回来。"

席荣来到花园的时候，谢译桥正在检查青金石粉末有没有晒好。

他今天没有行程，所以打扮得比较随意。上身是一件浅灰色的毛衣，内搭白色衬衣，翻折出领口。指尖沾染了一点群青的颜色，远远看过去，清俊雅致。

看着他心情很好的样子，席荣笑着走过去道："刚刚我在门口碰到个人,看来,你是得手了啊。"

谢译桥淡淡一笑,没有否认。

"她那个小竹马呢?"

"走了,去国外了。"

"哦?他不是信誓旦旦地说两个人肯定会在一起的吗?"

"这个世界上,有什么东西是绝对的呢?"谢译桥懒洋洋地说道,"如果有,那就是筹码不够罢了。"

"所以,你给了他什么让他放弃自己喜欢了这么多年并且唾手可得的人?"

"提前二十年的成功。"

他轻描淡写,好像对于擅自插手别人人生这件事,没有感到丝毫不妥。

席荣挑眉说:"就这么简单吗?"

"带他看足够多的风景,享受不属于他这个阶层的生活,用纸醉金迷的生活腐蚀他的心智,最后再让他失去这一切,他自然而然就会忍受不了这个巨大的落差选择妥协。"男人从鼻腔里发出一声轻嗤,"爱情跟这些比起来,实在是微不足道。"

"还得是你啊,可惜我那段时间太忙了,没有看到这出好戏。"

席荣颇为遗憾地摇了摇头又问道:"那个清高的小夜莺呢,看起来不是很好搞定的样子。"

打火机"咔嗒"一声脆响,男人从置物架上拿起火机点了一根烟,随后又扔了回去。

他的神态傲慢又笃定,似乎一切尽在掌握。

"我想要的东西,就没有得不到的。"

"也是,女人嘛,都一样的,哄一哄,说点好听的,送点礼物,再表达一下你有多爱她,都能搞定。"

男人弯唇,拨弄了一下指尖沾上的群青颜料。

想到两人之间的温存小意,他的眼角流露出一点舒心又惬意的神态。

梁晚莺站在门口，看着花园里谈笑风生的两人。

她感觉自己好像变成了一棵伫立于秋风中的树，满树枯黄的叶子被风一吹，扑簌簌地落了一地。

"我想要的东西""爱情是最不值得一提的""女人，都是一样的"，每一句话都像是催化剂般将掉落的叶子迅速腐化变成腐殖质，然后催生了一株绞杀藤。

它从她的脚底开始生长，并且迅速茁壮，顺着小腿向上爬，逐渐和身体的经脉融合，盘旋到心脏，最后变成一张强有力的网，紧紧缠住了她。

"哈……"

可笑，实在是太可笑了。

谢译桥身形一顿，立刻转过身来。

花园入口处，女人静静地站在那里。晨光清冷而透彻，照在她的头顶，镀上一层暖光，可是却点不亮那双漆黑的眼睛。

她的面上没有任何表情，可是那黑白分明的瞳仁里，有痛恨与厌恶正在迅速发酵。

谢译桥脸上的表情瞬间凝固，一贯平静的脸浮现出明显的裂痕："莺莺？"

梁晚莺迈开脚一步一步走过去，那些看不见的藤蔓拉扯着她，施加了千斤之力，以至于让她连走路都那么僵硬吃力。

气氛骤然变得如此冷峻。

谢译桥对席荣使了个眼色示意他先出去，席荣耸了耸肩膀做了个无奈的表情，然后离开了花房。

"钟朗是被你弄走的？"她直视着他的双眼，声音平静。

"是。"男人很干脆地承认了。

"为什么？"

"他不走，你的心结怎么打开？"

"我有向你寻求过帮助吗？"

"但我确实帮助了你不是吗？"

梁晚莺闭了闭眼睛，又问道："你当初追我是因为什么？"

"一点兴趣。"

"什么兴趣？"

谢译桥不想解释，也无从说起。

"无论是什么，任何一段感情的开始都是基于一点外力推动，而最终能否真正相爱，要靠后天的相处才能决定不是吗？"他还在试图粉饰太平。

"所以，你觉得这样随意操纵别人的情绪和人生很有趣？"

"你一定要这么想我吗？"

"不然呢？你这样高高在上，拿着你指缝中漏下的一点根本不放在眼里的资源和金钱随意拨乱别人的人生轨迹，然后像神明一样看着别人在你的手中挣扎，还自诩慈善。"她的音调越来越高，"您多'伟大'啊！"

她喉咙发苦，唇齿控制不住地颤抖，手指无意识紧握，指甲深深地陷进了肉里。

不想再在这里停留，多待一秒她都感觉自己快要呼吸不上来了。

"你先冷静一下，我们需要好好谈谈。"谢译桥伸手攥住了她的手腕。

梁晚莺一把将他的手甩开，深吸一口气道："我跟你没什么好谈的。"

努力压制住岌岌可危的情绪，她不想让自己变成一个歇斯底里毫无理智的疯子，于是深吸一口气，快步走到置物架旁，取回了自己的手机。

他是怎么样游刃有余地看着自己沦陷、意乱情迷，然后无法自拔的呢？

是不是像在看一个笑话？

想到这里，一种无法忍受的难堪席卷了她。

这个美丽的玻璃花房，就像一个透明的舞台，记录着他和她之前那些虚假的演出。

讽刺得让人难以直视。

阳光透过玻璃照在她的身上，明明看起来是那样温暖的光和热，可是她却感觉冷到了骨头缝里。

她大脑有轻微的眩晕，脚也跟着趔趄了一下。

谢译桥立刻伸手扶住她："莺莺……"

"别碰我！你这个卑鄙小人！"

梁晚莺一把推开他的手就要往外走。

男人高大的身躯挡在她面前，遮天蔽日的压迫感袭来，他可以轻易就阻断她所有的去路。

"是，我从来都不是一个好人，几次他晚上突然的工作和应酬都是我故意安排的，我不允许看到你们两个有任何在一起的可能性。"

"哦？你不允许？你凭什么？那个时候的我跟你有一点关系吗？还是你觉得你想要的就一定能够得到，所以在那个时候就已经视我为你的所有物了？"

"你为什么要这样愤怒呢？我觉得我帮你做了正确的选择。"

"正确的选择？你怎么知道我的选择就是不正确的？"

"他每一次都没有选择留下来陪你，最后因为利益主动放弃了你们的可能，这说明他根本不够爱你不是吗？"

"你觉得我在乎这个吗？在我的眼里，爱不爱根本不重要，我只是想选择一个安心平凡实现父亲遗愿的道路，你凭什么擅自干预我的选择？"

"确实，我用了一些不光彩的手段，但是我从来没有强迫过任何人。"他一如既往的冷静，"我只是提出问题的人，而最终的选择权和决定权一直都在你们手上。"

"是啊，你只是提出问题的人。"她不住地点头，语气讥讽，"可是你为什么要去试探人性？即便是你，又怎么敢保证可以不被诱惑！"

"我当然可以，因为我什么都拥有过了，而钟朗，他才刚步入社会不久，以后遇到的诱惑只会更多。而且，他本来就是一个有野心的人，我让他正视心底的欲望，帮他提前完成梦想，又帮你把心结解开，这样不好吗？我觉得我做了一件善事。"

"哈？你还觉得自己很了不起吗？"男人最后的这句话彻底激怒了她。

她的眼睛里燃烧着黑色的火焰，以愤怒为燃料，逐渐茁壮。

"我最讨厌的就是你这副傲慢自大的样子！你还真觉得自己很善良吗？

"你做了那么多慈善，是真的想要帮助别人吗？"

她边摇头边后退，将他从上到下扫视了一遍。

"抛开你这副精致的皮囊和金钱附加的光环，我只看到一个冷血、傲慢、追逐利益的商人腐朽的骨骸！

"你给看不见的孩子捐颜料，给供电都困难的地方捐精美的家用电器，给根本没有网络也不会上网的空巢老人送高端的智能手机。

"你觉得你很高尚吗？你真的考虑过他们需要什么吗？你没有，你沽名钓誉、假仁假义，你拿精美的话术包装你的虚假与伪善，实际上不过是为了作秀更好地提高公司的知名度！"

她一口气说了这么长的一段话，似乎一下子把之前所有的不满借着这个机会全都爆发了出来。

字字诛心，句句如刀。

"看来你很早之前就对我有极大的意见了。"

这些锋利的语言如同一个有力的巴掌狠狠地扇在了他的脸上。他感到恼怒，想要为自己辩驳，可是她已经给他定下了死罪。

他在她一声声的诘问中被审判，字字句句都像杀伤力极高的子弹般痛击了他高傲的灵魂。

她的目光是那么鄙夷，言语又是那么锋利，而他又何曾被人说得如此不堪过。

"是啊,只是我没想到,你连感情都可以用这样卑劣的手段来获取。带着你的胜利去昭告天下吧!谢译桥,恭喜你又赢了一次!"

男人英俊的面容绷紧,那张好似永远轻松写意的精致假面出现了一条条龟裂的纹路。

努力维持的平静已经彻底被粉碎,可是他不想让自己看起来很难堪,嘴角习惯性勾起一抹嘲讽的弧度,试图让自己的语气显得不那么在意。

"既然之前我在你心里就已经这么不堪了,那你为什么还要跟我在一起呢?"

她闭上眼睛,深吸一口气再睁开。

她环顾了下这间漂亮的花房,又看了看两人一起制作的群青,最后抬头望了望头顶的日光。

冷风从敞开的大门里灌了进来,花房里最后坚守的几株玫瑰全部被吹落了,只留下了光秃秃的花茎,遍地都是玫瑰的尸体。

"是。"她站在这片衰败的花瓣中间,面容惨淡地笑了,"明知不可为而为之,是我太愚蠢了。"

说完,梁晚莺挺直了脊背,在他晦暗如海的目光中一步一步向门外走去。

她纤弱的背影仿佛被风一吹就会飘散,却又决绝得如同绷紧的弓弦。

看着她即将离去的背影,谢译桥突然意识到自己如果不做点什么,可能真的要到无法挽回的地步了。

于是,他调整了下呼吸,控制好自己的情绪追了上去。

"莺莺,不管我之前做了什么,如果我说,我对你的喜欢,没有掺杂半点虚假呢?"

骄傲的男人第一次低下了那颗高贵的头颅,言辞间袒露出一点点罕见的恳切,他试图去挽留那个女人。

可是女人没有回头:"我不会再相信你了。"

她的声音缥缈而虚浮,有一种心灰意冷的衰颓感。

一直到走出憩公馆的大门，梁晚莺的思绪都是空白的。大脑与肢体失去联系，她甚至都感知不到自己的行动，也不知道是怎么走出来的。

司机还在等她，看她出现在门口赶紧下车给她开门。

"梁小姐，你终于出来了。"

梁晚莺这才回过神，看着面前殷勤的司机和昂贵的汽车，想到谢译桥和席荣之间的谈话，她只觉得格外讽刺。

她在他们眼里，也不过是可以用一点点手段就能随意得到的物品。甚至，她都不需要昂贵的奢侈品来哄，是不是更显得廉价。

她嘴角勉强勾出一丝笑容，摆了摆手说："不用了，您先回去吧。"

关于谢译桥的一切，她都不想再有一点瓜葛，也不想再享受任何属于他的一切。

今天的阳光好刺眼，照得她头晕目眩。

她一直在冒汗，额发被濡湿，握紧的单肩包的包带上也全是她手心出的汗。可是出了这么多汗，她依然觉得身上冷飕飕的，被秋风一吹，就透进了骨头。

她走了很远的路，才终于等到了一辆出租车。

坐上去以后，她用尽自己最后的力气说了公司的地点，然后抱着膝盖就蜷缩了起来。

这里离公司有半个小时以上的路程。

也就是说，她只有这短短的几十分钟在这个狭小的出租车后座，来任由自己的情绪崩塌。

女人抱着膝盖，眼泪终于落了下来。

白色的长裙透迤，像是一摊融化的蜡烛。鲜花与浪漫冲垮了她所有的防备，她站在这片开在深潭中央的大丽花上，忘记了下面埋葬的全都是红粉骷髅。

他毁了她对爱情所有的期待。

上册完